一场非常痛苦的　蜕变过程　先前在机关的

里剥离出来　过渡到千变万化的　　艺术感觉中　却是一件　非常困难的事　好

一幢墙上　　长满了　爬山虎　室内挂满了　诺贝尔　的北京鲁迅文学院　在那

谓新生活其实　　就是有意思的生活生活的　为什么　就是生活的全部

意义的生活　一个好的作家必须具备独立性和原创推进力　一个好的作品必然使我们豁然贯通获得再生　之感　并从有意义处看出无意义　从无

意义　哲学家看到一个思维的裂缝　往往千方百计把它抚平　而一个作家一个真正的创作者却要尽力　　发现和扩大这一裂缝　从中挖掘出有关

以往蓦然发现　我的整个　　一生经历了　　　　　　　　　　　　　一场非常痛苦的　蜕变过程　先前在机关的那一套几乎都不能用了　而

到千变万化　　　　　　　　　　　　几十年代初　正值人生壮年　我
　　我说　散文　　　　　　　　　　　　来抬腿撒野　那留下的
　　贝尔　的北京鲁迅　　　　　　　　　确了新生活究竟　是什么
　　　一路撒欢　对于　　　　　　　　用双脚走　到博物馆的

公　　就是有意思的生活生活的　为什么　就是生活的　　　　　录和放大这些有意义的生活　一个好的作家必须具备独

在墙上的线条更重要也更美丽　他鼓励用创造性　色彩和个人经验作为解毒剂来对抗衡定的标准　如果你尽可能多的让不规则的细节出现在建筑

进力　一个好的作品必然使我们豁然贯通获得再生　之感　并从有意义处看出无意义　从无意义处看　出有意义　哲学家看到一个思维的裂缝　往往

　　　　勃勃生机　　文学的本身从来就是孤峰的森林，里面没有巨人的肩膀，只有或大或小永远并存的孤峰，哪怕只是一

　　个真正的创作者却要尽力　　发现和扩大这一裂缝　从中挖

　　且与众不同，就可不朽，从而成为永远的孤峰

赵 青 ◇ 著

在下沉的世界里上升

我的整个　　　　一生经历了　　　　　　　　　　　　　　一场非常痛苦的　蜕变过程　　　　　先前
回望以往蓦然发现 我的整个　　一生经历了　　　　　　　　　一场非常痛苦的 蜕变过程 先前在机关的那一套几乎
套几乎都不能用了 而要从那个 一成　　　　不变的概念　　　　　里剥离出来 过渡到千变万化的　　艺术感觉中 却是一件
那个 一成　　不变的概念　　　　里剥离出来 过渡到千变万化的 艺术感觉中 却是一件 非常困难的事 好在上个世纪九十年代初 正值
好在上个世纪九十年代初 正值人生壮年 我走进了一幢墙上　　长满了 爬山虎 室内挂满了 诺贝尔 的北京鲁迅文学院 在那里我像透析
进了一幢墙上 长满了 爬山虎 室内挂满了 诺贝尔 的北京鲁迅文学院 在那里我像透析般进行了一次大的悄悄换血　　头一次明确了
大的悄悄换血　　头一次明确了新生活究竟 是什么 所谓新生活其实 就是有意思的生活生活的　为什么 就是生活的全部意义 而文
么 所谓新生活其实 就是有意思的生活生活的 为什么 就是生活的全部意义 而文学的目的 就在于记录和放大这些有意义的生活
于记录和放大这些有意义的生活 一个好的作家必须具备独立性和原创推进力　　一个好的作品必然使我们豁然贯通获得再生
独立性和原创推进力 一个好的作品必然使我们豁然贯通获得再生 之感　　并从有意处看出无意义 从无意义处看 出有意义 哲学家
义处看出无意义 从无意义处看 出有意义 哲学家看到 一个思维的裂缝　往往千方百计把它抚平 而一个作家 真正的创作者却要
缝 往往千方百计把它抚平 而一个作家 真正的创作者却要尽力 发现和扩大这一裂缝 从中挖掘出有关失败生存和人性深处的全部意
大这一裂缝 从中挖掘出有关失败生 存和人性深处的全部意义 有人问散文是什么　　我说 散文就是一只人见人爱的小公狗　在草地
什么 我说　　散文就是一只人见人爱的小公狗 在草地上狂奔 每走几步都要停下来抬腿撒野 那留下的气息和味道就是散文 我的散文就是 我人生的
一路撒欢 对于艺术创作而言 多一个学生 就少一个创造者　　一个建筑学家说 我用双脚走 到博物馆的这条线远比挂在墙上的线条更
几步都要停下来抬腿撒野 那留下的气息和味道就是散文 我的散文就是 我人生的一路撒欢　对于艺术创作而言 多一个学生 就少一个
建筑学家说 我用双脚走 到博物馆的这条线远比挂在墙上的线条更重要也更美丽 他鼓励用创造性 色彩和个人经验作为解毒剂来对抗衡定的
励用创造性 色彩和个人经验作为解毒剂来对抗衡定的标准　　如果你尽可能的让不规则的细节 出现在建筑的外观和内
重新获得勃勃生机 文学的本身从来就是孤峰的森林　　里面没有巨人的肩膀　　　　　　　　　　只有或大或小永远并存的孤
大或小永远并存的孤峰 哪怕只是一首诗 一则寓言 一篇散文 作者佚名　　　　　　只要真好　　　　且与众不同 就可不朽 从而成
一首诗 一则寓言 一篇散文 作者佚名　　只要真好 且与众不同 就可不朽　　从而成为永远的孤峰　　从无意义处看 出有意义 哲学家看到 一个思
义处看 出有意义 哲学家看到 一个思维的裂缝　从无意义处看 出有意义 哲学家看到 一个思
一个好的作品必然使我们豁然贯通获得再生 之感 并从有意

百花洲文艺出版社
BAIHUAZHOU LITERATURE AND ART PRESS

图书在版编目（CIP）数据

在下沉的世界里上升 / 赵青著. —— 南昌： 百花洲文艺出版社, 2017.12
ISBN 978-7-5500-2515-8

Ⅰ. ①在⋯ Ⅱ. ①赵⋯ Ⅲ. ①散文集 – 中国 – 当代Ⅳ. ①I267

中国版本图书馆CIP数据核字(2017)第276143号

在下沉的世界里上升

赵 青 著

出 版 人	姚雪雪	
责任编辑	刘 云	
书籍装帧	赵 霞	
制 作	周璐敏	
出版发行	百花洲文艺出版社	
社 址	南昌市红谷滩新区世贸路898号博能中心A座20楼	
邮 编	330038	
经 销	全国新华书店	
印 刷	江西华奥印务有限责任公司	
开 本	710mm×1000mm 1/16 印张 18	
版 次	2018年2月第1版第1次印刷	
字 数	200千字	
书 号	ISBN 978-7-5500-2515-8	
定 价	36.00元	

赣版权登字 05-2017-465

邮购联系 0791-86895108
网 址 http://www.bhzwy.com
图书若有印装错误，影响阅读，可向承印厂联系调换。

我一生只造希腊小庙，这庙里供奉的是人性。

——沈从文语

序
静水深流

王一民

　　2016 年 12 月 30 日，在百花洲全国文学笔会上，有人说了这么一段话：电影《泰坦尼克号》中有一个四人乐队，总是那么看似漫不经心却百倍地投入演奏世界名曲。当船体即将下沉时，他们纹丝不动，继续奏完最后一支《基督教圣曲》。那种舍生忘死"在下沉的世界里上升"的执着相当于我们与文学的关系。说这话的就是赵青，他只用五分钟就赢得了满堂彩。

　　赵青有一根敏锐的神经，能够准确地感觉生活的脉搏潜在跳动，犹如中医伸出三根手指，轻轻搭在事物的寸、关、尺上，切出浮沉迟数，剖析寒热虚实，写出一篇切中要害的文章或说出一段惊世骇俗的话。没有这根视大千世界于无物的神经之人，与文学无缘。上世纪八十年代初，他失意地像一片树叶飘落到湖口，好像天意就是让他去赴文学之约。虽然出生于鄱阳湖一个港汊里，直到对政坛说声再见，心静如水地登上与文学有渊源之山，走上 126 级台阶，站在石钟山上纵目江天一览，才认真地看看司空见惯的鄱阳湖，原来这里才是他心灵的原乡。

　　在九江文学队伍中，很多人写过鄱阳湖，用各种体裁各路文法为鄱阳湖立传。而在赵青面前却有两个鄱阳湖，一个是眼中的鄱阳湖，一个是心中的鄱阳湖。八十年代以前，"那才叫鄱阳湖呢，走到湖边尽是一股子鱼腥味……河沿边密密匝匝遍布的都是噼噼啪啪的小船"；"那时的吴城还隐约看得见当年繁华的影子，就像一个美女到了中年，还没有褪去美人胚子"。后来去，再也看不到了，渔村里没有渔网，千篇一律改造成既不像别墅也不像渔村的大杂院，农业文明带给我们天长地久的温馨和渔歌唱晚的诗意永远消失。吴城也今非昔比，美人迟暮了。于是他发出古人的慨叹，子在川上曰，逝者如斯夫！所以，他要挽留鄱阳湖，复原鄱阳湖，不用笔，用镜头，电视纪录片《静静的鄱阳湖》用诗一样的语言配上湖天景色，民风民俗，人文历史，让鄱阳湖的人从大自然走来，又向大自然走去。

在相当长一段时间里，赵青把主要精力投入到电视纪录片的创作，打造出《红云》《天音》《庐山魂》等一幅幅人文画卷。他把脚本写得非常具有文学性，精美的汉字不仅描绘多姿多彩的自然景观，而且营造出诗的意境，画的情怀。未拍之前只看文本，就能被吸引，被感染，被打动。这就叫电视文学，它是我们文学园地中一朵新的奇葩。

赵青是一个报人，高级记者，最擅长写茨威格式大特写，扫描全国龙舟赛的《一龙牵动万人心》庐山名人别墅大拍卖的《牵动全球的庐山风云》等大块文章都出自他的手笔。他善于攥住一件新事物并把它与国家的热点紧紧扣在一起大做文章，搞得振聋发聩，水起风生。不做就不做，要做就做大做强。他曾主编九江日报《周末世界》十一年，从版面至内容，既有新闻性，又有文学性、娱乐性，让广大读者耳目一新，日新再新。也许，在正统的报人眼里，他从鲁院学来的现代与后现代有点"另类"，但他的出品并不离谱，常常擦边球通过。他聘来的那些学生记者也许不伦不类，"歪瓜裂枣"，后来一个个都混出了人样儿。

我与赵青相知多年，觉得他最钟情的还是文学，那年我们去湘西采风，在沈从文故居，差一点把他弄失联了，他一头扎进久久仰慕的大师书房，顶礼膜拜，竟忘了时间。他说，这一回总算把沈从文的各种版本收集全了。赵青心中的老师恐怕只有以沈从文为首，汪曾祺等一派，他的写作风格有意无意走向湘西，靠近太湖，追求纯粹，崇敬自然。在沈从文眼中，只要是真实地坦露自然生命力，每个人都有可爱之处。他要构建一座希腊小庙，供奉人性。这不正是赵青梦寐以求的么！

2017 年 5 月 18 日

自序
误入歧途

　　用这个题目来囊括我的过去，很有些出言不逊的味道。但它的确是一个十足的事实。我天生就不是一个形象思维者，从小生活在鄱阳湖畔都昌县一个不知名的港汊里。对于我，无论从哪个方面来说，胆敢觊觎甚至狂妄地高攀文学这个大雅之堂，纯粹是非分之想，正如一位朋友说的："恕我直言，你是迫不得已才走到文学这条路上来的。"是的，如果没有一纸公文将我从围着高墙的深院抛到鹤鸟惊飞森然欲搏的石钟山下；如果不是苦苦请求才允许去了那座踩得晃晃动动的小木楼；如果不是住下来的头一个晚上，我的那个临时用三合板支起的小房间就被人重重地踢上一脚而长出一个永远无法愈合的窟窿来，我的人生将完全是另外一回事。

　　至今，我还清楚地记得：那天，天空灰蒙蒙的。当我踏上石钟山126级台阶的时候，我的心灵和当时的天空一样沉重、迷茫。暮色中，我一个人痴痴地站在那里，望着江湖水面，一片片的白帆从天边出现，又慢慢消失在天的尽头，便引起了我无限的遐思：这世界往后不知会是什么样子？我实在想象不出。东望水天一色，西望水色一天，一片广漠，无所依附，无所寄托。进而我又想起离浔的那一天，一位帮我装运行李的农民，用他那双比锉刀还要粗糙的手握着我，说："像你这样眼珠亮的人还会回来吗？"我真的经不住他的这句话，心里酸酸的，一眼也不敢望他，马上背过脸去，点点头，用力关上了车门。

　　直到文学进入我的生活中来，我才感到过去失去平衡的心稍稍有些依托。兴许，就在那一刻，我的人生和创作的契机，同时孕育和产生了。不知谁说过，凡是生活中开怀地笑过和痛心地哭过的人，都有资格从事文学创作。

于是，我痛定思痛，慎重选择，斗着胆，惶惶地叩开了文学这扇大门。

进门之后，我才发现自己俨然是"刘姥姥进了大观园"……茨威格、契诃夫、卡夫卡、托尔斯泰、巴尔扎克、马尔克斯、沈丛文、郁达夫、朱自清、汪曾祺……他们把我带到无边无际流泻得像高山一样汹涌的大海边上，使我充满了自信，又充满了畏惧。至此，我才明白，文学之路原本是一条穿越阴影的曲曲折折的路，是一条在折磨人类的苦难里延伸又与苦难相抗衡的光明之路。谁在纷乱变幻的世界中找到了它，谁就登上了那片金灿灿的辉煌。

多少个黄昏和昼夜，我一次又一次地面临着极为尴尬的两难选择：一方面，对长久以来树立起来的人生原则忠贞不渝，也即"你不可改变我"；另一方面，纷繁复杂的现实生活又无时无刻不在强迫着我修改许多恪守已久的信条，也即"你别无选择"。我就时时刻刻处在这样一个剧烈奔突和痛苦的撕扯中。

我从小在鄱阳湖畔长大，对水边的哀乐人事比较熟悉。平时只要一合眼，那儿时的梦幻，青春的碎影；那飘忽的风帆，远去的橹声，常常在我心头碰撞激荡。我原本为了写水，而去大山。没有料到，我的魂魄竟丢在了大山。回过头来，当我重新审视这片沉甸甸又湿漉漉的大世界时，我发现自己竟与一位参禅的老僧不谋而合：

"老僧三十年前未参禅时，见山是山，见水是水；及至后来亲见知识，有个入处，见山不是山，见水不是水；而今得个体歇处，依然见山是山，见水是水。"

我显然还没有悟到这个份上。但是，我不否认，我眼中的大自然，已经不再是单纯的自然景观了，它统统成了我人生的惊醒和感悟，成了我痛苦与欢乐的一个不可或缺的载体。我试图借着这个符号，运用人类和现代的眼光，去开掘我那片至今仍未真正为之动容的未来天地。

最近，我读到一首《不要成熟》的小诗，诗的大意是：不要成熟／不要成熟／成熟了／就会凋零干枯／不要摘它／半是甜半是酸／半是生半是熟／留一点期待和希冀／保持些神秘与诱惑。

对于人生，我已过耳顺之年，而对于文学呢，我却恰恰害怕和讨厌这种成熟！

真的，至少目前我是这样想的。

2017 年 4 月 28 日于望庐邨

目录

卷一
与灵共舞

村居杂记

长年在外，很少回去，一去就待了六日。

放下行囊后，第一件事我就想四周转转，看看一年中村里又多了点什么，又少了哪些人。

我出生的那间老屋已经拆掉了，只留下几只石墩几片瓦砾。至今我还记得，老屋里有两个"天井"，住过八代人。每逢冬天，经常有人把狗用绳子勒到门前树上，吊死，用生姜辣椒炖狗肉吃。乌龟常常仰起头，看着从天井射进的光。看够后，又一骨碌钻进石缝内，一动不动。到了涨大水的季节，突然一夜间，水就涨到了家门口，家里便搭起了一个接一个的跳板。门口的柳树浸泡在水里，挣扎着露出头，在夜空中就像一个蓬头垢面神经兮兮的女人，常常让人胆战心惊。移民建镇后，村口人家都往村后移，秩序打乱了，是抓阄择地，先前熟识的邻里人家也不知搬到哪里去了。不说是我，就连村上的人都弄不清楚。先前拜年，一个房族一个房族地拜。因为搬散了，今年干脆不拜了，自行走走，免得生人熟人尴尬。

村背后的坟山是我每年都要去看的地方，那里住着生我养我的父亲。天长日久，很多坟都瘪了，而父亲的坟却日渐见长。娘胸前吊着一把钥匙，走过来说，你爹那块地好，当时就挖出了两个蛋。大年三十祭祖那天，下雨，路难走，又冷，许多坟都没有去，唯独我父亲坟头的纸钱烧得最多。不知哪个侄儿祭祖时还放了一只大苹果在我父亲坟头，算是"加劲"的意思。我站在父亲坟头，仿佛听到了他生前的咳嗽声。父亲辛苦一生，积劳成疾，最后命终在肺气肿上，当时崩天裂地的感觉一直印在心里。直到今天我一听到有人咳嗽，就会想起我的父亲。

在我印象中，村上的人气极旺，满地跑的都是小孩。男孩子、女孩子、摇篮里哭着的孩子、鼻涕邋遢的孩子，一会儿冲进来，一会儿又扯起脚丫跑开了。见到我回来后先是好奇地看着，不知道叫我什么好，直到他的父母说，叫什么叫什么，他们就叫了，而且叫个不停。孩子的世界生机勃勃，一会儿哭一会儿闹，一会儿点上一只爆竹，往别人面前一丢，炸得你冷不防朝后缩。鞍前马后跟我跑的是我堂侄的儿子，村里人叫他"拉兹"。说他脑筋灵活，转身一下，就把你的东西掏走，然后埋在草堆里，人家找出来对质，方不说话。又有一次，他悄悄把他妈妈一百块钱要来，跑到附近小镇上去买自己想要的东西。回来后非常神气，简直换了一个人，不仅穿了一件红红绿绿的球衣，还专门用染发剂，把一头黑发给染黄了，像个洋娃回村，结果挨了一顿恶打，躲在后山的草堆里过了两夜。这孩子家里天天为他犯愁，而他跟着我，从不动我的东西。村里人说，你是当干部的，他是你的贴身保镖呢。说得不好意思时，小"拉兹"咧着嘴，笑了。

　　村里大年三十那天最重要的事便是家家讨账户户还债。平时，村上人做各种买卖交易作兴赊账。就是当时不付钱，到了一年中最后一天便是讨账的日子。这一天，只要家里来了陌生人，不是还钱的，就是讨账的。有理发的工钱，裁缝的工钱，做篾的工钱，炸豆条的工钱，一个个都找上门要。讨账的方式也因每个人的性格不同而各不相同。有的三下五除二，一下结清。有的大喊大叫，有的甚至动手打人。大多数都要争上几句，才挤牙膏似的加上一点。有的几百块钱，讨了十几年还在讨。要是那欠债人见到我，总不太好意思，怕在生人面前失了面子和落个"赖账"的名分。总之，不好的事，怄气的事，拍桌子打板凳的事，都在这天了结。

　　与大年三十迥然不同的是初一这一天。乡下人一夜间换了个样，变得非常阔气大方起来，他们仿佛要把一年中的积蓄都用到这一天。早晨"出日"，各家各户用肩扛着一面米筐大的几万响的爆竹，到村口去打，我们家里人叫"摆脸"。一字排开，差不多排到一里路长。由第一个小伙子点着，后面山呼海啸般跟着响起，把村口变成了"海湾战争"，"噼噼啪啪"的声音持续足有几十分钟，这时天被烟雾团团罩住，地下是一色炸开的爆竹屑，让人想起这个村庄的"混沌初开"。打完炮仗拜天拜地拜祖宗拜神灵，开口"新年好"，闭口"发大财"，一片喜气。这时家家都把最好的烟伸到每个前来拜年的人手上，把最好的米糖送到你嘴里。然后完成最后一个节目——"上谱"。要是哪家生了一个红丁（男孩），那爆竹要打很长一阵。过去女孩不上谱，如今改革了，女孩也上。村里人也跟着说，男女都一样嘛。上谱则是由村上最有文化的长者主持，每家派一个人参加。由长者把谱打开，放到神龛前供一下，再取过来，这时人人都来请我帮他家的孩子取个好名字，而我对各家情况不知，名字很难取，便说，你们先说一个吧。我再帮着判断一下，就算了事了，于是鞭炮响起，两个鸡蛋，一碗酒糟，一包烟，分发到每个前来上谱的人手中。从正月初一开始到元宵日上，村里人便按亲戚疏近辈分高低往来密切程度，走亲访友的不断，吹吹打打迎亲嫁娶的不断，到镇上买东西的不断，路上尽是人。只要见到人不分彼此，先敬上一支烟，你再不抽也要接到手上，要不别人会说你看不起他呢。

回村几天，几乎没在家吃过几餐饭，一家一家都排得很紧，有时是人陪我，有时是我陪人。村里有个人的外甥是县委副书记，听说他初三要来拜年。那家便郑重其事找到我，要我帮他陪客。他说，不是要吃个什么，要我一个面子，就说我赵家也有能人，也不比你差。逢到这种情况，你要是不去，那就真会得罪人，我也只好破例参加。客人走后，他千恩万谢，真难为你给了我回面子。他说，你虽然在外面做事，但泰山不能压北斗，该赏的脸还是要赏。

闹腾几天后，我要回城了。那天晚上，我没睡好。睁着眼，听村外的声音，尽是狗叫。喧嚣一天的村民再无话可说，土地和人都乏了。此时狗声大作，声音在夜空飘来荡去，将远近的村庄连在一起。快天亮时，鸡又山鸣谷应啼个不停。我思前想后，该回城了，那里的妻子和女儿还在盼着我回岳父母家团聚呢。

第二天一大早，侄子帮我挑着一大摞东西上车。我和弟弟、弟媳、侄儿、侄女道别后就动身了。这时，娘堵到我面前，崽呀，你写个字条给我。我知道，留个电话号码。她怕一旦有事找不到人，好让别人打电话给我。我撕下一张纸，写上了我的手机号码。这时，娘便说，崽，要娘今年不死，下半年还回来……上路后，最小侄儿的女儿追上来了，要送我到镇上。我越走越远，快看不见村口了。回头一望，发现娘拄着拐杖，站在路口，歪着身子，还在送我，我一下忍不住掉了眼泪。我知道，在这个世界上，娘把我看作她风烛残年中最重要最重要的靠山和支撑，而我也把娘当作是我连接都市与乡村之间的唯一一根纽带。只要娘在，这根纽带就不会断。

第一次出远门

当我从纷乱的人流中，磕磕碰碰，挑着一只与自己个头几乎同高的祖传的篾箱下船时，一颗十五岁的心是何等激动而惶恐！出了检票口，人像开了闸的水，几乎挪不动一步。直到现在，我都想象不出当时我是怎样一步一步将篾箱拖出从船上到江边码头那段长长栈道的。就在我再次摸出临出门时，父亲稳稳交给我的那张折皱了的入学通知书去寻找九江师范的地址时，一条横幅标语在码头出现了："欢迎你，九师新校友。"没等我站定，我的那副沉重得有些受不住的担子，就被几位素不相识的九师同学抢挑走了。

好像是一个黄昏，从都昌过来的船本身晚了点。当我跟着他们经过这个城市的第一个十字路口——西门口时，车灯人仿佛一齐冲着我碾压过来，我一步也不敢乱动。我不知道要让多久才能把所有的车子和人流让开再走过去。就在我立在那里一动不动时，又是那些素不相识的同学一把拽住我，牵着我顺利通过了西门口。晚上好像什么也没吃，只是把被子随便抖开了一下就倒床想家。那时交通非常不便，从一个一百多公里的水乡折腾进九江，足足用了我三天三晚的时间。从接到通知后的躁动，到爸爸妈妈喘着粗气忙进忙出为我准备行囊和筹备上学的钱。在我的记忆中，那次远行的具体实施办法真不亚于去年接待联合国专家来山考察那样复杂。先得把我的行装绑上一只独轮车，将我送到一个离家乡三十多里靠车站最近的一个姑父家住下来。第二天一早，姑父家又全家出动，用独轮车把我送到车站，在那里等一辆从景德镇开往都昌的班车。一直等到下午三四点，父亲的黄烟丝已不知抽完了多少袋，才看到那个奇迹的出现。车子一到，父亲大步跨上去，亲戚朋友帮我把担子送进窗口，在父亲长一声短一声的"崽，到学校后，就写信来"的"呵呵"声中，我的眼睛模糊成了一片雾。车子卷起一股厚厚的灰尘，带着一个不安分的灵魂，"呼"的一下开动了。一路上我又在想，到了都昌以后怎么走。在车上问了许多人才打听到有几个到九江的。我几乎亦步亦趋跟着他们到了县城的水码头准备搭"洋船"走。在候船室里，几只软弱无力的灯照不清朦胧疲乏的脸。我紧紧抱着全部的行装（那可是我第一次离家后的全部家当啊），在那里做了第一个远行的梦。第三天，朦朦胧胧的晨光中，有人摇醒我："到九江的快上船呐。"我又挑着那只篾箱急急上了船。在船上，我又在想，到了九江怎么找学校。那时我一点也不会普通话，每到一处问路，就像中国人在伦敦街头用中国话问路一样吃力，且得不到任何回答。实在纠缠不清，就只好写在手心上。总之，那几天我几乎没有睡稳过，一直在琢磨在当时看来比什么都重要的任何一步的任何一个细节。

现在看来那是多么至关重要的一步！如果没有这一步，我也许至今仍在鄱阳湖畔的一个港汊里摸爬滚打，干着父辈世世代代绵延不绝的"面朝黄土背朝天"的伟大事业。

直到过了一些日子，同学们慢慢熟了，才渐渐知道，到九师读书的大都是一些家庭景况不太好，又偏偏生出一些求知若渴勤奋的青年。这些人在家时都吃过很多苦，特别珍惜来九江的这段光阴，因此显得出奇地认真。记得那时，星期天只开两顿饭，饿了，就用几两"米灰"（粮票）在街上换一只烤熟了的红薯吃，然后又接着去学校隔壁的一家图书馆泡到关门为止。那时不作兴饭票，学校给每个人发一张蜡纸刻印的表，上面标出"早中晚"和一个月30日的空格，每用过一餐，厨房的工友就用筷子头点上一个红点，表示吃过，哪像现在只要将磁卡往里一放就万事大吉呢。洗衣服对我们学生来说很不情愿也很简单。在一口爬满青苔的古井边，我们把衣服用肥皂从里到外打过一遍后，便用脚胡乱在上面踩几下，再把领子、袖口等关键处用力揉搓即可。那时九师很注重社会活动。每个同学每个学期都要到九师三里街农场劳动一段时间，平时还要去江洲捡棉花，去瑞昌实习，所有行程都没有车，靠两只脚硬走。吃的大多是黄豆，吃多了作气，到了晚上夜深人静，自自然然响起"噼噼啪啪"此起彼伏的声音。九师的晚自习是出奇的安静，一根针掉地上都能听到响声。一位同学忍不住放了一个屁，引来轰堂大笑，班长立即站起来制止，说有屁的同学请自觉到外面去放。军训是九师最隆重的日子，由市人武部派出英俊的军官对我们进行严格的"地对空"训练、刺杀训练、防空表演训练，至今我还依稀记得班长领着全班几十号人正步通过主席台接受校领导检阅的壮观场面。校场上杀声震天，一场军训下来，一个个都成了非洲黑。那时师生之间似乎有着一种密不可分的亲和力。那素质极好风韵动人的美术、音乐女教师和身材修长的体育女老师，给学生所造成的美感至今不能忘怀。特别是蔡君岑老师的讲课风趣之至。一次讲到什么叫分水岭，蔡老言简意明：分水岭，就好比我们男同学站在山顶上屙尿，撒向两边，说得一些女同学脸红了。还有一次讲地理，他把教室桌椅围圈而排，挑选班上三个身高不同的同学叫出来，高的当太阳，中等的当地球，小的当月亮，他指挥这个"太阳系"慢慢走动，显现出地球围绕太阳公转同时自转时的各种位置关系，又逐渐移动"月亮"，最后"地球"自转时幅度过大，把"月亮"撞倒了，引起哄堂大笑。那时老师和学生之间距离不是太大，有什么事只要找到老师，他都会为你尽力解决。我还清楚地记得入校时班主任的话："同学们，现在你们糊里糊涂，以后到了社会上，就会知道。"当时我们怎么也弄不明白这句话的含义，而现在知道了立世的艰难再去领悟老师那句话，就有些后悔不迭的感觉。我记得那时虽然大家都不富足，同学们时不时在一起相互交换一下从家里带来的舍不得吃的"米泡"之类的零食。一些边远山区的同学穿的还是从旁边开口的裤子，想必是临走时母亲从身上脱下来交给儿子的。尽管如此，同学们还是很上进很乐观。我记得一位语文老师在"文革"中几经颠沛流离第一次获释时，他不是去会亲人，而是借一根扁担和绳索，把放在别人家的几十本书挑回家里。

这些都是许久以前的事，在今天却依然光鲜照人。也许生命就是这样，在每一种时刻里都会有一种埋伏，都要等待几十年之后，才能够得到答案。要在不经意的回顾里才会恍然，恍然于生命中种种曲折的路途，种种美丽的牵绊。

那年那月

上个世纪六十年代末，中国大地上成千上万的知识青年和许多干部一夜之间，在震耳欲聋的锣鼓声中，被一车一车送往"广阔天地"接受贫下中农再教育。他们按照营、连、排的军事建制，组成一支支浩浩荡荡的叫"五七大军"的队伍。

我就是这场上山下乡运动队伍中普普通通的一员。

那年我 19 岁，准确的时间是 1968 年 10 月 15 日。第二天揉揉眼睛，醒过来，发现自己已然被取消城市户口，站在武宁县箬溪公社棠厦大队一个叫八里棚的冷浆田中。面对来自不同地方的陌生面孔，你看着我，我看着你，呆了老半天才开始动起来。没有住地，我们用干打垒筑起了土巴房。一有最高指示发表，我们常常连夜打着电筒挨家挨户一路喊叫。每天早晨最早起来，一个女知青拿着用铁皮做成的喇叭，向全村社员广播每天发生的好人好事和重要新闻。后来我们拜贫下中农为师，"一帮一"分到每个农户，跟他们鞍前马后学犁田、学耙地、学烧火粪。久而久之，我们晒得黑黑的，和他们成了一个样。收工后，我们有时也会邀上几个人，到小镇上，吃几个点红的包子，要一碗青菜肉丝汤，算是打了牙祭。有意思的是，八里棚旁有一段很陡很长的坡，是东来西往的汽车必经之路。有时想上县城看看，知青们便从路旁树林里偷偷钻出，趁汽车爬坡很慢，悄悄躲进车厢蹲下不动。有时被发现，司机把我们统统赶下来。但轮到下坡时，我们在田里劳动，发现拉货的车，速度过快，翻到田里，我们连连拍手称快，好像出了一口恶气。让人沮丧的是，一位女知青平时很注意我，到她家总要给我端上一碗热乎乎的鸡蛋肉丝面，突然间一阵口号响起，来了一部车把她父亲带走了，车两旁贴满了"打倒"之类的标语，这时我唯一能做的就是沉默。

一年后，作为"五七大军"的一员，我被借用到武宁县革委办公室秘书组工作。一去，总务组朱组长便把我和另一名借用干部龚平海安排到一间房内住。房子不大，八九平方米，一张长条桌放放牙刷茶缸什么的。那时，我们刚从泥一身水一身的乡下上来，能有一间这样大的居室足矣。老龚也不讲究，一顶蓝帽子，一身藏青色的中山服，见人总是乐哈哈的。在我印象中，他很注重那口新镶的牙齿，经常含上几口水，咕咕咕的漱几下，又"扑扑"地喷到地上。虽然私下知道他下放前曾在大机关为大官写过不少材料，但在我面前却无一点架子，总说，小伙子，好好干！而我初出茅庐什么也不懂。

老龚是携老带幼一同下放到武宁宋溪的。第一次来家属，听一女同志喊他："老龚！"我觉得这叫法挺怪（当时叫"老公"似乎很丑），姓龚又和老公的公扯到一起，还是头一回听到。那时，我年轻不懂世事，不知道主动让出房子，结果害得他半夜起来抱着一床被子住到办公室的桌子上。第二天，我还傻乎乎的到办公室说这件事，被同事们狠狠笑了一顿，而他却说，小伙子，没事，没事！以后，我就开始注意了，只要胡姨一来，我就主动打招呼，跑到通讯员张可雄那里去住。第二天早晨回房洗漱时，见胡姨坐在床上散乱着头发在吸烟，看得出他们是患难夫妻有很多的话要说。在那个年代，女同志文化水平很高的不多，而胡姨竟能写出一笔很好的字，时不时还能对我们写出的材料指点一二，这更让我佩服了。说起来这些日子宛若昨天，实际过去了四十多年。

今天翻开《那年那月》，那段刻骨铭心的记忆和我们曾历经的沧桑仍历历在目。有人说我们是"失落的一代"，也有人说我们是"奋斗的一代"。我想失落也好，奋斗也好，这段生活对我们整个的人生无疑产生了非常重要的影响。如果说我们今天还在靠理想（而不是某种现实指标）支撑着往前走，那么这种理想恰恰是由那个荒芜年代培植起来的。我们这一代走的是一条纷繁复杂的逆行之路："想读书时要搞运动；想工作时要下放劳动；想结婚时要计划生育"。我们中有很多人干着本不属于自己干的事，在七十年代后那些热情高涨的年月里，我们每个人都做出了种种努力，有时也患下一些可爱的幼稚病，每一次经历都帮助我们慢慢学会遵从理性规则和承受生存压力。从《那年那月》这本书的各色人物中，也毫无遮掩地透现出我们这一代人的镇定与安详。

　　我们以丧失开始人生。我们人生的最初丧失是被抛出子宫，我们是吮着奶，呜咽着，无助地依赖于母亲的婴儿。后来又经历人生一次次挫败、磨难和必要的丧失，才慢慢成熟起来。人往往是在世界抛弃他的一刹那得救的，我们被抛进自己的生活中，同时也必须为自己建构新的生活。

　　世上所有的人终其一生，都在寻求某个宝贵的东西，但能找到的人不多。即使幸运地找到了，那东西也大多受到致命创伤。但是我们必须继续寻求。因为不这样做，活着的意义就不复存在。

塔岭南路 53 号

从市第一人民医院上街，有一条上坡的路，叫塔岭南路。它与老行署大院侧门遥遥相对，有个入口是塔岭南路 53 号。

这条路平平常常，却让我在这里来来回回走了十年。

我是 1970 年 9 月调来九江地区革委会宣传组工作的。开始住在宣传组侧门，一个过道的亭子间内，早先是我同学柯传煌住，后来他分了房子，我就住到这里。那时我还没成家，经常有些在工厂的同学到我这里蹭饭吃，这里食堂办得不错，有个小小的农场源源不断供给食堂新鲜的蔬菜，只要几角钱就能吃得很好。我窗台上常常摆着大大小小七八只碗，谁来了，到了饭点不请自上。

这座楼是一个典型的木质结构，稍有响动，整个楼都听得见。

隔上几个月，我父亲就会搭家乡到九江运货的木帆船，来这里看我。父亲进不来，门卫战士打电话给我，我便到大门口来接父亲以及同来这里看望我的一些船民老乡们。打上食堂最好的饭菜，让他们住在这里吃在这里。到了晚上，下班了，楼上很安静。有家的都回了家，一些海军军代表首长就在我楼上吃住和办公。

父亲年幼受了风寒，得了一种病，叫哮喘。平时不咳则已，一旦咳起来可是惊天动地。尤其在晚上，夜阑人静之时，我最怕的就是父亲咳嗽。那种咳嗽谁也阻挡不住，一声接一声，像是要把整个的肺都给咳出来一般。有时父亲坐起来抽筒烟，想把咳嗽压下去，结果反而咳得更加厉害。随着咳嗽声一阵紧一阵，喉管扩张，大口大口的血痰喷涌而出，有时几乎到了快要窒息的地步。吐到地板上黑红黑红一片，死腥死腥一片。这种情况要是在老家，只要母亲抓来一把灰就能盖得严严实实。而在我这里上哪儿去找灶灰呢，只得拿着拖把来来回回地拖，来来回回地拖。咳一次拖一次，整个晚上就被他的咳嗽搅得周天寒彻无法入眠。作为儿子，我总劝他去医院拍个片子，到了白天他又忘了。如此循环，几天下来，因了父亲的到来，这个楼变得吵闹不安。我一方面希望父亲在这里多住几天，但是到了晚上吵得首长睡不着觉，我心里也的确忐忑不安。尽管首长说，没关系，没关系。但我心头却像压了一块很重很重的石头。想到这里，我又不得不劝父亲早点回去。这样一来一往，父亲看出我的心思与尴尬，就说，崽，以后我就不来啦，这样会妨碍……话没说完就一骨碌咽了下去。

后来父亲不来，我心里又老欠着他。而这时住在鄱阳做铁匠的叔父也得了这个病，打电话要到九江来看病，又是住在这里。第二天早上，首长问，昨天你父亲来啦？我说，你怎么知道？我听到他咳嗽呀。可见此事影响很大，连首长都有感觉，只要是这个楼有咳嗽声，就说是我父亲来了，我真是有苦难言啊。到了医院，院长说，你们家族得的什么病，我不用检查全都知道，一定是哮喘病。那时不懂遗传基因，只晓得这病容易传染人，所以一般都不太敢靠近，而我还得不厌其烦一次一次地招呼他们，直到把他们送上回家的船。

后来，和我非常友好的同事徐鹤龄调到彭泽，他进机关较早，也很有才华，我们俩都差点同时间调进省革委工作。他住在塔岭南路53号，院内有间十几平方米的房子，我把我的苦处告诉他，他很理解说，乡下来人有什么办法，你父亲又哪里愿意得这个病？他对我说，我调走后，把钥匙直接给你，你就赶快搬进来，这样比过去在楼道内居住，条件好多了。即使父亲咳嗽也不至于影响别人。这时我再动员父亲过来，父亲总是借口说，忙，忙，来不了啦。

这件事曾夜雨般搅扰着我的梦魂。

在塔岭南路53号住下之后，乡下来这里打搅的少了许多，我就特别地发奋。那时年轻，精力旺盛，为了寻求事业上的突破，熬更守夜，天天埋到故纸堆中不是抄就是写，慢慢手指都起了老茧，指间溢出一层层墨，不小心弄到脸上，自己都浑然不知。我记得以前每次讨论稿件，总讲没有一个好的标题，通不过。为攻下这个难关，我硬是在宣传组的图书室内，把新中国成立以来只要《人民日报》《光明日报》和《文汇报》上有的标题统统翻了一遍，抄了上万个，慢慢真的应用自如，再也不会为此发愁了。随着事业上的长进，年龄一天天加大，有人给我介绍女友，在这里我又度过了人生最幸福最难忘的时光。

后来又是一阵风暴席卷而来，我被裹挟其中。一天，总务科长对我宣布，从明天起，领导要你搬到农场去，你这个房子要交出来，让给新华社记者住。处在人生困境中，这个决定对我来说不啻是晴天霹雳当头一击。

第二天早上，我什么也没说，把自己的衣物用具收捡打包，放到板车上，一口气拖到了农场一间黑乎乎的小屋内。1980 年春，我调离九江去了湖口，开始了我人生的另一段征程。

今天，这个当年象征权力地位的塔岭南路 53 号，在日益喧哗的世界中，似乎有些破败有些落寞，但在这里我所经历的过往，毕竟是我生命经验中最重要的一段时光，是我青春时代的一个见证。即使有许许多多的愉快和不愉快，高兴或不高兴，我都感到十分亲切十分温暖。

人生原本就是这样不断消失在日子里的……

江之头江之尾

认识你时才 19 岁。

一个女子的一颦一笑乃至似蹙非蹙都是让人心动的。那时你正在市 A 厂那个被男人们称为女儿国的地方工作，我与你相识纯属偶然。那天上海芭蕾舞剧团著名舞星辛丽丽来我市演出。我给分在你厂当老师的一位同学送去一张观摩券。离演出时间不长，坐下不到一刻钟。在我记忆里，那屋子乱得不能再乱，几个单身汉相互逗着笑着眼泪水都快淌出来，唯有你一动不动欠身坐在一张半新不旧的绷子床边。垂吊的灯气力不济地照着，你在翻一本破得比烂腌菜还要糟糕的《安娜·卡列尼娜》。不知你是在听他们侃天侃地还是醉在书中，反正你一直没有吱声，直到我同学用他那不太好懂的方言向我介绍你的名字时，你才抬起头对我淡然一笑，笑声中露出一颗极白极细极好看的小虎牙，我望着慌得不行，不敢正面看你，当即就有一种被什么重重触了一下的感觉。

几天后，我到长江中下游一个金星渡口，也就是当年解放战争时期百万大军渡江的江心八宝洲体验生活，面临滔滔大江千回百折万千往事都注心头。那几天我一阖上眼皮就见你的影子在动。处在迷迷糊糊中的我，心里老被一种说不清道不明的情绪搅得不宁。人说传神写照尽在阿堵之中，而我头一回惊奇地发现你那颗极白极细极好看的小虎牙绝不比一双会说话的眼睛逊色多少，特别是那白炽的灯光投射到你那淡然一笑时，那颗小虎牙显得十二万分水灵和动人。到渡口落宿的当晚，我整整一夜都被与你那次短短的见面和见面中淡然一笑折磨得死去活来。直到同房的人东倒西歪睡去之后，我点亮灯想给你写信，可拿起笔连个名字都不晓得，该往哪儿寄呢，总不能像万卡那样寄给"乡下爷爷收"吧。想了半天还是决定寄给在 A 厂教书的同学让他亲手转交给你，继而想男男女女的事干吗一下就让全世界的人都知道了呢。我关上灯极力回忆那次匆匆会面中同学给我介绍时说出的一个很拗口又很亲切的名字，从语音判断好像叫钟什么珍。我努力从百家姓和四角号码字典上找来上百个类似你姓名的同音字，对了，就写钟鼓楼的"钟"吧，"珍"字似乎听得较准，也是一般女性常用的字大概不会错，余下中间一个字好像是一个"巧"字，又好像是一个其他什么字，真把我为难透了。我麻着胆给你发出了我的第一封情真意切意切情真让人愁肠百结催人泪下的信。

从这之后，渡口乡邮所的门槛和我一样成天瞪着一双焦灼的眼。每天只要班船把鼓鼓囊囊的邮包一丢下，我不等乡邮员分发就在那里堵着拆包。信来了一封又一封就是不见你的信的踪影。

纳闷了好几天，我决定提前回城找你。当地的小伙子都知道Ａ厂的姑娘最爱在黄昏暮色中结伴散步。她们大多数都是从全国各地来的，与当地人瓜葛不大，每到下班她们没有哪儿好去，只有相互搀着去夕阳下马路边找寻一个炫耀自己显示自我的机会。我选择最佳时刻等候在你必经的十字路口，果见你穿着一件得体的白色裙子款款而来，你被众星捧月般围在女友们中间。我忍不住喊了声："钟巧珍！"你抬起头问："喊我？哦，你就是……那天送票来的……小Ｄ的同学吗？"待双双站定，你问我上哪儿去，我明明是去找你却偏说是去小Ｄ那里。见你快要抽身我禁不住问道，我给你写的信收到了吗？信？！你似乎全然不知。我把写信的过程一五一十向你说了一遍，你笑得直不起腰来："你呀，真是乱弹琴，把我的名和姓全弄错了，我叫陈晓芬！"回到厂里，你从满是灰尘的信架上找回了我的那封白白浪费了自己感情又让一个女人笑话一生的信，你说就凭你这错字大王，我就挺喜欢你。

在一个月光如水的夜晚，我和你相依相偎。那天你穿的还是那条裙子，透过微弱的亮光和婆娑的树影，我看见你那被风撩动的裙裾你微笑时极白极细极好看的小虎牙。我实在按捺不住自己，一把搂住你发疯似的亲你吻你，而你先是慌得不行把脸赶忙转到一边。朦胧的月光下，我觉得，我猜想，在你脸上，在你似蹙非蹙的眉宇之间，似乎有一种不明显的痛苦表情。然后你轻轻问我，你说我们这样会是暂时的吗？我一时找不出更好的话来回复。月色下，你那晕乎乎的脸、你那双唇打开后露出的极白极细极好看的小虎牙又一次如江潮般猛烈撞击着我。我不顾一切地抱住你，我们亲吻了那么久紧紧不放，致使你心旌荡漾快要承受不住了。我这是平生第一次那么不害臊地亲吻一个女人，一种无法表达和言喻的激动与生命体验使得我喘不过气来，滚滚热泪立刻遮蔽了我的眼睛。

再后来你轻轻对我说咱们的事该有个结果了，我头一回大胆向组织公开了我过去一直不愿公开的恋情。组织上也很认真地调查了对方情况，可得到的结论却使我们俩一生都悲痛欲绝。至此我才知道，在那个特定的历史年代，一个"农民"的儿子与一个"地主"的女儿之间有着多么遥远的距离，我在体味爱的甜蜜的同时也刻骨铭心地感到爱的绝望和爱的残忍。

很快你就办妥了调离手续，执意要回长江源头的宜宾老家，回到生于斯长于斯的故乡去。临行前你约我长谈了一夜。你痛苦地向我诉说了你第一次从宜宾走出三峡的情景，是一个年轻的军代表到宜宾中学支左时认识你的，后来凭借他父亲的权力把你调到了这里。也是同样原因你们吹了，你说如今在这里怕是没法待了。第二天你非常痛苦地在江边与我分手，我们相拥了很久很久，直到轮船响笛了，你才跑上船去。我一直站在江堤上望着你乘坐的东方红8号轮，望着你一脸愁绪和莫可言状的痛苦消失在蒙蒙细雨之中……

二十年过去了，诚如古人所云："我住长江头，君住长江尾。日日思君不见君，共饮长江水。"我们相互之间都有了自己温馨的家，我们每日都枕着长江的波涛入梦和醒来。过去的一切是那样模糊又那样清晰，是那样让人惆怅又那样令人怀恋。一位诗人说得好：我说／我试着努力地／记住忘记一切／或者忘记记住一切。让"忘记的"和"记住的"都变成阻隔在深渊那边的记忆，只有未来和今天才是我们每个人每时每刻所要致力把握的。后来我把这件事讲给我妻听，妻很为我这段罗曼蒂克感慨了一番。不久前我终于有了一次出差四川宜宾的机会。妻说："西西，你到宜宾什么也不要带，给我带上一句话向你过去的那位女友问声好。"我一听眼睛一下潮了。我讷讷地对妻说，我既感激你也感激她。是你们用最诚挚和最纯洁的爱温暖和复苏了我当时那颗受了重创之后快要麻木和破碎的心。每个人一生中藏得最紧的兴许就是最美的。在漫漫途中，只要心头永远留着那一丝儿美的情愫和美的瞬间，又何必去追求那朝朝暮暮的永恒呢？……

重走江湖

在江湖之间，奇峰之上，有一座山叫石钟山。

她最小也最大。小到只是几平方公里的弹丸之地，大到被联合国教科文组织所认可。

她最平静最温柔，也最激烈最愤青。风平浪静时，大有守侍圣哲的临终之感，庄严之极，平和之至，纵然一个凡夫俗子，也会感到已将身子包裹于灵光之中，肉体消融，只留下灵魂端然伫立于永恒的江湖之上。而当她发起怒来，谁也阻挡不住，排天的巨浪，翻滚的浊流，上卷绝壁，下漫深渊，一夜之间，整个湖口县城变成汪洋一片，于是到河边看水的人来来回回，络绎不绝。

她最儒雅，也最暴力。儒雅到几乎中国历朝历代的文人墨客都曾到此朝圣过，尤其是苏东坡还为它写下著名的《石钟山记》，更使得石钟山声名远播，誉满天下。晋安帝义熙元年八月，陶渊明还在这里出任过彭泽县令。（当时彭泽县治在现今的湖口均桥镇柳德昭村）任职期间，他留下最著名的"不为五斗米折腰"的故事。而当它暴力起来，石钟山把城门一关，江湖上锁，这里立刻风生水起，战云密布，引来无数英雄刀光剑影鏖战其中。历史上许多空前绝后的重大战役如朱元璋和陈友谅大战鄱阳湖，如李烈钧的二次革命，都在这里大规模展开。

她是我魂牵梦绕充满复杂感情的精神故乡，也是我重新扬起人生风帆的地方。至今，我还记得，那天，天灰灰的。当载着我全部家什的货车停在石钟山文物管理所门口时，人生地不熟，半晌找不到一个合适的人帮忙。我找到时任文化馆馆长的刘建华，要他派几个民工协助一下。车子转而将我送到了街口一家电影院。我欣喜若狂，心想这下看电影方便啦。不料这

18

是电影院的一个过道，临时用几块三合板钉起来的，表面看也能对付，民工帮我把家什搬了进去。素昧平生的文化馆美工陈桂才老师，广东人，主动上前帮我张罗，在三合板的墙面，打几颗钉子，挂挂书包。可能力用大了一点，险些把那堵墙弄倒了，然后用几颗钉子加固了一下，安慰我，暂时对付一下吧，我点点头。到了晚上，电影院正好放映日本电影《追捕》，是当时最酷的明星高仓健主演。白天忙了一阵，晚上很快倒床而睡。等到电影一散场，人都往外挤，"轰"的一声，靠电影院那面板墙不知是谁用脚踢出一个碗口般的大洞。第二天，我找到馆长要求换地方，正好图书馆细周家住山下，愿意和我对调，这样我就搬到了石钟山古戏台楼上，一个放废旧报纸杂志的亭子间内，刚好可放上一张床，管理员聂姨人好，帮我稍稍打扫了一下，这比住在过道要安全得多，我很高兴地住了下来。

令人巧合的是，这就是石钟山的坡仙楼。传说苏东坡遭贬之后带着儿子苏迈到石钟山时就住这里，它引起我多少历史的遐思啊！那时正是二十世纪八十年代初期，一场政治风暴刚刚结束，我从九江一家大机关下到湖口，当时文化馆和图书馆还是合拢办公，不忙，没有事我就泡在阅览室里，或到山上的摩崖石间抄上几段镌刻在石头上的诗句和铭文。几乎每一句都字字珠玑光照日月。特别是彭玉麟对石钟山情有独钟。咸丰七年（1857）彭玉麟率湘军水师与太平军交战，攻下湖口县城，留防湖口，监修建筑，扩建水师，栖居18年。在为官为将的仕途中，彭玉麟以"三不要"（不要钱，不要官，不要命）著称，广为世人所称道。他用画万株梅花和写万首梅花诗的方式纪念与梅香小姐的一段初恋。在桃花洞口以"梅花使者"的名义写下三个不同的梦字，至今仍让人荡气回肠为之动容。还有曾国藩在湖口大战一个月前，即咸丰五年十一月二十五日，亲自给彭玉麟手书饬令，文曰："湖口水路接仗情形，自廿三日申刻以后，即无确信。北风太大，不能送信。子药船亦不能下去，国藩不胜焦急之至。已于廿五日未刻自九江移驻青山，抚慰后营士卒。因念如此大风，恐湖口水营或有疏失，特此飞信饬知。"让人读后仍能触摸到这位大将当年之戎马风范。这些有字和无字的书后来都深深影响过我。逢到朋友来山，我得气喘吁吁跑到山下接他们。到了吃饭时，很随便的就在石钟山的小食堂打上几份米饭和菜，端到昭忠祠的石

19

墩上，和客人边吃边看江湖上的风帆。到了夜晚，回廊上灯光暗淡，当时山上住人很少，人影和树影黑乎乎连成一片，山上静得几乎连落根针都听得见，寂寞和孤独像石钟山的雾一齐袭来，团团包围了我，真是惊涛拍岸，卷起千堆雪呀。这时置身石钟山仿佛坐在一只被风浪颠簸的木帆船上。我就住在坡仙楼一间堆满一大堆废旧报纸杂志刚刚能放下一张床的亭子间内，坐在被窝里看书写字，大气不敢乱喘，石钟山之夜于我就像被狂风和恶浪挟持到一座孤岛上的"死寂之地"。

在这里，我一待就是五年，读了大量的文学作品和经典书籍，我的文学细胞就从这里暗滋渐长。这里城里城外，山上山下，如城德岭、茅屋街、北门菜场、虹桥港、柘矶港、文昌祆、月亮山、马影桥、梅园里、屏风湾，到处都留下了我人生的脚印和匆忙的身影。

生活在这里，每天都在百鸟闹林中拉开帷幕。先是早锻炼的人上了山，发出"哦哦"的声音叫醒大山，慢慢市声涌动，山脚下的北门菜场渐次热闹起来。早起的人，口吐着白气来到河边，掬河水漱口洗脸。船家女呢，则直接对着平静如镜的湖面梳妆打扮起来。这时万顷波涛皆企望着东方，发出一种期待的喧嚣，让无形之声传遍四面八方。到了白天，石钟山下帆出帆没，船来船往，一派繁忙。山脚下县造船厂的机器声和着山上树林中的鸟声和码头空空的捣衣声响成一片。石钟山像上帝一样稳稳地坐在江湖之上，鸟瞰着生活在她脚下的芸芸众生。同时也让那些清晨在河边背英语的女生看着河边发呆，痴痴地注视着船来船往的远方。老人们则更愿以散步的方式，在码头的涂滩上徐然前行，或低头慢想，或凝神远望。那时，每天都有一两班几层楼高的东方红客轮在这里停泊靠岸，带来大量的城乡信息和物质交流。此时，伫立山上，可见一片片白帆在镀金般的水面远远飘来又缓缓移过，直到夕阳从容不迫地一寸又一寸，一分又一分顾盼着行将离别的世界，悠悠然沉落下去。

这时，大地一片寂静，站在石钟山上要比站在大海之滨更能感受和领略"永恒"二字的深刻含义。

被改变的河道

自从父母去世后，我就很少回乡下的老家。一来弟妹们都成了家，各有各的生活；二来我一直固执地认为，父母才是家的象征。父母在，家就在。父母走了，家的概念也就慢慢淡出。

前年开始，村上要建祠堂的事越闹越真，越闹越大。弟弟几次来电话说男丁二千，新老媳妇一千，又进一步激起了我的反感。都什么年代了，在农业文明里，人与人之间是宗亲关系。而在城市文明中，人与人之间已经主要是契约关系了。今天许多地方的祠堂都破门倒壁，土地荒芜，故乡丧失，我们还在建祠堂，显然不合时宜。

没想到这件事还真的变成了现实。村上来人了，认真地请我出山，为祠堂做几副对联，再忙，也得放下，这可是关系到家族对外脸面问题。西山赵家、对面赵家、老屋赵家，三赵中数我们村子最大，如果我们办不好这件事，其他赵家更不屑说。奈面子不何，只得去做，为此我来来回回跑了两趟。到了年关，村里择吉日庆典，连夜向我发出邀请，要我一定亲临现场，并要代表长者讲话，致答谢辞。他们请客的规模已扩大到安徽外省的赵家，若赵家在外影响大的人不回来，人家会说闲话。再说趁此机会见见童年时的朋友也不是坏事，于是我爽快地应答下来。

正月初六黄昏，我又一次被车子拖回了家。这次碰到了一件不可能发生的事。向来熟悉村路的我，竟然认不到路找不到家。以前进村有条用麻石码成的水坝路弯弯曲曲通向村口，涨水时，我挽起高高的裤脚，踮起脚尖，摸水过河都不成问题。而今这条路也没了，直接从山那边，拉了一条直路到村里。我更不知侄儿们都在哪里做了房子，搬到哪里去了，我打电话要他们到祠堂边上来接我，"笑问客从何处来"真的成为现实。小时的朋友有的长眠祖坟山上，有的被儿子接到城里养老去了，没有离开村子的也往往蜷缩在老屋的一隅。还有许多陌生的男人和女人认不出，有的还是外省外地的口音。小萝卜丁扯起脚筋满地乱跑，一个劲地喊我"公公公公"，我都应答不过来。

正月初七庆典那天，赵氏宗祠张灯挂彩，装扮一新。我的对联引来赞声一片："上千年青史声名远播天下第一姓，数万载流光风水长在世间无二家。"旁边还有一副："祠对长天可平分万千年日月，村依蠡水堪独享八百里湖山"。从城里赶来的年长者都被请到祠堂门口喜迎嘉宾，爆竹声、锣鼓声震天动地，一字排开的礼仪小姐和礼仪先生，丝毫不亚于哪个城市的开工剪彩仪式。前来送匾送花瓶送对联贺喜的同宗同族一拨接一拨，把个老屋赵家捧翻了天。此情此景让许多爬满皱纹的老头，脸上开出了一朵朵灿烂之花。就连村上一对侏儒夫妇也带着小孙子过来看热闹，说莫看我们屈手屈脚，现在日子过得还可以。更有意思的是，村里还把穿了新袍的赵王和魏王菩萨抬了出来绕场一周，据说祖堂内东西怎么摆，摆什么，哪天开张好都是菩萨定的。起初一直担心庆典日下雨，认为菩萨不灵，哪想到头天还大雨连天，这一天果真天气晴好，让赵王魏王大大显了一把灵。村上高兴，又花了五万元，请来戏班子唱了三天三夜，四乡八邻的亲戚朋友都赶来赵家看戏，这种热闹是赵家有史以来都没有过的。到了晚上，新做的祠堂内锣鼓喧天，如同白昼。忙完庆典，我忽然想起应和几个儿时的朋友聊聊天合个影，没想到他们很快又被他们的子孙拉回到了城里，结果有的只是碰了个面连句话也没讲就又分开了，不知何年何月才能再一次见到他们。

就在这时，弟弟告诉我母舅死了。上次回来量祠堂对联尺寸时，我还特地去看了他，七十多岁高龄的母舅像小孩一样对着我号啕大哭，慢慢安静下来，才听清他说的话，意思是要我和弟弟把多年在外流落的大伯的坟迁回老家，让他不再做孤魂野鬼，也过几天安稳的日子，这对荫庇子孙后代会有好处。他说他还记得当时大伯被害后埋在哪个拐弯的地方。要是天晴，病好些，陪着一道去找。还说了起坟时，遗骸要先从脚下捡起，一块骨头一块骨头地捡，然后带回家再照原样摆好下葬，我心里没有把握，为安慰母舅，只是连连点头。没想到的是，母舅自己竟成了这个祠堂建成后送走的第一位长辈。母舅是正月初五早上走的，因为新祠庆典，被推到初八庆典完成后请他下床，打爆竹，烧开眼，举行他的悼念活动。

我父亲死得很早，只活到五十三岁。听说跟我父亲同岁的人有几个还活得健朗，我就萌生了拜访他们的念头，趁着这拨人还在，了解一下我父亲的生平。父亲离世时我才二十几岁，对他一生做了什么，只是断断续续记得一点，连缀不到一起。庆典结束后，他们一五一十向我谈起当年父亲写的一笔好字，逢年过节找父亲写对联的人不断。他为人好，忠厚、老实，办事公道，人很随和。一辈子抽了几辈子的烟，有时晚上睡到深更半夜都要坐起来抽几口再睡。每天早上，要大咳一阵，他最后命终于肺气肿。为弄清父亲的生平，我还沿着父亲生前到过的地方，前前后后走了一遍。

儿时的天井老屋早被灌木、乱石和荒草埋得深深的，影影绰绰还能见到当时的大致模样。不记得是几进几出的房子，反正室内有两个天井，住了三家人，我们家占了一半。后来村上办食堂占用我家老屋，无人管理，房子是靠人气养的，久不住人，房子也就慢慢塌了，砖瓦碎了一地。那时我们村有两个大的房族：一个叫麻石弄，一个叫下房里。当时麻石弄有钱的人多，势力强大。而下房里呢，住的都是穷人。整个村子上百户人烟，闹闹腾腾，蒸蒸日上。在我们村前有一条河，属鄱阳湖中的一个港汊。到了夏天，水淹了小坝，就靠一只渡船摇来摇去。要是碰到涨大水，大半个村庄都泡在水中，挨家挨户都在忙搭跳板，从村头到村尾全靠小筏子载人来回。村头的古树浸了一半，像个乱蓬蓬女人的头发漂在水上。有时不小心大水淹死了人，亡者的家属便哭喊着跑向湖边，用长长的白布一直铺到水边，在举着竹叶道士的叩磬引灵下，为落水亡者做超度。不涨大水的时候，村庄的道场摆满了竹床，到了黄昏他们清扫之后便洒水降温，然后坐在竹床上吃饭喝水，一盘酸菜炒辣椒上来扫得精光。吃过饭，大家床靠床聊天说地，讲《三国演义》讲狐狸精的故事，小孩则在旁边静静听着，时不时用指甲在父亲背上轻轻刮痒子。这里的女人跟男人一样，也抽烟也打赤膊，两只奶在胸前晃来晃去，大家也不在乎。

最让我触动的是，住在我们隔壁一个不到几百米的夏家村，过去一直弱小，势力单薄，人们称他们是"抬轿子"当"理头佬"的，多年不能与本地人正当结亲。那时这个村子出了一件大事，一个偷牛贼结婚那天被抓走了，又出逃几年。逢到月黑风高之夜，他还会化装成各种样子窜回家里，躲在阁楼上一动不动，让我们这些没长胆的后生听了毛骨悚然。后来据说此人在景德镇化名求生，被人"点水"抓去判了刑，最后惨死于狱中。这回走到夏家村，空落落的，村上人说他们再也不愿意过这种窝囊日子，搬到很远很远的地方去了，只剩下一块"泰山石敢当"的石碑在夕阳中岿然不动，颇有几分凄凉。

小时候，我常到一个白皙的大毛瞎子做生意的铺子里去买宝塔糖吃，他人瞎心里明，称什么东西，抓上一把，摸一下秤一看正好，生意做得红红火火。大毛街上还有铁匠店、篾匠店、点红包子店，一路排去，颇具规模，那里曾是一条最繁华的街，人们叫它"大毛街"。这回却被一片乱草严严实实盖住了，这条连接村庄与村庄的重要街道全部拆除，让我心里一阵阵失落。

再往前走，就是我读小学和我父亲参加工作时办公的地方。昔日那座气宇轩昂由青砖砌成的乡村小学，被村里人拆除卖到了县城，留下几面墙没拆完，仍稳稳当当站在那里。父亲办公的地点荡然无存，一片狼藉。总之，昔日熟悉的楼房统统变成了废墟。由打工仔用瓷砖贴墙的房子，建了一幢接一幢。再往前走，几栋老屋在风中摇摇欲坠，有的刚刚拆了一半，有的拆东墙补西墙，被弄去城里做了茶楼和酒楼。有个叫钻子的人，专门做老屋生意，一下发了。听说我是记者，他吓得赶快躲开，连忙说"我现在没有做呀"，而实际上这一年他又赚了三百万。他起先有点"小偷小摸"，弄来一些香炉、石墩和镂空的窗格，慢慢发现老屋价值连城，最后干脆光明正大做起了老屋生意。这几年他做得很大，有时一幢房子拼凑起来卖到外地，竟达几千万元。精明的村上人早已不是当年的眼光了。他们善于花很少的钱，从村民手中收来各式各样刻着动物肖像的红石爽墩、磨盘和石槽等，到城里卖高价，赚得盆满钵满。

在平池湖大坝，我伫立良久，仔细看了父亲生前做的泵站，父亲曾告诉我，有一次他掉到泵站下，差点死了，幸好被人救起。又看到父亲亲手开辟的林场，当年栽下的杉树全部被人砍光，换上了松林。经过这片松林时，松树被风吹得沙沙作响，仿佛听到了父亲一阵紧一阵的咳嗽声。耳朵"嗡嗡"时，又好像是父亲正在用那沙哑的声音在哪里叫我。

　　暮色中，我沿着小时候的河床缓缓走着，发现整个村子在 1998 年抗洪之后上移了好几百米。随着河道的改变，几乎家家户户都重修了一遍，邻里关系也随之发生了很大变化。时间在改变着一切，包括文化和风俗，也包括文化和风俗里最有味的东西。在河边行走，一个个熟悉的场景，像电影镜头又在我眼前晃动：远处的灯光好像是大毛店铺内泄出的余光；黑乎乎的湖滩上，猪呀牛呀正"哞哞"地被我赶着回家；远处大地一片沉寂，母亲好像站在村头的高坡上喊我回家吃饭……望着这片湖滩这派村落，我连连感叹，三十年河东三十年河西呀，古人的话一点也没有错。

叩问上帝

我们的《周末世界》一诞生，就撞上了一个云谲波诡的市场经济。有人说它生不逢时，也有人说它维系不了多久。我们说，世上没有难办的报纸，只有难办的人，难办的观念与难办的惰性陋习。

由机械文明所造成的新的生态环境，与自然日益隔离、拥塞。疯狂的节奏与速度，使人变得格外敏感、脆弱、多疑与自我怀疑。人们走进闹市，淹没感极重，成天被紧缩的时间和空间压抑着，渐渐失去了原始生命力。《周末世界》试图用中医温补的方法，滋阴壮阳，培植元气，以最现代的手段，唤回这种活脱脱的自然感觉。一张报纸一份杂志之所以经久耐读，很大程度上取决于她的生命意识。《周末世界》将是一个生气灌注的世界，一个洋溢着青春活力和回荡着人类天籁的世界。

我们追求扑面而来的时代气息和生活气息，始终把小扑还是大扑，假扑还是真扑，微扑还是狂扑当作有没有生命活力的试金石。实际上，生活本身是文学的描写所永远不可企及的。我们极力主张推出一个真实的、自然的、充满本质呐喊的生活。美术插图已无法替代，改为意象摄影是生活本身的暗示。一幅全真的生活图景一经插图，便变得虚假不堪。

大俗和大雅是我们极力追求的两极。这种俗，绝不是俗不可耐，而是俗得多么雅；这种雅，又不是单纯的雅，而是雅得多么俗。我们不要曲高和寡，却要曲高和众！

我们在喧嚣的"周末广场"，辟了一块超越时空超越自然的"净土"，很显然是您理想中的乐土，一片宁静的、甜美的、绿茵覆盖的情态世界。古人愚蠢地相信，那是好人灵魂居住的地方。或者说，这就是你寻找已久的精神家园。自从尼采说上帝死后，不少人生出一种说不出的失落、怅然与流浪的感觉。在这里，你将听到现代人生存的真实声音！

用"第三只眼"来看世界，是我们梦寐以求的。我们希望你能从这份《周末世界》上，继续看生活，看世界，亲眼目睹重大事件，看穷人的脸和傲慢者的姿态，看各种奇奇怪怪的事物，看人的工作和生活——他们的成就与发现；看数千里外的事物，隐藏在墙后和屋内的事，要接近却又有危险的事物；看男人喜欢的女人和女人眼中的男人。我们不喜欢人云亦云，随波逐流，而设法找到自己独特的个性语言，包括叙事语言、造型语言，也包括色彩语言，乃至电脑上输出的每一个符号，每一片尾花，每一种字体，都有我们对这个世界的直觉看法。

我们已经注意到，二十一世纪的太阳就要升起，一股说不出的激动与失落正在许多人心头暗滋渐长。人们从长期"大统一"、"超稳定"的状态中走出，过渡到"八仙过海，各显神通"的竞争市场；从文化与政治交流沟通，转为文化与经济交流沟通；从世纪末走向世纪初，一些人出现了"更年期"的躁动、紊乱与不适，有的甚至变得近乎歇斯底里。不必过虑，不管这种由畸形文明的溃疡引起的高烧兴奋状态还要持续多久，一个重建新的秩序与新的和谐即将到来。经过"蜕变"和"转型"，人们将在新的健康的文明的基石上与当代生活重归于好。我们《周末世界》的使命就在于加快这种"蜕变"和"转型"，达到和谐与重建！

十 年

1992 年 9 月 28 日，雨蒙蒙的，雾把九江和庐山隔得看不见了！而印刷机却在那里疯狂地毫无遮拦地滚出一张又一张红得如同临盆产妇用分娩时流出的血写就的《周末世界》试刊号。

大概谁也不会记起这个日子，是因为这个日子太平淡而普通太缺乏人们惯有的仪式和程序，而对于主编这张报纸的我来说，宛如做了一场很深很久的梦。

梦醒过后，留下的尽是些与时下流行毫不相关的东西。十来个平均年龄不到 25 岁，灵气勃发且又无拘无束的男男女女，从四面八方走来，斗着胆子，用青春用汗水用笑靥用眼泪用高跟鞋用牛仔裤用一辆从废墟中捡来的摩托，在八张胶片才能拼成一张对开四版的有限空间内，做着一个与 400 万九江人民息息相关无限扩大的运动。

一切似乎都有点乱套。没有时间没有空间，熬了三个通宵之后，少男少女们一个个歪倒在一张张冷冰冰的木床上做梦。记得有个小姑娘还瞪着眼睡，好吓人，但醒来又连轴转着去做现实生活中一个又一个接连不断的梦。

一切似乎都无章可循。设计者用一支干得打结的毛笔蘸着所剩无几的红蓝墨水，在一张废报纸上面画了涂，涂了画，硬是把推土机、太阳、土地和拍卖的人群画得惟妙惟肖跃然纸上，灿烂得让人睁不开眼睛。

一切似乎都没有了束缚。任凭独一无二的原创，任凭无边无际的想象。临晒版时发现没有太阳，画一个吧，美工连忙从口袋内掏出一把刀子在拼好的胶片上刮掉一层层黑膜，印出的果真是一个又红又大的太阳。为洞穿这个世界的秘密，我们在报眉上齐刷刷地放大和缩小了十多双眼睛，直愣愣的有点犯傻也有点憨厚地看着大家，眼睛里尽是真诚尽是个性。那时的《周末世界》是放在女人雪白大腿上一道亮丽的风景。

这样一干就是十年。十年意味着什么，意味着一个女孩变成女人，一个青年变成中年，一个中年变成老年，一个老年走向天堂的过程。当初，我们在编辑部墙上贴出的《约法十章》中说："我们没有太多的追求，我们没有太大的奢望，只是希望若干年我们分手后走到一起，还能说，那日子过得真值！"

一切如同昨天，就像喧闹了一日后的城市静下来时的那种感觉，剩下的是一阵阵"嗡嗡嗡"的声浪，一堆堆极具挑战的色块，一本本装帧得如同出版物样厚厚一摞。再下来呢，就是一张张疲惫不堪有点儿哀有点儿怨的脸。那时我们这班人看人生看社会，就像是在远处看见天幕上的舞台布景。如今依旧是那台布景，却感到放到了极近极近的近处。

这些不相关的东西不相关的片段当时看看无关紧要，而事实上日后却默默的不知不觉，乃至潜意识地对后来出现和发展的事物起着或浓或淡或深或浅的影响。

不知哪位哲人说过，人不可能两次踏进同一条河流。在这条河上淌过的人，先先后后都急着要到外部世界去做一件更大更重要的事情，也不可能再去重铸那个"特殊的瞬间"了，就让它珍藏起来留在心底放到没事时去回放吧。

寻

　　人的一生，终究是一个"寻"的过程。"寻"几乎是每个人对生命的承诺和态度。刚落地的孩子，下意识第一次寻的一定是奶；慢慢呢开始寻父寻母，孩子牙牙学语最早的发声往往是从叫"妈——妈"、"爸——爸"开始；再后来寻路；再便是上学了，寻"开模"；再后来又是寻知识寻出路寻爱情寻婚姻寻事业寻朋友等等。随着年龄的渐进，要寻的东西越来越广、越来越多、越来越繁复，以致最后变成了无边无际向前延伸的地平线一样，你每向前走一步，那个"寻"字就如影随形，结果地平线有多长，生命有多久，你的寻和渴就有多长多久。再加上"寻"又是我们九江最早的地名之一。我们九江的历史有一段三点水"浔阳"的历史，还有一段没有三点水"寻阳"的历史，那是晋以前的事。那时的"寻阳"把九江的混沌初始装扮和出演得有声有色，它是华夏传统文化的发祥地之一。还有我们所崇尚和催生的内容，又往往带点寻的意味，这样我们的《寻》刊不仅有了一定的人文意义，同时也有些许地标意义、文本意义。人文、地标和人本的相互叠加，使得这个"寻"字变得有些威武雄壮身手不凡了。

　　古人云："寻寻觅觅寻寻"，这句话正好应验了我们日后要走的路。无论风雨兼程无论风和日丽，"寻"总是我们永恒不衰的话题。

离星空最近的地方

这张脸是那样地和蔼可亲笑容可掬，又是那样的慈眉善目耐烦从容。不论时光怎样不可阻挡地向前飞逝，我都忘不了这张脸。因为这张脸对于一个当时刚从乡村进入城市的十五岁的青年来说，有着多么举足轻重的意义！

我有生以来第一次走进图书馆，碰到的就是这张脸！那时学校离图书馆很近。出大门，走 50 米，右拐就是紧挨学校的九江市图书馆。和许多来馆看书的人一样，这张脸主动上前，轻声地问要什么。他随手拉开一个像中药铺式的抽斗，里面一根铁丝穿着许许多多的图书卡片，卡片上写的尽是各种各样的书名。他很快就能从那密密麻麻的卡片中找出你所要的，又到书架上，取来这本书。回到学校我默默确定，以后星期天就在这过吧。当时每逢星期天学校只开两餐饭，9 点吃过饭，我就带着一个小本本去图书馆看书，中午用半斤粮票换上一两个红薯算是午餐，下午 4 点以后赶去学校吃晚饭。日子久了，我在这里又结识了更多来图书馆看书的学生。有一个高高瘦瘦的是九江市二中的张战，他也和我一样，每到星期天就在这里看书，他是我的老乡，我们有时在一起交流读书心得。记得当时他发现《青海日报》上刊有一组连载文章很好，我们竟破天荒掏出荷包里所剩无几的钱到那家报馆索寄那些报纸。每次进馆时懵懵懂懂，出来时破愚暗，明斯理，似乎聪明了许多。

这张脸是图书馆镶嵌在我心中最初的印象。他叫张耀文，直到今天我才知道他是九江唯一一个用毕生之力守望图书的老人。从 1939 年起到他退休及生命的终结，他的一生都在图书馆中度过。他管理图书的认真无与伦比，从泰和县将早年图书馆搬迁回九江两个多月，书都靠水路运来，他没丢过一本书。他对家里五六个孩子的事搞不清楚，却能把馆藏的 2.4 万本书

31

放在哪里，2千多个读者手里看的什么书弄得清清楚楚。即使是风云变幻的"文革"中，馆里只允许留下一个人看守也还是他。他把全家都搬到图书馆来住，使得图书馆的重要文献和书没有因为时局之乱而蒙受损失。在他从业46周年时，馆里曾专门为他搞过一次大型的纪念活动，时任图书馆馆长的熊学明精心从北京挑来一盏佛灯送他，点赞他一生辛劳了自己照亮了别人。我想这个纪念丝毫也不过分。《马太福音》中说："人点灯，不放在斗底下，是放在灯台上，就照亮一家的人。"这张脸正是放在我们许多读者人生灯台上的一盏灯。

说起来，我与图书馆的交集不知不觉几十年了。此间因为下放和一些其他的因素，我先后离开过几年。我在这个城市三进二出，图书馆址也由原先的环城路迁到了南湖边上。后来我的同学熊学明在那里当馆长，自然更加密切起来。至今在我的书架上，还搁有一本《罗丹艺术论》和《契诃夫手记》，对我初入文学受益不浅。在我人生的许多阶段我都离不开图书馆。心灰意冷的时候，四顾茫然的时候，自以为是的时候，不可一世的时候，走进图书馆立刻会发现自己的渺小和可怜，在那里耸立着中外许许多多的大师和巨匠，他们用生命之斧劈开了一个又一个崭新的人文世界。沈从文说，人一生中要读两本大书，一本是有字的书，一本是无字的书，而有字的书很多都在图书馆内。这里还有许许多多跨行跨界的书，他们都在以各种姿态神秘的昭示着每一个来这里看书的人，不同的人都能在这里找到自己熟悉而又陌生的朋友。

今天，互联网正在有力地颠覆和重构着这个世界和这个世界的观念。网络发达，信息爆炸，来图书馆的人渐渐少了。如今只要轻轻点击一下，就能在网上找出许多古古怪怪的资料来，即使如此我仍隔三岔五进出图书馆。我常常把图书阅览看作是去那里摘"清明茶"和"谷雨茶"。进入浩若烟海的藏书楼、阅览室和文献部，仿佛置身一片绿色葱茏的茶林，发现哪里有几片"毛尖"，我会迅速摘下，并带回品尝。趁复印空隙，到炜红那里聊天侃地，我们聊有三点水的"浔阳"也聊没有三点水的"寻阳"；聊时代的裂变也聊裂变的时代；聊宗教聊信仰聊民族精神聊泛文化现象聊集体无意识。一壶清茶下来，常让我和我们的人生变得更加的充实和愉悦。在图书馆，我还发现了许许多多的书呆和书痴：有长期从事"南水北调"几十年研究的老人，他带上茶杯，每天像上班族一样准时来准时去；有些不爱炒作爱隐藏的人于"四库"丛中，一埋就是几年，结果埋出十几本小山般的"本土制造"；有的在"民国"里摸爬，有的在"唐宋"中打转。一个个悄然而来又悄然而去，这里俨然成了一个看不见的无形的人生大舞台。

今天，这个世界变得更加的物质化和功利化了，许多人更专注于做有用的事情。他们认为，你做的事一旦跟升官、发财、成名没有关系便没有用了。三十多年的改革已经将中国人弄得只会干有用的事，不太会干无用的事。约翰·列浓说，做自己喜欢的事情，那就不算是浪费时间。但中国人的口头禅是，可这有什么用？有的甚至大言不惭地说，博物馆有什么用，图书馆有什么用？有的人赚了钱以后，可以把房子装饰得镶金贴银富丽堂皇，却只给书留下一个剥离内容的空壳"封面"。而我觉得有时候做一些无用的事反倒跟内心更加接近，做无用的事就是为了让自己有一颗更安静的心。古人为什么能写出那么多鸿篇巨制？他有大量的做无用事的时间。我相信世界上大部分伟大的创造，都来自无用的时间和事情当中。"无数人看见苹果落地，只有牛顿一个人问为什么？"我想，牛顿要没在那儿闲待着，不一定是被苹果砸的，但是在大家的构想当中，他是百无聊赖地坐在那儿然后被砸中，最后变成一道颠扑不破的牛顿定律穿越时空绵延至今。若论无用，还有什么比诗歌哲学更无用呢？英国人说，英国人宁可失去整个印度，也不肯失去莎士比亚。乔布斯说，我愿意用我所有的科技，去换取和苏格拉底相处的一个下午。所以庄子才说，无用之用，方为大用。

今天，仰望星空的人越来越少，急功近利的人越来越多。过去，去北京第一件事就是想去看一看那座城市中守望着普世价值的哲人，看一看平时在底层难以见到的仰之弥高的人物，从他们那里获取更多的灵感和智慧。我们把他们当作普罗米修斯的"盗火"，千方百计让自己在薪火相传中成为"盗火者"。我们把他们看作是真正的精神贵族，真正的理想主义者和燃灯者，觉着"与君一席话，胜读十年书"。那时许多人在北京逗留，为的是泡在一种浓浓的人文氛围里，指望日后在这种群体中被激活被点燃被开"天眼"。现在北京留给人更多更深的印象不再是这些了，而是中国的一个特大超市和特大古玩场，到那里去的人都想三下两下就能淘到自己所要的珍宝，而形而上的精神追求已渐行渐远变得十分奢侈起来。这样图书馆自然也就成了一些有人文精神和人文情怀的人最后坚守的心灵寄托和精神家园，成为离权力最远离财富最远，而离星空最近离理想最近的地方。

最初的面容

　　若干年后，人们只要谈到西园，就不能不提到这些旧照。因为这是西园留给世人的最初面容和最终背影，宛若一个历尽沧桑的百岁老人，在走过轰轰烈烈而又坎坷曲折的人生长旅之后，面对自己亲人所发出的最后一声喟然长叹。

　　在漫长的历史岁月中，西园曾经是晚清九江府署的所在；曾经是古城墙内百姓心中的一块乐土和家园；曾经出过像徐宝璜那样中国新闻学界的一代泰斗。如今上了年岁的老九江，说到自己童年时的许多事几乎都无法绕开西园。在这片"大街套小巷，小巷连里弄"的迷宫式的环境中，他们度过了自己充满诗意充满情趣又充满苦涩的童年。至今他们不能忘记站在"浪井"旁踢足球踢到城门上的动人情景；不能忘记中秋佳节用破碎瓦砾垒成宝塔，点烛供香求神拜佛的幢幢人影；不能忘记跳上龙王墩扳罾钓鱼狗爬戏水的黄昏时刻；不能忘记大水漫来，用蚊帐网鱼加餐的开心日子；不能忘记夏天巷道里，竹床碰竹床，睡到夜半迷糊时，突然一阵风似的卷起一片"呵呵呵"的声音，让人毛骨悚然，顿生几分人生的恐惧、神秘和敬畏。这些烟熏火燎的巷子，遍布名目繁多的杂货摊、瓷器店、酱园坊、典当行和开水铺，乃至春宵魂散的馆舍，还有化善堂、清真寺和侯王庙等。时有拉人力车的、摇拨浪鼓的和钻圈耍猴的人从这里经过。总之，小小天地，说书卖唱，测字看相，无所不包无奇不有，俨然是九江古城风情的一个缩影。到了黄昏，西园人有的打着赤膊，用酸菜辣椒掺稀饭，再来上点小酒，喝得鼻梁上冒起细细的汗，然后左手搁在方桌边，右脚跷在长凳上，端起那只黑黝黝的茶杯，一个劲地把那些深褐色的水灌进肚皮里，再拍拍自己，开心地笑笑。闲下来的时候，伏在江边的窗口往下看，中国的第一条大江，

35

就从窗前打着转儿流过。江面，白帆移动，橹声咿呀，天光水波，风日悠悠，让人觉得穷并没有什么，只要穷得开心。

进入二十世纪以后，物质文明以前所未有的速度向前发展，西园在走过百年路程之后，只留下一个孤零零的"浪井"，仍在继续默默地、默默地注视和见证着西园正在发生和将要发生的一切。

《百年西园》的出版，无疑为每一个曾经在西园长大的和生活过的人平添了一份永恒的历史记忆，也为九江古城的历史写上了重重的一笔。

卷二
山中问路

船滩听鼓

武宁打鼓歌又名锄山鼓、催工鼓，是武宁、修水以及湘、鄂、赣边区一带民间盛为流传的一种独具风格的山歌。用于集体劳动，起鼓劲、助兴的作用。

——题记

从幕阜山回来已经好些时日了，眼前却不时蹦出一个个狂欢的影子和一阵阵高亢的鼓声……

那是怎样的一瞬呀！

天刚麻麻亮，山乡仍在沉睡中，我就被一阵隐隐约约的鼓声惊醒了。随着鼓点的一起一落，山间飘出一阵悠远的歌声：

港边杨柳排成排，不觉两春长起来。
树大还从兜下长，花开还从蒂下来。
唱歌还要众班来，哟嗬嗬，哟嗬嗬。

紧接着，歌师们一边劳动，一边搭号相和：

唱歌不要好声音，全靠字眼吐得清。
山歌冇上铜板册，冇上四书并五经。
唱歌原是抖精神，哟嗬嗬，哟嗬嗬。

鼓声咚咚，银锄落地。一阵山鼓响过，沉睡的山村，在朦朦胧胧的雾霭中苏醒了。

其实，哪里是什么表演呢，只不过是鼓师们一声领唱，十几个打着绑腿，穿着麻草鞋的山里老表和将起来。旋律粗犷而高昂，鼓点纷繁而不乱，这样由慢到快，由轻到重，有板有眼，铿锵有力。这些歌师鼓手几乎没有丝毫的出众之处。刚才还是双手揣在袖管，定定地注视着土地的汉子，此时却是打起震天动地锄山鼓的人们。他们善于把心中想的都编进歌里，一人能唱几天几夜。往往于无声处一吼，悲怆高亢，山鸣谷应，声震十多里。舞台——广漠的大自然，演员——几个山里老表，惹得前来听鼓的人如山洪暴发一样涌来，迅速淹没了这里的沟沟岭岭。

这不是表演式的舞蹈；

不是罗曼蒂克的电子琴伴奏；

更不是轻柔慢唱的流行音乐；

那是大野中的沉雷在荒原上奔驰滚动！

那是山民们在摆脱贫困挣脱历史阵痛后所迸发出来的呐喊！

那是可以与《黄土地》上的腰鼓队并驾齐驱相与媲美的伟大壮举！

几个青年女歌师的出现，对根深蒂固的传统观念，不啻是一次挑战！在这以前，锄山鼓只限于在男人中进行。要是遇上年轻的女人从那里经过，他们会立刻丢过一串"风流歌"，羞得你无地自容，掩面而去。如今，时代不同了，她们不用羞，不用躲，系一色的金丝绒围兜，与男人们一道击鼓锄山了。十四人排成一行，真好比莎士比亚的十四行爱情诗。一个年长的鼓师在旁引唱，十几张歌喉一齐唱起来：

> 天上起云云头多，哪个山沟不通河。
>
> 哪个男人不想姐，哪个女人不想哥。
>
> 男女心事差不多，哟嗬嗬，哟嗬嗬。

……鼓声愈来愈紧，歌声愈来愈壮，劳动的节奏愈来愈快。人们把个茶山顶围得水泄不通。高高的茶山窝成了极美的胴体，像是孕育着一股不可遏抑的力量。十几个鼓师，一百多个锄山的老表，始而一人唱，几人应，继而发展到一人领，万人和。"哟嗬嗬，哟嗬嗬……"的声音此起彼伏，在千沟万壑间回荡。鼓声悲中含喜，悲喜交集，足令勇汉壮士怆然泪下。那猛烈的节奏，高亢的歌声，暴风骤雨般的鼓点，竟和黑色土地上的迪斯科达到了惊人的相似和同步。长期残留下来的封建、愚昧与落后，仿佛都在这一刻融解了，冰释了！五千年的文明和突变，仿佛都在这一刻同时升华了！

好啊，锄山鼓！你是古代文化之延续，你是汉民族之大音！你是真正"下里巴人"啊，你深深地植根在民族的沃土中！就在我离开山梁的那一刻，我忽然在想，何以如此贫瘠的土地，会产生这样灿烂的文化？！何以木讷善良的山民，会变得这样如痴如醉如癫如狂呢？！……

天上云居

古时这里叫欧山，是为了纪念楚国的一名爱将欧岌而名。后来，人们见此"山势高峨，云雾缭绕"便改名为"云居山"。

诵经的世界对每一个俗众来说似乎很陌生。静观这一仪式，你仿佛看到了活佛在上，他的胸怀他的气宇犹如诵经的旋律经久不息。

这一方水土养育了一代代大德高僧。由唐至清主持过真如寺的大德禅师就有五十多位。仅宋释普济所著《五灯会元》的高僧名录中记载本寺的就有二十多位。当代天台宗僧，字号无病道人海灯法师就曾担任过真如寺住持并兼佛学苑经堂主讲。还有日本的平山钝木和尚最后也把自己的风骨和灵魂留在了这里，足见当时真如寺在国外就小有影响。

这里的每座山岗上矗立的高僧墓塔，真实记录了唐宋元明清以来云居山高僧的功德和足履。几乎每座墓塔都因年代不同，建筑风格样式也都各不相同。不同的点线面结构，点缀着不同的人生历程。在主墓的每一边，还有相似的规格小些的墓塔，陪伴着这些大德高僧。

在云居山，来自不同地方的不同香客，每一个跪拜，每一次祈祷都包含着伤感而寻访神祇时所流露出来的神秘感。当他们向这些长卧在这片山林中的大德高僧顶礼膜拜时，每个人都感受到一种神圣的旨意，一种庄严的仪式。

不过，引起我们更大兴趣的不仅仅是那些单纯的宗教仪式，而是滚滚群山的壮观景象和山谷中一块块精耕细作的农田。这里的日常生活，因农禅并举变得遥远而真实。自唐道容禅师开山建寺以来，他们一直奉行"一日不作，一日不食"之风。

　　每一个僧侣的斋舍并不对外界敞开，它的掩映有隐蔽性。俗众只能站在秋风中默默体味那个世界的寂静。

　　这里，曾经住着中国当代佛学界的泰斗。这位"坐阅五帝四朝不觉沧桑几度，受尽九磨十难了知世事无常"的虚云老和尚，在走过120年的人生长旅之后，圆寂在云居山他一生所喜爱的茅棚之中。这位大师一生，无论冬夏，长坐不卧，至终不移。56岁时，虚云和尚在扬州高旻寺打禅七期间，开水溅手，茶杯落地，虚空破碎，疑根顿断，豁然悟道！

　　这里的一山一水皆有佛缘，一草一木一土一石都充满了佛性。

　　这些真如寺的上座们，大多是虚老生前的弟子，有着几十年的修禅实践。他们每日参禅不断，向有"天下第一支香"之美称。初一、十五还要坚持布萨诵戒，以利禅戒并进。冬天五谷归仓，山上白雪皑皑，正是用功办道的最好季节，也是真如寺一年之中禅味最浓的时刻。

　　因了云居山真如寺是中国佛教协会第一届名誉会长虚云老和尚的归寂之地，也是他的衣钵和灵塔所在之处。虚云老和尚在海外的许多弟子，每年都要到云居山拜塔礼祖。近年来，每隔三年世界各地的出家人都要到云居山参加受戒法会。久而久之，云居山真如寺的禅宗思想蜚声海外，渐渐影响了整个东南亚及北美大地。

　　人的一生都期待在佛光与神祇中寻找到自己的命运。佛光如同神祇文字一样在云居山上空弥漫。对于普通信众来说，看见佛光在头顶闪烁就意味着有好运降临。佛光在阵阵金黄色中渐渐向香客荡漾而来，这是一个朝香者最幸福的时刻。宁静、芳菲、梦境、和平……在这种极乐之中，每个人都在用自己的行为方式展现自己的善行，每一种善行都应该是他们心中一种品质一种精神上的坚实支柱。

幕阜山纪事

A

去幕阜山是今年春天的事。当我静下心来，对这片土地回思的时候，那一双双粗糙得像枞树般的手；那一对对清亮的、迎风淌泪的眼睛；那一张张热切而充满期待的脸；那一声声摇响在牛头的铜铃声，却似夜雨般搅扰着我的梦魂……

幕阜山位于赣北的西部，离正在勃发中的九江市自然是最远的。我驱车西行，一路上，感觉不错。特别是当客车进入三都——我省第一个人民公社太阳升地段时，我竟显得有几分的激动了。是历史又翻开了昨天一页吗？不，是这座被清得见底的修河水紧紧环抱的山乡小镇，把我从喧闹的都市，带入了田园般的宁静之中。

这是一座几乎可供拍摄《小镇上的将军》外景的地方。一色的麻石路曲曲弯弯，伸向远方。由一百多条"尖尖船"组成的水上浮桥横跨修河两岸。桥上的人像蚂蚁般来回蠕动。小镇河埠绿竹掩映，镇街全是古香古色的吊脚楼。在这条长达几百米的小街上，摆满了各色各样的山货，如山药、干笋、板栗、香菇、竹椅、笤箕、点红的包子等等，应有尽有。熙熙攘攘的人流中，有戴鸭舌帽的男人，也有戴瓜皮帽的老人；有穿高跟鞋的少女，也有着绣花鞋的老妪；有节奏强的"哐咚、哐咚"的流行音乐声，也有细吹细打的迎亲唢呐声；有社办工厂"轰隆隆"的马达声，也有街沿巷口"崩崩崩"的弹棉声。总之，昨天与今天，古朴与现代，落后与先进，历史感与时代感，竟是这样和谐美妙地统一在这座小镇中。当地人告诉我，这里过去有城墙，有水城，中过状元，出过举人。那时是"正街上闹洋洋，团团转转好茶坊"。现在，吊脚楼显然有点古朴斑驳，许多新建楼房竹笋般拥出，使得这里城乡之妙土洋之妙浑然一体了。

从三都顺道而上，是一片逶迤的丘陵。一路上，不断掠过一些"迷人山庄""洞天旅社""良心饭店"等时髦生意店，象征着山里与山外的经济联系。过去十几里，有一个清水岩乡。这是一个同它的乡名一样美好的秀丽所在。清水岩有南岩和北岩。南岩又有前洞和后洞。步入清水岩洞，巨大的钟乳石倒悬林立，形态奇妙莫测。最令人叫绝的是，沿着黑幽幽的岩洞往前走，突然电光一闪，如同在长长的电影黑片上幻化出一幅极美的"仙女出浴图"。面对这大自然的杰作奇观，我禁不住赞叹起来，这不就是你们身边的维纳斯么？一句话说得大家慨然感奋。是啊，这是一片未曾开垦的处女地，一个待字闺中的少女。要是它长在大城市，或者说靠近九江市一点点，配上灯光，恢复一些古建筑，那将成为湘鄂赣边区的一大游览胜地，与人的命运一样，又是一番景象了。可惜"杨家有女初长成，养在深闺人未识"啊！

愈往西行，我的步履愈加沉重。上山前，我要每个人讲几个发生在山里的故事，一个比一个荒诞。上山一看，倒也觉得合情合理了。眼前，开阔和平坦，被层层叠叠的大山拦腰切断了。与东部地区相比，历史仿佛在这里划下了一道界线！望着雾气腾腾的山寨，望着四面紧紧裹住的大山，我仿佛置身在一个硕大无朋的封闭圈中。除了鸡鸣狗吠，简直静得令人害怕。走进一座座低矮的农家小屋，一盏半明半暗的油灯摇曳着忽闪着，映出一张张平静的脸。见我们来了，她们连忙起身，倒上山里人特有的菊花茶。这里的农家妇女几乎成天守着灶台。一只墨黑的铜壶垂直地吊在上下滑动的火钩上，满屋子烟熏火燎，她们就这样团团围着也不出门。我问她们："到过九江么？"她们摇摇头："冇"！"到过县城么？""冇！"

从山民们家里出来，在一条狭小山路的拐弯处，我遇上了几个背柴火的姑娘。她们大睁着一双慌张不解的眼，瞅着我们。当我们走上前去，想向她们问点什么，她们一个个"咯咯"笑着，背起柴，跑开了。

正午来临。山头上，坡底下，轻烟缭绕，山村变得朦朦胧胧起来，时有断续的操课铃响。我循声踏进了一所山村小学。学生们正蜂拥而上，从蒸笼里接过滚烫的"盒子饭"。揭开菜筒，一色的"两面黄"鸡蛋。在农家全靠红薯丝度日的山庄，这里差不多都是白花花的米饭。老师告诉我，这可是山民们的希望呀！再没得吃，都要留给他们。一位家长说得好："人不读书不如猪！只要子弟争气，我就是砸锅卖铁，也要送他们上学。子弟送出去了，比做一幢屋还过瘾。"这平平常常的话里，含着多少不平常的期待啊！

归途。我们在连绵不断的山岽上行走。一个接一个的茅屋爬在群山的脊梁上，显得孤僻而又沉默。

我一言未发……

B

山里人都喜欢把村名叫作什么"坑"的。可不，我听到过的上坑、下坑、中坑、云坑、南坑、北坑，几乎村村离不开一个"坑"字。此坑与彼坑之间，表面上看不过咫尺之遥，真正走到一起却要花上老半天。山民们世世代代就在这坑里的"扁担丘"和"蓑衣地"上，日出而作，日落而息。

"叮叮当——叮叮当——"当地老百姓怕耕牛在山里走失，难找，分别在牛颈上吊起一只铜铃。牛铃伴着一声声"嗨什——"的吆喝声，便是山民们在犁田耙地。哪称得上什么土地呢？巴掌大的一块，一锄落地，带起的土疙瘩，就可滚到几十米深的壑谷里去。这里的老百姓说，这还算好一点的哩。"好的？"在山外人看来，这顶多不过一条田塍塍，而山里人却把它视为"地中之王"了。

我默默蹲在一旁，看他们犁田。他们赶忙停住牛鞭，把犁仄着，递来一只水烟筒，我摆摆手，老农木讷地笑了。我问他，这块地能出多少谷？他指指天，问它，问天老爷。它给俺多少，就能出多少！年成好，一亩地能出上两三百斤红薯。碰上发蛟（山洪），一个子也莫想。我问他有么法子改造？他揩了揩汗，嘿嘿笑着："改造？罗什改造？人家过得我也过得。"我又问，这里的地怎么都是这个样子呢？他说，听老辈人传，这里过去是"船形地"，载五谷，藏百物。可惜有人在山上凿了口井，从此船漏了，载不得货，地方也就这样穷了。他说这话时，脸上几乎毫无表情，只是一双

45

眼，巴眨巴眨地望着我。

正在这时，迎面走来一位农妇，手中挎着篮子，上面盖着一条毛巾，拿出碗红薯饭，送到男人手中。男人接过饭，有滋有味地扒着。我问嫂子老家在哪？她先望了丈夫一眼，然后说，马坳，是个独女，娘家比这里好得多，就因为男人封建，怕断烟火，硬说"自己井里的蛤蟆好"，不肯迁到她家去，只好跟着他过这作孽的日子。男人听了，瞪了妻子一眼，意思是说，要你多什么嘴？女人伸了伸舌头，再不吭声了。待男人吃完饭，又把水烟筒送到丈夫手中。

第二天，我很想逃出这个山坳，到一个比较开阔的地方看看。陪同的人马上向我介绍上黄龙山最好。

传说这里有一条黄龙，看见山脚下住着众多的美女，垂涎三尺，结果一边流出个汨罗江，一边流出条修河。我一听，兴致陡然上涨。次日虽是云遮雾障，山雨欲来，还是咬紧牙关，上了黄龙山。

那里果真是长天阔地，是湘鄂赣三省交界之处。站在山巅鸟瞰大地，三省三个景象，一处墨绿，一处黄绿，一处差不多是赤褐色一片。与湖南接壤的是平江，与湖北接壤的是通城，与江西接壤的是修水。我躺下休息，有人幽默地开玩笑，说我们"一脚踏三省"了：头枕湖南，脚抵江西，屁股扭向了湖北。山高风寒，还未待上半个小时，全身凉飕飕的，扛不住了。山上有一座庙，上面挂着一副对联：

> 石马驮经过三界
> 龙王引水润四方

好气派的文字！站在三省交界处，向着山下星罗棋布的"扁担丘"和"蓑衣地"望去，真可怜兮兮。什么时候能看到我们的山民们，改造这片"扁担丘"，征服这块"蓑衣地"，让"石马驮经过三界，龙王引水润四方"呢？

C

早在西行之前，我就听人说过，修水白岭的姑娘齐崭。兴许是一方水养一方的人。这里的姑娘同样是吃红薯饭，气色却比别地好得多。偎在炉边的女子，火光映着她们那张红嘟嘟的脸，活像画图上的村姑，周身透着火辣辣的青春气息。一双眼兴许是喝了山泉的缘故，水汪汪的，很亮。尽管如此，她们并没有丝毫意识到自己有多大价值，只是认为，作为一个女子，应尽女人的责任。我问坐在身边的一个水灵灵的农妇，是媒人说媒到这里来的，还是串亲的？她连忙站起来，笑着，跑出了门。原来她半大的女儿就在身边，说得她不好意思，才扯腿逃到了门外。

这里有口温泉，泉水长年不断。泉水好比山里人的奶汁，抹一把身子清爽，喝一口心里舒畅。老百姓临时围起一个澡堂，每天收工后，就到温泉里泡上个把小时，然后披着湿漉漉的秀发往回走。这里的黄昏常常是喧闹的、温馨的，和夏天的甘棠湖畔几乎没有两样。男人们和女人们在温泉里打打闹闹，把个小小的池子搅得热闹极了！

离温泉不远，有个夏太乙村。据说，这里的妹子个个长得水灵嫩气，温柔善良，也善于打扮自己，即使是一些刚刚绽蕾开朵的姑娘也知道在耳朵上钻一个小孔，挂上一粒红红的、晶亮的苦楝子。有的直接把山野采来的野菊花插到头上，颇有几分天然的野味。日子久了，一传十，十传百，来这里相亲的人不断。开始是本乡本土的来；后来是外省外地做零工的找上门；再后来呢，一些戴眼镜的大学生和画画的才子，也跟着跑来了。难怪诗人说，男人和女人是为了寻找幸福和爱情来到人间。一时，夏太乙村成了"爱和幸福的摇篮"。当地人说，这村子真怪，几乎全国各省市都有他们的姑娘和女婿。逢年过节，夏太乙村嫁到外地的姑娘纷纷携着自己的丈夫和孩子，回到娘家来，谈天说地，好像没有什么他们不晓得的。虽说这里远离县城，论起信息来却大大胜过县城。他们还有不少人散落在海外和异国，这些人也常有信来。他们的信息网，不仅由山里牵到了城里，而且由国内牵到了国外。

近几年，夏太乙村有点躁动不安。先是男人们来此相亲。如今呢，女人们渐渐觉醒了，觉得守在山里活得冤枉，于是开始往外跑。一个女人嫁到山外边，又邀上一些女人做伴，一个带几个，十个带百个，滚雪球一样，越走越多，越走越大胆了。

姑娌们纷纷走了，当地的小伙子当然不高兴。他们气不过，纷纷发誓要叫白沙岭换个装，从根本上制止"孔雀东南飞"。

这样一来，这里开始自我更新和自我突变了。不久前，他们居然向上面建议成立湘鄂赣区联合开发委员会。果真，没多久，就得到了上面的赞成和批准。

白沙岭的姑娘听到这个消息感到有望，眼睛霍地亮了。不少人原先打算外嫁，也改变了主意，决心与本村小伙子一道干。在当地，有一种说法，修河水长坏了一个"抱子石"。传说过去有个人，丈夫外出了，她抱着一个孩子，苦苦等待着丈夫的归来。日复一日，年复一年，等着、等着，她就变成了一块石头，人们称它为"抱子石"。自从冒出个抱子石，想走的人不想走了；出了山的想起抱子石也不免勾起几分思乡之情。

这座抱子石，至今耸立在修河之畔。不管这段传说是否真实，却的的确确道出了幕阜山人的绻绻乡情。

……客车艰难地爬过了一道道山梁，夏太乙村越走越远了。远远望去，那是飘动在山间的白雾，淡淡的，像披在美女头上的一条纱巾。这雾与淡蓝色的炊烟一并坠入半空，缠绕着幕阜山下的千家万户，整个山寨处在一种跃跃欲试的激动之中……

西望幕阜山

（林间，几声鸟鸣打破了黎明前的沉静。远处，雄鸡唱晓，流泉叮咚，把苏醒中的幕阜山带入到野山般氛围中……）

（一个低低的雄浑的男声从容不迫地叙述着）

当黎明的脚步穿过幕阜山的山山岭岭，出现在我们面前的完全是另外一个世界——在漫长的岁月里，大自然陵谷变迁，变化着自身的面貌。沉沉幕阜山，何尝不是大起大落，像汪洋大海中突然被凝固了的惊涛骇浪，变得沟壑纵横，变得奇诡而深沉……

（一个亲切的女声）

西望幕阜山

（一个深情的男声）

西望幕阜山

（稍停，推出一阵回荡天宇般的男女混声）

第一乐章　山之情思

（一个柔柔的女声）

山之情思

（一个浑厚的男声）

山之情思

（轻柔、梦幻般的音乐声中，女声渐起……）

那是一个多么迷人的地方，那是一片何等神奇的土地！连绵起伏的群山，夹峙着，张开一条条巨大的壑口。在群山的怀抱里，潺潺流淌着一条豆绿色的修河水。这里，山和水紧紧相连，自然与人很难截然分开。山民们整天默默无语，是那样地朴素，又是那样的深沉。这山一样的人和人一样的山，这流动中的静与静止中的动，构成了这个世界基本的骨架。北宋大诗人黄庭坚就诞生在这样一个富有个性的典型环境中。

（男声亲热地如叙家常般地继续叙述着）

说起幕阜山，我就很容易想起我的老家。在我家村庄的背后，青青的山梁一道比一道渐次高去。人若站在高高的山顶，天气好时，看得清飞机从南昌升空，在汉口下去，听得见湖南的鸡鸣，湖北的犬吠，若是顺风，还闻得到九江炒菜的香味呢。

（袅袅绕绕的儿童音乐里，"在那遥远的小山村"歌声由弱渐强……）

（女声）在我童年的记忆里，幕阜山是那么雄伟高大，又是那样的离奇神秘。每天的清晨，我们一群孩子将水牛赶进丛林，便不用管了，它们自己会去寻找那高高低低的青草树叶，这时，乳白色的雾气充溢着整个丛林。孩子们满山满岭乱跑，摇动树枝，不时惊飞树上的宿鸟。太阳出来后，雾气渐渐散去，丛林清新如洗，五光十色的水珠在绿色的树叶上滑动。

（男声）每天的下午放学归来，孩子们又牵着水牛到丛林里去。傍晚时丛林更热闹，归宿的鸟儿成群成片往林子里飞，为寻找合意的枝头，从这棵树跳到那棵树，叽叽喳喳，有如一阵微风吹过，天黑了丛林还不能安静。

（叙述性的，缓缓的音乐中飞出一个清脆的女声……）

（女声）春天，是幕阜山最美丽的季节。白梅落了，桃花开了，紫色的桐花谢了，蓝色的野百合又稠了，一年四季总也没有个隔断的时候。进入阳春三月，气温渐高，百花更是争奇斗艳，连不开花的乔木也要吐出如花的黄色嫩叶。幕阜山的杜鹃花有上百种，色彩缤纷。在我童年的记忆里，孩子们春天进山打柴，吃的是花，玩的是花，挑回家的茅柴上也是花。

（男声）幕阜山的夏季是一个绿色的世界。十二岁那年，我已经挑得起八十斤木柴了，可是，却无论如何扛不动一片野芭蕉的叶子。孩子们常常几个人合力将一片大叶扛到小河边，将野芭蕉的叶子做成小船玩耍。

（女声）幕阜山最有情趣的还是冬季。一场大雪下来，远山近黛的树木都看不见。山野里，一切沟壑都被大雪填平，满世界是一片跳动着的白色。下雪的日子，村民们夜里从来不关大门，目的是让冻僵的动物晚上能到房里来暖暖身子。

（女声）人们常说，童年便奠定了一个人的美感，那么，幕阜山便是我整个的童年。一九七八年进城考大学，我考的是文科，在填写祖国的名山大川时，我首先写上幕阜山。这并不是我的矫情，真的，那时我没有正规读过地理，还以为幕阜山是天下第一山呢。

（"在那遥远的小山村"音乐由强渐弱……）

第二乐章　山之伴侣

愈往西行，幕阜山就显得愈加深沉。眼前，开阔和平坦，被层层叠叠的大山拦腰切断了。（啁啾的鸟声不时掠过林间树梢……）与赣北东部地区相比，历史仿佛在这里划下了一道界线！望着雾气腾腾的山寨，望着四面紧紧裹住的大山，我们仿佛置身在一个硕大无朋的封闭圈中。除了鸡鸣犬吠，简直静得令人害怕。

走进一座座低矮的农家小屋，一个个忽明忽暗的火苗在地炉里跳跃着，忽闪着，映出一张张偎炉而坐的女人的脸。兴许是一方水养一方人吧，这里的姑娘气色比别的地方要好得多，红扑扑的脸蛋，透着青春的气息，活像图画上的村姑。见我们来了，她们连忙起身，倒上山里人特有的菊花茶。要是来了特别尊贵的客人，她们还会拿起一个小小的火瓢，抓来一大把豆子用火钳夹着火瓢现炒现泡。这里的女人几乎成天守着地炉。地炉里整天燃着火，熊熊火舌舔得鼎罐"咕噜咕噜"地响，揭开盖子，一股甜香漫满堂屋，诱得人垂涎欲滴，"红薯饭，柴蔸火，天上神仙不如我"，这首民谣便反映出她们混沌的情绪和淡泊的心境。她们就这样团团围着，也不出门。从"九月重阳，移火进房"，一直围到"吃过端午粽，棉衣高高送"。

（叮当……叮当的牛铃声回响在逶迤的山道上）。

（女声）牛铃声，这是幕阜山所特有的一种声音。当地老百姓怕耕牛在山里走失，难找，分别在牛颈上挂起一只小铃铛。牛铃伴着一声"嗨什——"的吆喝声，便是山民们长期以来亘古不变的一种劳作方式。

山民们对牛的深情绝不亚于对自己所耕耘的那片土地的深情。他们每日里都要给牛洗背，用半边木梳替牛理毛。夏天，赤日似火，山民们要把牛牵到小水凼里凫水，生怕牛和人一样闭气、发痧；深秋，进山放牛怕石子硌脚，山民们编上四只草鞋给牛穿上，带牛到最肥美的草地，让它吃最爱吃的葛藤、冬茅、野古草。这季节正是晚稻开镰的时候，山民们却不忍心把晚稻草抱给牛吃，因为晚稻草秆硬，农药打得多，怕牛吃了会短命；更不让牛吃长了毛刺的糯谷草，怕这种草吃了会割牛的舌头。到了冬天山民们还会从自己家里烧热水给牛喝，用包豆子的草喂它。他们懂得牛的脾性和懂得人的一样透彻。他们甚至发现，牛走路跟人唱歌一样是打着拍子走的。几乎每一细微处，包括如何从牛角计算牛的岁数，如何到野地里抛放免得踏坏牛绳，如何挽颈、挽角，都有一套一套的办法。

（叮当……叮当……牛铃继续又起）

牛，伴着山民们的漫漫人生；

牛，是山民们孤寂生涯中形影不离的忠实伴侣。

（男声）历史的足音，在牛铃声中愈远愈清晰。

（女声）幕阜山的背影，在牛铃声中愈远愈朦胧。

（牛铃声渐远，一阵庄重的晨钟暮鼓声起……）

（女声）独特的山里生活构成了山民们独特的生存方式；独特的生存方式构成了山民们独特的意志和信仰。每年八月初八，山民们最大最神圣的事莫过于朝圣了。在这幕阜山的深处，最能集结香火的是太平山。在太平山道院，有一个世人顶礼膜拜的祖爷。

（男声）祖爷成了这一带山民心中的仙灵。

（女声）农历八月，云天顿开，秋阳艳艳，乡风袅袅。积累了一年，盼望了一年，等待了一年的山民们杀猪宰羊，祭祖谢天。这时，朝圣的香客除了必带草纸、香棍、爆竹三大件外，还要用竹筒子带上茶油或菜油，供山上道人食用、点灯，然后纷纷争着要在朝圣的次日凌晨冲进道院抢那头炉香火。据说，这头炉香火能给人去病消灾，安康太平。

朝圣是对无数岁月的承合，也是对无数生命的衔接。

第三乐章　山之呐喊

（女声）在山里，有一种说法，叫作"喊起来听得见，走起来要半天"。

所谓"修水的祠堂,武宁的楼,铜鼓的小街接桥头",正是这种独特之所在。

（男声）在这莽莽苍苍的大山里,在白云和苍鹰的故乡,那一上一下缓缓转动的水轮车和水碓,至今仍然有着妙不可言的魅力。

（溪流伴着水轮车缓缓转动,女声又起）

（女声）那"咚咚"的水轮车声

使我们很容易想起乡村初秋的某一个黄昏

水车缓慢而低沉的旋转

犹如一轮苍老、疲惫的夕阳

人造的水车自己永远不会转动

流淌的水却是永远地流淌

因此无须担心车轮什么时候朽烂

只要有水在流

就会有关于水车的想象

在古老的水车脚下

人依然是赤身裸体的顽童

在做着水的游戏

而水总是通体透明

（潺潺的溪流声由强渐弱。隐隐的锄山鼓,像从地层深处徐徐飘来……）

（男声）那是怎样永恒的一瞬呀!

天刚麻麻亮,山乡仍在沉睡中,我们就被一阵隐隐约约的鼓声惊醒了。随着鼓点的一起一落,山崦上飘出一阵悠扬的歌声:

港边杨柳排成排,

不觉两春长起来。

树大还从蔸下长,

花开还从蒂下开。

唱歌还要众班来。

　　哟嗬嗬、哟嗬嗬。

紧接着，歌师们一边劳动，一边搭号相和：

　　唱歌不要好声音，
　　全靠字眼吐得清。
　　山歌有上铜板册，
　　冇上四书并五经。
　　唱歌原是抖精神，
　　哟嗬嗬、哟嗬嗬。

　　鼓声咚咚，银锄落地。一阵鼓响过，沉睡的山村，在朦朦胧胧的雾霭中苏醒了。

　　这些歌师鼓手几乎没有丝毫的出众之处。刚才还是双手揣在袖管、定定地注视着土地的汉子，此时却是打起震天动地锄山鼓的人们。他们善于把心中想的都融进歌里，一人能唱几天几夜，往往于无声处一吼，悲怆高亢，山鸣谷应，声震十多里。

　　（锄山鼓由慢到快，由轻到重，有板有眼，铿锵有力！）

　　这不是表演式的舞蹈；

　　不是罗曼蒂克的电子琴伴奏；

　　更不是轻柔慢唱的流行音乐；

　　那是大野中的沉雷在荒原上奔驰滚动！

　　那是山民们在摆脱贫困，挣脱历史阵痛后所迸发出来的呐喊！

　　那是可以与《黄土地》上的腰鼓队并驾齐驱相与媲美的伟大壮举！

　　（在撼人心弦的男声锄山鼓中，突然飘进一阵甜脆脆的女声……）

　　在这以前，锄山鼓只限于在男人中进行。要是遇上年轻的女人从哪里经过，他们会立刻丢过一串"风流歌"，羞得你无地自容，掩面而去。如今，时代不同了，她们不用羞，不用躲，系一色的金丝绒围莙与男人们一道击鼓锄山了，十四人排成一行，真好比莎士比亚的十四行爱情诗。一个年长的鼓师在旁引唱，十几张歌喉一齐唱起来：

> 天上起云云头多，
> 哪个山沟不通河。
> 哪个男人不想姐，
> 哪个女人不想哥。
> 男女心思差不多，
> 哟嗬嗬，哟嗬嗬。

……鼓声愈来愈紧，歌声愈来愈壮，劳动的节奏也愈来愈快，人们把个茶山顶围得水泄不通。高高的茶山窝成了极美的胴体，像是孕育着一股不可揭抑的力量。十几个鼓师，一百多个锄山的老表，始而一人唱，几人应，继而发展到一人领，万人和。"哟嗬嗬、哟嗬嗬……"的声音此起彼伏，在千沟万壑间回荡。鼓声悲中含喜，悲喜交集，足令勇汉壮士怆然泪下。那猛烈的节奏，高亢的歌声，暴风骤雨般的鼓点，竟和黑色土地上的迪斯科达到了惊人的相似和同步。长期残留下来的封建、愚昧与落后思想，仿佛都在这一刻融解了，冰释了！五千年的文明和突变，仿佛都在这一刻同时升华了！

（鼓声消失在大山深处……）

第四乐章　山之冲动

从来说，大山像谜一样浑厚、深沉。在这绵延的大山里，无论是在清晨还是在黄昏，都会有一种神秘的力量在感召着每一个人。

在九宫山下，有几口温泉，水温总是那么宜人。住在这一带的山民，经常在这里洗澡，像是一家子人围着张桌子吃饭那样无拘无束，随随便便。到了晚上，山里人习惯早早坐进被窝里，但上床过早，睡不着，他们就乱哼几句什么情歌小调的，然后六分的睡着，四分的迷糊，去作各种莫名其妙的回想了。

（女声）在这种周而复始的单调生活和五彩缤纷的现代生活的反衬下，

山里也开始躁动不安了！（《外面的世界》歌声骤起……接下来响起修江桥畔汽车鸣笛出山的效果音响……伴以"崩嚓嚓"迪斯科音乐……）

长期默默无语的大山终于响起了电子音乐，牛仔裤渐渐成了山妮们的抢手货。山乡渡口终日不断有满载各种物资的汽车吼着叫着，开上方舟过渡。近处，还有载客的班车，鸣着响笛，匆匆驶过山庄，引起山民定神看着，久久不肯回头。还有近乎挑牙虫卖膏药飘乡赶场的人们陆续来去……

山村的夜，从此再也无法平静了。

（一阵悠扬的唢呐声，把人们带到迎亲路上……）

（男声）"八月灿，九月黄，十月柿子爆了瓢"。

男婚女嫁是山里人最为看重的事情。在山里，有许许多多的规矩，迎亲却总是红红火火热热闹闹的。花轿娶亲，在许多地方已经早已绝迹了，但在幕阜山区至今仍然沿袭着。每年到了农历腊月初八，山里吹唢呐接媳妇是常有的事。"腊月初八日子好，多少姑娘变大嫂"。

（女声）那"咿咿呀呀"的迎亲轿队；那挺进在群山脊梁上的红男绿女；那闷闷的锣声，呜咽的唢呐，像一条颤颤闪闪的小溪，从年轻的心，年轻的幻梦里，缓缓流过，像要把生命的全部鲜艳，作一次短暂而永恒的展示。对于这位龙凤花轿内的姑娘来说，花轿就像一艘带着风帆的小船，开始了她一生中最幸福而又最依恋的航行。尽管她对自己的未来仍然是茫然而未知的，也可能历经痛苦和辛酸，但还是在这个吉祥的日子里，带着美满的祝愿，含着羞涩，含着欢乐的泪水，告别了父母，告别了故土，缓缓步入了自己的家……

（男声）禁不住内心青春骚动的小伙，总想一睹新娘的美丽，怂恿淘气的山伢，每每撩开火红的绸帘，羞得新娘用香帕遮掩不及。那粉黛脸庞上漾开的红晕，把围观追闹的人心搅得忐忑不安而又如痴如醉……

（女声）姑娘们风姿绰约，推推搡搡，总是那么惹人注目。

（男声）这时，最快活的还数那些早就倾心相爱的情侣，他们的目光对视着，传达一片包蕴整个宇宙的内容。

（女声）感情的密码，在追花轿的喧闹里，得到一种全方位多角度的破译。而那些倚门观望的女人，遥想自己当年的寒酸凄楚，慨叹如今山妮的幸福。

（男声）凑在一起的老人，"咝咝"地吸着熏黄的旱烟，山岩般起伏的皱纹间，舒展一片淡远淡远的微笑……

（女声）轿队在人们热情潮湿的目光里，走得很慢很慢，好像在昭示一页属于大山未来的美丽风景。

（男声）人们追着花轿，追着那轮喷薄而出的希望……

在一片迎亲的唢呐声中，一位年老的长者拦门喝彩：（鞭炮声声……）

　　　　一乘车马来远方哎，

　　　　专至吾门降吉祥呀，

　　　　领得主人一把瓶呐，

　　　　千两黄金铸打成哪，

　　　　此鸡不是非凡鸡哎，

　　　　化作鸳鸯轿上飞呀，

　　　　抱走新人轿上过哎，

　　　　夫妻好合永齐眉呀……

（唢呐声推向高潮，洞房喜乐仍在隐隐约约地回荡……）

寻找天籁

汽车在曲曲折折的盘山道上，吃力地牵引上爬，到抱子石骤然一拐，我们《红云》剧组的人几乎不约而同地叫了起来：修河，修河，这就是我们要拍的修河！

我相信大家这激动这认同不是做作的。这条久违人类的带着豆绿色滋滋润润的修河，之所以还能如此强烈地唤起我们某种原始的乃至青春般的冲动，原因在于我们从现实生活中，已经很难找到那种活脱脱的水灵了。面对人与自然日益疏远、钢筋水泥像沙漠一样席卷大地的当代社会，人们的情感和欲念一而再、再而三地被压缩、被限制、被分割，甚至被取消。许多用大石块砌成的盒子式的混乱无序的建筑，把街道拉成了一条窄窄的缝，阳光透不进来，人堵得十分地烦。生活在这样的空间和时间中，人明显地被物化了，个人独特的精神情愫在高节奏高频率的挤压下化为乌有，源于人的本性和自身的欲望相对大大减少，人与人之间的关系变得复杂到不可思议而又异常单纯地一律受钞票所制约。一句话，人从童年从幼时从母亲子宫内从乡间小道上带来的那份与生俱来的天真烂漫；那实实在在的撒了谎就心跳的纯真质朴；那圣洁无比无拘无束的自自在在，像水土流失般地丢失了。

这是当代人的生存窘境，也是艺术家的拯救之道！大哲学家海德格尔说，艺术作品往往就诞生在"大地"与"现实"的巨大空隙里。基于此，在时下人人都把镜头对准剪彩和开张，艺术几乎沦为带电操作的"哈哈镜"时，我们却把机器稳稳地架上了修河和大山。

一位朋友说："你们拍的正是我最喜欢的一条河，一条难得的没有污染的河。"还有一位朋友看完剧本后告诉我："你是在用修河的大冲壶，来泡宁红的茶！"这话不幸言中，正好捉住了《红》片的灵魂。茶——这个简单而又简单的东西，一经提到艺术家的眼前，就变成了熟悉的陌生变成极不简单的元素。有生以来，我头一回觉得，在中国，没有什么东西比茶更普遍，也没有什么东西比茶更有内涵。茶迎接新生命的诞生，也为死亡者壮行。一个人生下来要用茶沐浴，死时还要带上一包茶去。茶伴随着一个人的生生死死，恩恩怨怨，乃至走完全部的生命历程。而一脉清波的修河乃是幕阜山人的生命之河，那时而平缓时而湍急的山溪之水汇集于此，恰恰铸就了修河两岸山民的灵魂与血肉之躯。所以，当我写下这剧本的第一行字时，我就意识到《红云》所载起的远不仅仅是茶，而是茶的人生和人生的茶了。

二十六天来，摄制车一直"轰轰"地在山里爬着。从斑斑驳驳的山口老街的"地炉"火前风快驶过；进入一大片蓬蓬勃勃浑圆浑圆"喊山"的漫江茶林；从流水潺潺跨河而过的复源吊脚楼边到透过家门就可见着高山人家的湖洲"压轿"村；从"夜鼓"震天的石溪山峁到充满蓝色梦幻的上汤男女同浴；从挂着天灯和八卦鼓的大洞乡祠"村戏"台边到弥漫着"禅缘"的"云居天上，天上云居"的真如禅寺；从怪岩突兀的云山小里采石场雨中"祭天"到烟波浩渺水天一色的鄱阳湖与修河"出山"交汇处，我们翻山越岭，进山出山，行程一千八百公里，历经坎坷历经风雨乃至付出了血的代价，才染就这殷殷《红云》。我们崇尚自然，回归自然，而自然也加倍地赐福于我们。也许是冥冥中触动了某个地脉机关，也许是天人感应的缘故。一路上，看似风雨如磐被洪水追得无处逃遁，临到开拍"喊山""压轿""夜鼓"等大场面时，老天开眼，水到渠成；而进入内景拍摄时，又暴雨如注不受任何干扰。摄制组人诙谐地说，我们在山里拍戏，人越拍越狂，而进入寺庙却越拍越善。《红云》剧组与其他剧组相比，大概是香火最旺盛的一个剧组吧！

杀青那一天，摄制组同志非常高兴。当我们站在高高的望夫亭上，看着六百里修河与八百里鄱阳湖相拥相汇奔来眼底时，导演激动地推开了摄像，让我摄下最后的难忘的镜头！雷子号鞭炮足足响了十多分钟，然而，它不是在铺张地宣布一个公司一家商场或一座舞厅的开张，也不是在饶舌我们一路风尘与辛劳，而是向世世代代生活在修河两岸的几百万父老兄弟宣告：《红云》对得起你们，《红云》在痛苦中飘然新生了！

《红云》创作从一开始就违背了它的初衷！

1992年冬，当我和中国宁红保健茶集团公司签下要拍《红云》的合同时，犯难和希冀几乎同时袭击着我。一个简简单单的茶，能拍成洋洋8集片子吗？于是，一个由简单向复杂由形而下向形而上并且灌注着一种强烈的生命意识和刻骨的真实的转换大山般横在我的面前。

渐渐，一条豆绿色的修河满满当当从我心头流过。她环绕在幕阜山脚下，昼夜不舍地向东向东……带点儿哀带点儿怨带点儿矜持带点儿自信。在万古群山中，她仿佛是凝滞不动的。在她身边，就是久旱无雨的土地。空自流去的修河，让我想到人样的山和山样的人；想到动中的静和静中的动；想到数千年历史的坚韧与沉稳。

在修河边上，住着许许多多的木楼人家。楼棚很低，密密挂着被烟火熏得黑黑的腊肉肠子，有篾箍穿着挂起的，也有禾秆穿的，秆里夹着小块红纸，是正月刚刚接到的礼。昼饭半日了，山民们还坐在大门槛上，两只眼定定地望着远处。河水喃喃，阳光在那里蠕动，山上老班人说那是南海，不晓得那就是江西境内的鄱阳湖。一个晴朗的早晨，我看见一位老人佝偻着身躯，迈着蹒跚的步子，越过河心，从修河打起了水，又艰难地挑上坡去。就在这一瞬，我明白了《红云》该写什么……

哪家来了客人，先不谈别的，头一句话便是"坐下宕，戏下宕，吃碗茶宕"，于是一碗热茶泡上来了。这种以茶会友的"茶话会"，在修河比比皆是。在幕阜山深处，到了农忙季节，至今还打着山鼓，催工助兴；至今还有像一家人围着桌子吃饭那样随随便便的男女同浴；至今还抬着花轿，进行着传宗接代承宗继祖的男婚女嫁天地开张……

有了这滋滋润润的河，有了河边这生息繁衍的人家，还有那么多独一无二的习俗和风情，全片的胚胎开始形成，毛细血管也渐次变得丰盈起来。

拍摄之前，我们又一次次校正艺术感觉。画家徐东林先生亲自为我们设计了一个威严如父的喊山台，画了黄龙茶神，并就全片的色调和基调作了逐章逐句的提示，尤其是谈到喊山时要见雾不见人，不出具体景象，只要影影绰绰的人影物影等见解，给全片启迪不小。开机前编剧赵青、导演熊裕国、副导演罗亚群和摄像兼导演王玉锦、灯光谢毛毛、美术吴振翔和韩全保等主创人员又就全片的整体呈现进行了反复磋商和讨论，一致认为面对修河这段司空见惯和过于熟悉了的生活，必须进行出神入化的陌生化处理和采用夸张变形的凸现手法。在风格上至少要有三个方面的特色：一、打破白平衡；二、声画不对位；三、解说不动情。这种抵制主体冲动的客观化视角，这种"不对位""不动情"正是为了强调克服主体意识对现实生活的干预，强调对于表现对象及受众的人本意义的尊重。在上海做后期时，著名电影作曲家徐景新停下电影音乐创作，为本片谱曲，大胆地提出全片忌用贯穿始终的旋律，多用古朴的埙和箫，进行情绪垫底，营造起一种如泣如诉的文化氛围。主题歌没有伴奏，只单调地配了一点鼓声，让演唱者干脆拉开嗓门喊，使之更有了幕阜山人几分阳刚之美和粗犷之气。

片子放完了，仿佛从地层深处响起一阵浑厚苍凉的主题歌："修河的水哟清得能见底，修河的山呐抬头望不到天，修河的路啊高高低低，修河的人走了一辈又一辈，走了一辈又一辈，走了一辈又一辈……"回荡的歌声中，我无数次地沉湎于幕阜山的沟壑险径，无数次地停在高高的山峁上，看着它们起伏蜿蜒，看着它们千回百折，看着它们在沉寂中诉说着地老天荒的故事。闭上眼，浮上来的尽是幕阜山人一代一代奋斗的背影和苍老疲惫的面容……

卖灵芝的姑娘

这是我第二次上黄山了。

车，在云雾缭绕的盘山公路上奔驰。似轻纱一般的白雾，飘在每个人的脸上，湿漉漉的，滑腻腻的。刚才的闷热、干渴和旅途的疲顿统统消失了，一股山区所特有的清新、爽快、凉丝丝的感觉，迅速布满了全身。我像投入了母亲怀抱似的，投入了这个梦幻般的艺术天地，又见到了这幅"立体的画"，读到了这首"透明的诗"。

眼下氤氲的雾气正渐渐散去，太阳从斑驳的修竹树影中透射过来。在通往黄山的山阴道上，走着许多卖灵芝的姑娘。她们一手拎着篮子，一手拿着灵芝，高一声低一声地吆喝着："买灵芝啵——""狮子峰的灵芝！"这声音是那样陌生，又是那样熟悉；是那样遥远，又是那样亲近。

记得头一次来黄山，也是这个季节。我是随市摄影家协会的摄影家们一道到这里从事风光摄影创作的。古往今来，黄山，这个山水画的故乡，就以"漫将一砚梨花雨，泼湿黄山几段云"的艺术魅力，吸引着千千万万个"搜尽奇峰打草稿"的诗人、画家和摄影师们。几乎每年的这个时候，都有一大批画家和摄影工作者，背着沉甸甸的摄影器材和画夹、颜料箱，来这里拍照、写生、素描、剪影。是的，面对这浩浩云海，茫茫烟雨，或浓或淡，忽隐忽现，作为一个艺术工作者，有谁忍得住不拿起那多彩的画笔和揿动手中的快门呢。

不知什么时候，我的相机悄悄对准了一位卖灵芝的姑娘。说来也怪，几乎是在同一个时刻，几个胸前挂着"浙江美术学院"校徽的男女大学生，也不约而同地打开了手中的素描本，眯缝着眼，飞快地勾勒着。

随着长焦镜头的不断拉近，我看清了，这是一位年十二三岁的卖灵芝的姑娘。两行淡淡的柳眉,像画家轻轻涂抹过的远山近黛。一对甜甜的酒窝似乎盛满了山泉。嘴角边时不时露出的那颗雪亮的小虎牙,更显出几分妩媚和天真。一双深潭似的大眼,专注地凝视着远方。还有那软细的腰,那稍稍隆起的乳峰,手中捧着的紫红紫红的木灵芝,一切都显得是那样地自然、柔和、灵秀、活脱。从山那边徐徐飘来的一层层白雾,像是给这姑娘送来的一条纱裙。远远看去,灵芝和少女相映成趣,简直就是一副夺人魂魄的杰作!啊,大自然,造物主,你竟是这样创造了栩栩如生的人类。

正在这时,灵芝姑娘发现我们在偷拍她,赶忙从草地上支起身,甩动着两条乌黑的长辫,背对我们走远了。唉,真可惜,我恨自己的动作太慢了。几个男女大学生和我一样,深深叹了口气,带着非常遗憾的表情走来,和我们悄悄议论着:倘若此时有个擅长乡土电影的导演来这里挑选演员,准会看上这位像山野一样朴实的灵芝姑娘。经他们这样一说,我更感到懊悔不已了。我为什么不敢打破常规,不对焦距,先来它一张呢。我决计追上去,拍它一张,哪怕是一张运动着的剪影也好,题目就叫《卖灵芝的姑娘》。

不一会,我的镜头又一次悄悄地从一簇簇映山红中伸了过去,把几只不知名的小鸟和山雀吓得惊飞而起,我紧张极了,后怕再一次惊动了那位卖灵芝的姑娘。对,近一点,再近一点,给她一个中近景镜头,把她和她身后的山阴小道一齐摄入画面,我默默构思着。刚刚揿动快门,一束紫红紫红的木灵芝恰好遮住了姑娘的半边脸颊,她连忙摆手:"莫照,莫照!"已经拍了一张,自感有些欣慰。欣慰之余,我又感到,没有把灵芝姑娘的灵气和山妮味充分表现出来,因而有些懊丧。

为了获得最佳艺术效果,我不得不摊牌了:"小姑娘,请你配合我们完成一张艺术照,好吗?"

"照我?莫,丑死人呐!"灵芝姑娘边说边指指身上,"你看我这件衣裳,皱巴巴的,头发乱得像刺蓬!"

"不,我要的正是你这副自自然然的样子。"

"真的?"她用一对深潭似的大眼望着我。

"真的!"我回答得非常恳切。

　　过了一会，灵芝姑娘狡黠地眨了眨眼，天真而又稚气地说道："叔叔，你若真心照我，我提一个小小的条件，好啵？"

　　"你说吧，只要我们能够办到的。"

　　她半羞半喜地用嘴咬住手中的辫子："一个小小的条件，请你们每人买我几束灵芝？"

　　"买灵芝？"照相还要附加条件，真是山里的妹子少点儿见识，我不免觉得好笑起来。如果说先前留在我心目中的灵芝姑娘是一副精致的杰作，听了她说这番话后，这杰作却黯然失色了。在现实生活中，有什么比艺术更富有魅力呢，又有什么比把艺术当作商品一同出售更令人遗憾呢。一时我的思绪被搅得乱纷纷的，我已经完全失去了艺术创作的激情。而那位灵芝姑娘也很快隐没在无边无际的云雾之中，再也看不见了。

　　在这以后的不少场合，我把生活中见到的这个真实的故事讲给我的朋友听了，他们都异口同声地指责我的犹豫和固执，何必去计较一个山妮的这些呢，能捕捉到一个动人的艺术形象足矣。正是这样，也就越发促使我下决心去表现她了。有几次，我和我的妻子、女儿上街，散步，逛公园，我都非常留心捕捉类似的镜头。比如，卖鹃花的姑娘，卖茶水的姑娘，卖冰棒的姑娘，还有卖水果的姑娘……似乎还没有一个能与我所见到的那个卖灵芝的姑娘媲美。

　　因此，当我再一次站在云雾缥缈的黄山之巅时，我似乎觉得那位卖灵芝的姑娘又沿着我记忆的山阴小道款款走来了。我不能再一次坐失良机。这一回，我下了决心，即使要我买上几束灵芝，我也要完成上次没有完成的遗憾之作。当淡淡的晨雾从黄山深谷弥漫四起的时刻，我一次又一次地流连往返于灵芝姑娘经常走过的山阴小道上，只要听到叫卖灵芝的声音，我就情不自禁地打开相机，跃跃欲试，等待那极其动人的一瞬！

　　果真，在长长的山阴道尽头，几个叫卖灵芝的声音此起彼落。初初看去，正是我所要捕捉的艺术形象。我像黄山奔涌的云，飞腾的雾一样，变得激动不安起来。积蓄许久的愿望终于等到了将它变成现实的时刻了，我再一次擦了擦取景框上的玻璃，不停地旋动焦距，对好镜头。

　　"买灵芝啵！"

"狮子峰的灵芝！"

我侧耳倾听着这声声清脆的叫唤声，宛若聆听着黄莺儿在林间的动情歌唱。可是，透过取景框看去，过来的却是几个穿着不错但很不上相的山里嫂子，我的兴致像跌落的瀑布，低了下来。

几天来，我站在凉风中，依然静静地等待着，却仍不见我心目中的灵芝姑娘。

直到我们在黄山逗留的最后一天，天刚蒙蒙亮，我就顶着漫天的雾气，踩着湿漉漉的小道，向灵芝姑娘经常活动的地方进发。一路上，黄山的云，黄山的雾，黄山的灵芝，黄山的故事，连同黄山那位卖灵芝的大眼睛姑娘不停地在我眼前闪现，我似乎满有把握捕捉到这一动人的艺术形象。我甚至设想过，就是灵芝姑娘提出更苛刻的条件，我都在所不惜。为了艺术有什么不可以付出的呢？何况是几束灵芝，带回去还派上用场哩。倘若一旦找到了这位灵芝姑娘，我将用自己最高的摄影技术，拿出最好的胶片，把她及时地摄入镜头，让她作为一种淡淡的朴实的山野之美，进入祖国的艺术画廊。然而，我整整等了一天，这种美好的设想，却像黄山飘忽的云，飘忽的雾，被强烈的日光驱散得干干净净！过去了多少个卖灵芝的人，却再也找不到当年那位"淡淡妆，天然样"的灵芝姑娘！我一次又一次地等待，一次又一次地追寻，一次又一次地捕捉，一次又一次地怀恋，在弯弯曲曲的山阴道上，在人头攒动的人字瀑下，在青翠欲滴的修竹林中，在雾失楼台的古亭边上……

原 乡

九江土话俚语"好啧"！看了这个展览你一定会拍手称奇。不管你懂或不懂，会说或不会说，或者只会说几句都没关系，因为任何人身上都有一股与生俱来挥之不去的原乡情结。

"原乡"是什么？"原乡"是一个人出生的血地和生命的来路；"原乡"是伴随你一路行走中不离不弃的力量和影子；"原乡"是无论你衣锦还乡还是一无所成，它都能给你带来安全感的地方。而土话俚语，则是"原乡"人与外部世界交往沟通的重要表达。

这里展出的《原乡》赣北俚语书法展是九江市书法界名家高手以如椽大笔，挥写出的诸多充满九江本土特色的土话俚语。它是捧给身处异乡人心中的一个美好而永恒的梦。对于今天许多失去故乡的人们来说，这个展出无疑是一场弥足珍贵的视觉盛宴，是书法界在形式和内容上的大胆突破，是原始文化的回归，日常生活的升华。无论走到哪里，只要看到这些作品，你都会升起一种久违了的熟悉而又陌生的淳朴感和归宿感。

艺术往往是走偏锋的。记住《圣经》中的话：你们要努力进窄门，因为引到灭亡，那门是宽的，路是大的，进去的人也多。引到永生，那门是窄的，路是小的，找着的人也少。

野 草

上个世纪四十年代末，美国诗人罗宾生·杰弗斯这样写道：文明像屠杀兔子一样屠杀了美。

他早已死去，他的恶毒的诅咒被遗忘了。物质文明以前所未有的速度发展着。混凝土比沙漠还要迅速吞噬大地。田园诗美学寿终正寝，代之而起的是"都市"与"超级都市"的美学，即机械文明所造成的新的生态环境中新的审美观念和价值。与自然的逐渐隔离、拥塞的物质环境、疯狂的速度和节奏，使人变得过分敏感、脆弱、多疑和自我怀疑起来。

我市著名民俗画家陈尚秋老先生，以八十高龄十几年如一日之功夫，一直在试着找回和还原这段已经消逝和行将消逝并日甚一日演化为"非物质遗产"的生活。他成天活在倒流的时光里，一个劲地画着他童年时的那些事儿。几年下来，不知不觉画满了一个空间，一个用记忆力和想象力填充的几十年前九江市普普通通市民所过的日常生活空间。

我们真诚地呼唤，不管这种由文明"溃疡"引起的"亢奋"还要持续多久，一个重建的生态文明必将到来。人将在新的、健康的、文明的基础上与自然重归于好。若干年后，也许艺术将会比科学更早地回过头来，去寻找一片野草的价值！

深 谷

>   ……总之，他们是一群追求自由，却又身不由己地逃避自由；向
> 往都市，又不得不躲进深山的人。
>
> ——作者手记

嵯峨挺拔的九宫山，磨盘似的悬在鄂赣边界。莽苍苍的山，莽苍苍的树，茅屋依在群山的脊梁上。

雷声大作。

云，在我们头上黑黑的遮蔽着；风，飒飒摇撼着山壑。不一会，豆大的雨滴，一点、两点，"劈劈啪啪"落了下来。俄顷，混沌一片。

这次进山，原本是过久了喧闹的都市生活，出来作一点情绪调节，不料却一头撞进了这么一个可怖的天地。

天色渐暗，黝黑黝黑的路无休无止地伸向大山的深处。

进山时，老乡一再叮嘱我们，遇到分叉处，记住往右走。可是横在面前有三条小路，一座孤零零的坟茔，往哪儿走呢？直到这时，我才发现脚下并不是一条路，而是兽类出没的小径。

正在我们徘徊不前的时候，老林中泄出一丝灯光。我们苦苦哀求着叩开了这扇竹门。一位老妇人缓缓探出头来，吃惊地看着我们，半天不敢吱声。待我们彻底坦白了这次迷路的经历之后，老人才慢慢恢复平静，将我们让进了风雨茅屋。

吃过饭，我们靠着地灶烤火，烘那身湿透了的衣服。火光熠熠的枯树根，在我脚边欢乐地燃着，爆炸出轻微的声音。棚子里进进出出，有些人说两句话就走了；有些瞟我们几眼赶忙避开；有些靠在我身边长凳上，坐

68

下吸他的旱烟。

老妇人告诉我们，他们中不少人是没得法子才来这里的。"哦。"我轻轻点了点头。老妇人再次上下打量我们，见我们慈眉善目的，也就站起身，端来那根被她用得通红发亮的烟管，吸着，像缓缓流淌的山溪，给我们讲了发生在这里的一个又一个的故事……

第一天的故事：山道上，匆匆走着两个人

在这一带，最高最险的莫过于老鸦尖了。整个山形像一只高空盘旋的老鸦展开翅子，重重地压将下来。山顶至今还有一座爬满枯藤的古庙，庙门开着，时有几个过路的人，放下担子，在那里烧香。

古时，老鸦尖是豪杰聚义土匪出没的关隘要地。在老鸦尖的入口处，一棵参天的古樟上，悬着一个酷似人形的木质骷髅。进山的人看见了它，一切都明白了：丢下买路钱。不然，你就休想逃脱和它一样的下场。据传，明末农民起义的领袖李自成就是在这一带被人斩首示众的。

我们正是在这种惶惶的气氛中，踏上去老鸦尖的小路的。其实，这里并没有路。几乎每个人都是蒙着头，在老林里钻来钻去。一件好好的衣服，走不了三里地，就拉开了几十道口子。到了山崖，心都是悬着的。稍留意，就会坠入万丈深渊。我真无法想象，那么多人特别是那些娇小玲珑的女子是怎样从这里进山的；我更无法想象他们还要将自己开采的钨矿一担一担挑到山下去卖。

突然，一个女子的哭声从密林深处传来，我们惊得一齐张大了嘴巴。稍息片刻，我们向有哭声的方向望去，却什么也看不见。哭声之后，接下来是一阵紧一阵的脚步声。

脚步声愈来愈近，我们的心提到喉口。

天上的乌鸦鼓噪着，向暮天飞去。

脚步嚓嚓。一声重，一声轻，有经验的人，很快即可判断出，这是一男一女。

我们闪进了一块高崖底下，随时准备应付眼前可能发生的一切。

脚步声像在我们头顶踏过，我不由一震。

过来了，一个男人，约摸五十来岁，黑色的风衣，一副冷冰冰的面孔，眼睛滴溜溜地四下扫视着。随后过来一个女人。从背影上看，不大，十四五岁，正处于含苞的年龄。拖拉的步履，暗示她是很不情愿地跟在那个老男人后面。

男人瞪了她一眼，她像被什么蜇了一下。

我们屏息静听，看着他们如何动作。

实际上，他们早就发现了我们。在这寂静的山林里，周围发生的任何一点动静，都会引起人们的极大注意。我们刚刚伸出头，那少女便无可奈何地瞟了我们一眼。那男人呢，就像老鹰抓小鸡似的，一把将她拽过去。就在那一刻，我仿佛看见《黄土地》中那双毛茸茸的男人的手，触着了翠巧的红盖头那样，惊颤不已。

当晚，我们又回到那间风雨茅屋。雨点"叮叮咚咚"地敲打着棚顶。屋里没有电灯，也没有蜡烛，只有一把松明闪烁着。我把白天的所见所闻，说给那位老妇人听。她毫不吃惊，诡秘地笑了笑："你说奇怪么？"

"一点也不。这里五花八门的人，几天几夜，也讲不尽。"

"那一男一女呢？"我急切地问。

"眉心里，有颗痣吧？"

"有没有痣，我们没有看清，但绝对不是什么父女关系。"

"山中千年树，世上百种人，说不尽的。"她喃喃地，近乎自语地说着。

那一夜，我怎么也睡不着了。

第二天的故事：唱《湖北道情》的黄氏三兄弟

老鸦尖紧紧贴着石榴窝，当地人把这片山地称为"鸳鸯界"。

其实，石榴窝既没有红殷殷的石榴，更没有水灵灵的女人，只是山与山之间凹下去的形状宛若石榴罢了。

我们刚刚走进石榴窝，一阵时高时低的山歌从窝底飘来：

> 送哥送到大桥头，桥头一树好石榴。
>
> 剖开石榴几多子呀，几多情意在里头。

一个完全该从柔婉女子嗓门里发出的歌，却被几个粗汉来回唱着，这显然成了一种宣泄了。

不一会，屋内几个男人互相推诿一阵，又飞出一曲，还是粗粗的男人的声音：

> 一根紫竹直苗苗，送与哥哥做管箫。
> 箫儿对着口，口儿对着箫。
> 箫中吹出鲜花调，问哥哥这管箫儿好不好？

唱罢，屋子里一片哄笑。

不知什么时候，他们中有人发现了我们，一个个都羞得低下头去，像做了一件不正经的事儿。我们一脚踏进了他们的竹棚：这是一间用竹子编成的篱笆屋，如同远古人的洞穴。我们仄着身子进得棚来，地面潮湿处，时有一只冷冰冰的青蛙跳过你的脚背，让你吓出一身汗。刚进去，一团黑，眼睛不能适应，蓦地瞧见了人影，竟是三条汉子，一色光头、光身、光脚板，只用一件罗布汉巾挽住那块唯一需要遮盖的地方。

"你们哪儿来的？"

"嘿嘿。"答话的人是一口的黄梅口音，不用问，就知道是湖北人了。

"你们干吗到这里来呢？"

那人侧过身，左眼黏糊糊的："还不是冇得办法！"

"听说你们是赌博输了本来这里吗？"

"你怎么知道？"

我们也"嘿嘿"地搪塞过去了。

就是三个孝子，家里很穷，养不起一个七十五岁的老母，在万般无奈的情况下，去了一回赌场。没想到，头一回，惨败而归，输了五千元。当晚他们商量着一齐跳进家乡的龙感湖，被一过路人救起，带进了这座深山。进山不久，老母去世。没有办法，只好把所有家产变卖着送走了老母，从此在家乡没有了他们的立足之地，而不得不在这里长期谋生了。

"多大岁数了？"

老大伸出三个指头，又组成一个八字："38哩。"

"结婚了吗？"

"八字还没一撇。"

"你的眼睛？"

"别说了，羞人哩。"老三赶忙阻住。

当地有口温泉，水温总是那么宜人。住在这一带的山民，经常在这池子里洗澡抹身子，有时男女混在一起洗澡，像是一家子人围着张桌子吃饭那样无拘无束，随随便便。三兄弟听人讲了，眼睛立时亮了许多。在一个深秋的夜晚，他们赶十多里山路去了那温泉。他们毕竟是外乡人，怕人说笑，只是无声无息地溜进了池子。一看，真的如人所说，男人赤条条的，一丝不挂。女人吊着一对好看的奶子，在水里直晃。三兄弟蹲在池子一角，偷看女人的臀、腰和雪白的大腿，心里头痒得难受。长到这么大，还没有这么清楚地看过女人一回。特别是看见女人们浑圆的臀部水纹般地颤动，短裤贴近这身子，紧绷绷地露出一条明显的缝来，他们不由触动了什么，半天不敢走出汤池。他们死死盯住池子里那个最白最漂亮的女人，一刻也不肯放松。麻烦来了，女人的丈夫知道后，抢进一条扁担，直往三兄弟劈头打来，池子里顿时乱了。从这以后，老大的左眼就再也看不成女人了。人家问他，他只是说走夜路，跌到深沟里弄坏了。

这苦处只有他们心里最清楚。

俗话说，人有三急：急屎、急尿、急性。一九八四年纳尔逊最先提出：男子，一月有二十八天的性的来复循环。接着他又进而观察两个顶点，大的在月圆之夜，小的在新月之时。这就说明，我们人类的每一个器官都有一个按其天然能量充分运转其本能的要求。每时每刻，血液需要自由地循环；心脏需要有力地跳动；肺部需要有规律地扩张；精液需要寻找自然的归宿。如果有人用自己的理智去抑制持续的生命冲动，那么，或迟或早将面临自身器官的造反。

打那之后，三兄弟再不出山了。他们过的近乎原始山顶洞人的生活。几个树蔸，打个桩，立柱，就算是挺好的饭桌。一块墓碑翻个面，画上一条河界，便是上好的棋盘。一到断黑，他们扒完饭，来几盘棋，就用山泉抹把身子，早早坐进被窝里，但上床过早，睡不着，他们就像刚才那样哼几支情歌消遣消遣。然后吸足十多锅旱烟，便六分的睡着，四分的迷糊，去作各种莫名其妙的美妙回忆了。

第三天的故事：双果树下的誓言

人们常说，有多少种人生，就有多少种情爱。有多少种情爱，就有多少种苦难。谈到他的爱情，像钢针打在他的心上，把他与生俱来的种种苦楚统统触动了。

这是福贵第二次进山的事。

如果说第一次进山，他还留着某种爱的希望；那么，这回他是怀着一种空落落的情绪愤然进山的。绵延的大山一座连着一座，就像他的人生道路一样，起起伏伏。

他走在静静的山道上，草鞋不时踩着带刺的圆球。他又想起了家乡村口那棵叫他伤心落泪的双果树。这种树生两种叶（一叶是宽的，一叶是窄的）；开两种花（一花是叶上张开，一花是叶下张开）；结两种果（一果是圆形，一果是尖形）。当地人说，那是一个男人和一个女人前世误了姻缘而变成的，称它为"夫妻树"。

第一次进山前几天，福贵认识了当地一位叫巧容的姑娘。不到几天，他们不仅相上了，而且互送了鞋样。送鞋样送年庚，在农村看来，就像城里的恋爱由秘密转向了公开。临走那天，巧容把福贵送到双果树下，轻轻地说：记住，回来还是在这棵树下等我。两个年轻人就像偷吃了禁果那样，在没有媒人牵线的情况下，破天荒地结识了。巧容扶着双果树，一直把福贵送到看不见的尽头。

福贵进山以后，玩命似的打钨。这一带的钨，产量多价格高，四方八面的纷纷涌到这里。你撬开一个口子，他占住一块地盘，弄得满山遍野都是大窟窿套小窟窿。福贵有力气，一天能打七八块。不到一个星期，巧容送给他的那双布鞋七疮八孔了。他想，再苦再累，也是几个月。过了这段日子，他就可以带上一大把票子回去，把自己心爱的巧容接过门。

日脚很快滑到了春节边上。福贵把打钨赚来的钱，数了一晚，十块一叠，每叠好一叠，用米饭粘好。那一次，福贵折腾了一个晚上，第二天天刚亮他就出山赶班车去了。

每走一阵，都要四处望望，看看有没有半路杀出的程咬金，山里人就怕这种事。几十里山路，他有意识和下意识摸那硬处，不下十几回。

这天正是农历初八，乡下吹唢呐接媳妇，是常有的事情。"腊月初八日子好，多少姑娘变大嫂。"就在离进村不远的双果树，他看见一乘龙凤轿，细吹细打，朝他家对面的陈家湾抬去。他触景生情，想起了巧容在双果树下对他说的话："记住回来还在这棵树下等我。"想着，想着，他不由加快了步伐。他清楚地听到花轿落地时，村子里的炮仗，足足响了半个钟头，震得他的心都在颤。

一进门，发现情况不对头。娘拉着一副苦脸，福贵以为是娘怨他出外太久了，赶忙安慰道："娘，我不是回来了吗？"娘还是木着个脸，半天不说话。福贵摇了摇娘的背："妈，干吗这样呀！"娘终于忍不住了："贵崽，那女人跟别人跑了。"

"谁？"

"对面陈家湾的陈木匠。"

福贵一下愣住了。可能么？那花轿里的新娘，难道就是她么？

娘缓缓抬起头："这年头，姑娘的心也盛满了钱。你来前一个月，巧容向我要了一次钱，我说等福贵回来。巧容不等我话，就跟那个木匠跑了。"

木匠正是福贵小时候的伙伴。

天黑得真快，福贵做梦也没想到这一步。

洞房喜乐还在隐隐约约地继续，闹房的人还没有完全散去。福贵觉得"双果树"真成地地道道的"酸果树"了。他恨不得带上一帮子人，冲到那个木匠家，砸它个稀巴烂，彻底扫掉他们的兴。然而，他还是被理智压下去了。

第二天清早，当娘端着一碗糖鸡蛋来到福贵床头时，福贵早已离开了这个家。他走了。他重又走进了那座大山——那给他带来希望，又带来失望；曾给他安抚，又给他痛苦的大山。

娘痴痴地站在去年巧容送福贵的那棵树下，像叫魂似的轻轻喊着："福崽哟，早点回来，千万莫往低处想呀。"

其实，福贵不是这种人。他生性倔强，就在那天离开时，他立在双果树下，对天发誓，发狠干上三年。三年后，大吹大打娶回一个比巧容心地和外表都要善良的女人。

他重新找了一个龙口。

开工的那天，他朝天三拜。然后抡起那根短了一大截的钢钎，一锤一锤地扎下去。那每一锤敲打，每一声震撼，都是他爱与恨的誓言。

第四天的故事："三星伴月"的悲喜剧

初八的月亮圆了一半，很早就悬在天空中。赣鄂两省之间的"三星伴月"，就是山头夹峙着的一个月形的山坳，当地人称它为"三颗星星伴着一个月亮"。这里有一些为人世所遗忘的怀远人。他们用另一种言语，另一种习惯，另一种梦，生活到这一隅，已经有许多年。当这松杉挺茂的山坳，为黄昏占领了以后，从山头那个青石嘴向下望去，月光淡淡地洒满了各处，如一首富于光色的和谐的诗歌。山坳中，隐隐听得着人的语声，牛的铜铃声。

这里住着一户人家，谁也弄不清他们的来历。只知道这是又一对三兄弟。平时很少与人往来，偶尔碰上几个熟人，他只是点点头就过去了。一般不串门，总怕惹出些是是非非来。我们在他家坐定后，他们对着我们吃力地说了半天，一点不懂，只有老三有点文化。

说话时，一个女人进来了，一顶草帽遮住了她的上半部脸，只露出一个下巴，刻着岁月的痕迹。她的眼睛露了出来，既大方又安详，女人残留的青春全部集中在脸的上半部。

三兄弟祖籍由"闽杭迁入，有子十八人，传今三十世"。从与三兄弟对话中，知道他们中的老大在一次开山放炮中，被塌方压死了。女人一边缝衣，一边偷偷窥测我们，她就是老大的妻子。身边站着一个男孩，团头大眼，声响宏壮，怕有八九岁了。还有一个囡，一双眼睛亮亮的，灵秀如山泉，五岁左右。他们三兄弟进山以后，一直住在同一间棚子里。一张宽七八尺的床，在床上吊起一副蚊帐，那就是老大的婚床了。听老三说，大哥生性老实，这个嫂子是一个迷路的女人来这里躲雷阵雨，大家开了个玩笑，把他们俩反锁其中，就这样扯到一起了。

老大死后，由老二领养这两个孩子。孩子先前叫老二老三为"叔爹"，随着老大过世，老二依次递补，做了这女人的丈夫，由他支撑着这个家，孩子便改称"爸爸"了。

老三先前小，对这些男女欢情不懂。到了十八岁，心里有点不太安分起来。特别是夜里，老二总还有个女人搂着，黑暗中，时而听到几声床动，他心里就被什么搔着。

趁着一次老二下山去，当天雾大，没有上山，老三不由春心萌动：人活一世，草木一秋。来到这个世界，岂不白走一趟？待到夜阑人静，雾气重重裹住了山林，整个世界好像只剩下这棚子里的一男一女了。老三叹着气，压得床板"吱吱"响。不知什么时候，那女人也轻轻翻了个身："还没睡呀。"

老三叹了一声。

那女人的心倏忽动了一下："如果你不怕千刀万剐的话……"言下之意就不用说了。

老三的勇气竟被这句话挑动了。他终于揭开了女人的蚊帐，一把掀开被子，轻轻把她放在枕头上，女人佯装喊了一声："死鬼，等你二哥知道了，罗什办呐！"他不管许多，四处找寻他所需求的那个地方。那女人说："你真傻！""我没有过……"女人用手指着，顺利进去了。顿时，一股巨大的激情缠绵着他，她任他晃晃荡荡，拥来挤去，两性生活的这种不可言传的美妙，他有生以来才第一次尝到。

此时此刻，他旁若无人，要发泄一生中抑制着的一切，向这个女人突进……突进……他的脸上闪动着疯狂的、放肆的笑容。在一个翻滚的、浮升的、转动的大雾之夜，他盘旋而上，升入销魂境地。雨声敲着窗，把他们从云雾中惊醒，他哀叹不已："哎，嫂子……往后叫我日子怎么过呀。"

这一夜，他省略了一个令人烦恼和躁动的片刻，沉醉在纯粹快乐的瞬间。门外已响起了隐隐的开山爆炸声，他又得从梦幻回到沉甸甸的现实中来。

第二天，男人回来七盘八拨，问昨晚有人动过你没有？女人迟疑了一阵，摇了摇头："哪来的事呢？"以后日子照样过着。

妻子的心像把锯，在两个人之间来回撕扯着。

老三唤醒了他的这方面意识，从此只希望哥哥下山。

一天，日过三竿，老三说："哥，听说钨砂要降价，你家的那些钨，要赶紧卖，不然要吃大亏了。"

老二听了有点发急，想请老三帮忙送下山。老三："本来倒没什么，昨天过坳时闪了腰，不能动咧。"老二："那我送下去。"

果真，老二挑着一担沉甸甸的钨砂出了门。

老三高兴得不能自己，那天晚饭吃得特别香。

雾还是这般浓。

夜和先前一样。

突然，门被一脚踢开。进来的正是老二，老三惊魂未定，萎萎地下了床。

老二举起扁担要打老三，老三闪开身，冲出了门外，向着大雾茫茫的大山跑去了。至于跑到哪里，众说不一。有的说跳了崖，有的说出了山，反正以后再也没有回过这个家。

山里依然是大雾漫天。

男人们依然是年复一年地把那说不清道不出的烦恼和苦闷，无休无止地发泄在自己的女人身上。

而女人只得无声地默默地承受着。

第五天的故事：弹匠和他那个私奔来的妻子

弹匠身背一只大弯弓，木秀正在为他布线子，我们见了，一齐停了下来。

"师傅，贵称？"

弹匠生怕是木秀家人来找她，见我们不像，也就宽心了。

"你们在这过得惯吗？"

木秀低着头："挺好哩。"

"你们是安徽过来吧？"

"嗯。"木秀轻轻应了一声。

弹匠扫了我们几眼，便放下手中的功夫，和我们攀谈起来。

"说起来，我们俩的事很有意思。不瞒你，我们是弹来的。"

"弹来的？"

"那是去年冬天，木秀临近结婚了，男方把我请到他家弹棉絮。我在她家住了几天，发现木秀并不满意她现在的这个丈夫，我就生出这方面的念头了。"

"这姑娘挺可怜。在当地算是个风流女子。有人戏称她叫'三鞭子'姑娘。据说，很小的时候，家里就给她对上了一个驼背丈夫，目的是让她给弟弟换回一个媳妇，当地最作兴'姑调嫂'的换亲方式。而她呢，暗地爱上了一个本村的高中生，此人书生模样，和她挺般配，也挺爱她。一天，他们俩躲在家乡一座松林里做爱，被长老看见了。对着她抽了三鞭。从此'三鞭子'姑娘叫开了，她没有办法再与那书生好了。"

"恰好这时，我到了她家。我们先是海阔天空，聊南叙北，渐渐她对我有好感起来。一天黄昏，趁着父母出门之机，她红着脸说，'弹匠师傅，你带我走吧？''你家里不是给你谈了婆家吗？''我真的，不想跟他，我愿意跟你！'"

逃！临近婚期，只有此路。

暮色沉沉，皓月躲到云层后面去了。家乡渐远，融在茫茫的夜色之中。弹匠和木秀此时的心渐渐平静下来。

"木秀，让你委屈了！"这山是那样模糊，不言不语。

"让月亮做我们的媒吧。"

恍惚中，只有闪动着的明亮眸子。

对于出走，他们完全迫于无奈。这种事，不光对家庭，而且对整个村庄都是一桩耻辱。可是不走，那将更可怕了。

黑夜沉沉，他俩拐进小路，怎么也出不来。只有十几里的山路，他们满满走了一夜。这里四下荒坟起伏，传说经常闹鬼，她紧紧拽住他的手，一步也不分开。

就在进山的第一夜，他们向山里人宣布他们是夫妻了。生命之船，在经历了一场感情颠簸之后，终于停泊在幸福的港湾。

良辰吉日，冷冷清清，没有陪嫁，没有迎亲队伍，没有花烛气氛，她和他默默地望着深沉的大山。

后来，有人找到山上来，没有发现。从来人那里打听到，他母亲为此事气得发疯了，所有的礼品被男方打得稀烂。

从他们家出来，又是一阵阵"砰砰"的弹花声。在这和谐的弹花声中，我看到了一个婚姻的死灭，一个婚姻的新生。土屋里的爱，往往更有诗意。他们结合了，然而付出的代价却够沉重。

第六天的故事：年复一年，她就成了这里传宗接代的袋鼠

柔软的月光，为盘旋在山嘴上的茅棚，画出一个明明朗朗的轮廓。缺口处，迎月光的一面，女人身体吃力地靠定一棵树，腆着一面皮鼓似的肚子，痴痴地对着我们笑。

我们与她问话，还是笑笑，不语。山上人告诉我们，她是一个哑巴！

这是一个离过三次婚的女人，看上去四十多岁，实际年龄才二十七岁。一口门牙，嚼着人生的苦果，过早地脱落了。几次与丈夫离婚，不为什么，只是因为都生女娃。这次与山下一个四十岁的男人结婚，男人只求她一点，不管生多少胎，一直要生出一个男孩来为他传后就行。为了避免山外人盘问，她干脆缄口不言，装起哑巴来。

来山之前，有人告诉她，九宫山上有一处"中子洞"，里面供奉着一具男性生殖器，不孕女子，只要到此求香，再在石质生殖器上坐一会，即可生养子嗣。

她正是听了占卜先生这番话上来的。

第一次到中子洞，那虔诚劲儿真没法说了。她足足在送子观音面前，跪了半个小时，然后静心屏气叩头求子，用手在男性生殖器上摸来摸去，摸得都快发亮了。

她想这一回，十有八九是个男孩。

结果呢，又是一个囡娃。

她第二次来到中子洞，哭着向师傅苦苦哀求。师傅说，如果你真心求子，夜晚得在此住上一夜，送子观音会发善心的。

到了子夜，模糊糊闪过一个影子，口念阿弥陀佛，将她放到石屋床上，又继续念佛，她满以为这是观音显圣，亲自送来了。困完觉，那人又嘀嘀咕咕念了一阵。好了，这回可是板上钉钉，送子大神用了真功。

那师傅还传她一法，计算是男是女。"七七四十九，问娘何时有？除去母年纪，加上一十九。逢单则是男，逢双则是女。"她扳着指头，对照自己的年庚、怀孕时间算了算，果然是一个男孩。

她骄傲地腆着肚子，在山里走着。不巧，一跤摔去，前功尽弃，流产、出血……她关起门哭了三天。

不到黄河心不死，决定再次到中子洞去。她难过地向师傅说了自己的难言之隐。师傅听了为之动容。告诉她，若要真得子，还得住一夜。

奇妙的宗教以一种盲目的恩德救助一种盲目的不幸。她非常乐意地住了下来。

和上次一样，到了半夜，被师傅抱了过去，然后叫她脱光困上一觉。不同的是，过了两个时辰，又来了一个。在迷迷糊糊的声音中，她两次都接受了。她想，上回是一个师傅帮忙，这回来了两个，按理不会不灵吧。完了，她轻轻问了一句："师傅，你说我能生儿子吗？"

师傅双手合掌连连答道："阿弥陀佛，能，能，这回送子观音发大慈悲了，一定要为你生个儿子。"

人生在这庄严的荒庙中不断地繁衍，不断地再生。无穷无尽的个体悲剧组成一出巨大的喜剧。她逢人就问她的臀是圆的还是尖的，据说尖的则是男孩；她逢人就数落着"七七四十九"的生子妙诀。

那个指望之中的孩子在她肚里每蠕动一次，都使得这女子更加信服中子洞的传说了。她隐隐想到，这次胎动的味道和往常，甚至和上次都不同了。上次，只是一人送子，这回两人送子，那一定是麟麒贵子了。她想象中的男孩高高大大，不仅钻到她的心坎上，而且还深入到了她的肉体里，在当中播下了她本身的生命。

她细心保护着这个好不容易得到的胎儿。

她不敢乱动一下，成天直挺挺地护着腹中的宝贝。

她一天天瘦下去，眼睛凹出洞来，脸色渐渐失去了光泽，皮肤变得粗糙不堪。

她不敢再往下想了。万一是个女孩呢？万一男孩不像他爸爸呢？……

女人哟，女人，你生来就是为了男人而存在的么？

第七天的故事：生活，从一个考场转移到另一个考场

多少天来，云龙一直希望在人生的道路上再次遇见那个抛弃他的女友，渴望对她进行报复。他曾多次在家乡的小镇上尾随过她。人的心理是极为复杂的。当命运使他再次撞到她时，他刚刚伸出的拳头，忽然一下变得那么轻，那么无力。

奇怪的是，他不仅不报复她，倒勾起了许多甜蜜的回忆。他不怪她，只怪自己，谁叫自己高考落榜呢？在这金钱世界，女人向来是地位、名利的陪伴物，而自己却丝毫不能给予她。

想着，想着，就在自己的日记上，记下了这莫名的烦恼："梦似湘江水，点点不断流。潇潇春雨夜，一点一声愁。"

二十岁对他来说，本来是享受青春和沐浴爱情的大好时光，然而，厄运过早地伴随着他。一个二十岁的小伙子设想所有的女人都是柔情脉脉的，他还不会区别爱情和情欲。他就这样憋着一股子气，走进深山的。

在那绵延的大山里，无论是在清晨，还是在黄昏，都会有一种神秘的力量在感召着每一个人。刚来挺新鲜，时间久了，苦恼像雾一般漫上来，其中最大的苦恼是得不到信任。这里完全是原始的冲动，山外的现代化被重重叠叠的大山隔断了。这里没有疾驶而去的汽车；没有交臂而过的脸庞；没有五光十色的霓虹灯和广告牌；没有高高的立交桥和四通八达的程控电话；更没有震撼人心的摇滚乐和恰恰舞。生活在这里的每一个人，是孤独无援的，信息不通使他们无法与山外联系。要通个信，还得先到山脚找个贴心点的朋友，请他代转，然后隔上几天去朋友家看看来信没有。至于姓甚名谁，你只把他当作一个数字号码和符号而已，这里没有一个人是用自己真名的。

云龙凭着自己过去当了几年的赤脚医生，开始致力于医学研究来。一个被蛇咬伤的人，被他吸出毒液后死而复生了；一个女人临盆痛得打滚，是他帮着为她接生；一个女孩子肚子有病，痛不欲生，他手到病除。

奇迹很快出现了。

他挂起了"云龙医疗所"的牌子，第一次把自己的价值放到外界的天平上掂掂，居然引起了越来越多的注意。

他一干就是五年。一天晚上，云龙从一本书上看到这样一句话："没有女人的滋润，男人就不成其为男人。"他廿五岁了。

这是一片爱的荒原。

世间有一种命运，它的到来，是猝不及防的。在一个大雾的夜晚，一个女人叩开了他的门。

他惊讶地一看，竟是昔日的恋人灵芝。像一把镊子伸进了心底，把他与生俱来的苦难触动了。他先是不理，接着是一阵阵饮泣。这些年，为了灵芝，他吃了多少苦呀。他怎么也没有想到，她还会重新出现在他面前。

她缓缓抬起头来："云龙，你恨我吧。其实，你走后，我后悔得不得了。"

云龙："我晓得你心里是爱我的，你只是奈家里不何。"

她背靠墙壁，迅猛地狂吻了他。她的爱抚煽起了他的激情："我之所以挣扎着活下来，就是因为相信总有一天，会有一个值得我爱的女人出现在面前。"

她见他第一句话："云龙，你知道今天什么日子？"

他不作声。

"我们就是在今天认识的。"

她亲吻着他，紧靠着他："你真该死。"

他的手，像一把铁钳，一下将她紧紧钳住。

"那阵子，看见你成天哼哼唧唧，我恨死你了。"

"后来，你一走，我反倒觉着你是一个有出息的男子汉。"

他第一次体会到女人迸发的爱的力量。

现在，走进云龙医疗所，人们说灵芝，道灵芝，云龙觉得活得有滋味了。一位朋友写了一副对联，贴在他的门上：

云龙妙手回春

灵芝起死扶生

横联：云龙戏珠

第八天的故事：幞头山上的女神

顷刻间，幞头山成了最热门的地方。

人们从四面八方涌来，涌向女神出事的地方。

现在，她就静静地躺在那里，人世间的烦恼和忧愁统统消失了。她的确很美很美，修长的身段，光洁的颈项，安娴的眼神，使人很自然地想起天鹅的善与静。

她的声音总是轻轻的，语气淡淡的，平时你听不出她是否为此后悔或遗憾。

她为什么坠入山崖？为什么就这样匆匆而去呢？

在这以前，人们对她知之不多。只知她因为长得过于出众，许多男人像苍蝇一样盯着她，又像玩气球一样地丢下她。最后一个男人还在她的体内播下一颗种子。进山时，她怕人言，声称是带来的，其实就是她的私生女。

你来这里，原本就是就是为了找到一块净土，结果更多的恶魔缠住了你。

你经常对周围的人说：男人是最坏的。来世，我要变个男人投胎，好好报复一下。

上山头一天，你马上就感到身上蒙上了一层不祥的阴影。月光下，你躲在一个房子后面用山泉抹身子，就有好多双男人的眼睛从竹篱缝里，直直地盯你，盯你那丰满的胸体，盯你那好看的腰肢。你把头伸进水里，不断灵巧地晃动；你抬起洁白而细长的手臂，把耳朵里的水挤出来，你再套上内衣，转过脸来的一瞬，发现了一双双热辣辣的目光，你头一次不寒而栗，悄悄地对人说：我怕，我怕这里的男人，你没有再往下说。

又一个黄昏，一个男人笑吟吟地邀你去茅埠打牌。好在你事先听说过，男人赌输了出钱，女人赌输了只有当场亲嘴或到野外搞一下。你听了吓长了舌头。你后来才发现，逃往深山实际上是逃往深渊。越是人迹稀少的地方，越是爱的荒原，你怎么可能找到一块真正的净土呢？

你真的就这么快地投胎了，真的要去报复世上的男人么？

从你的话里，人们知道上山前，你曾有过一段曲曲折折的罗曼史。你这张脸，本身已经构成了这个悲剧的主旋律。你成天是忧愁的。你临死的前一天，人们还看见你牵着那个小女孩去温泉洗了澡。

人们看到你也是郁郁的。你下得澡室，又惹来了一连串的目光。

你那天在池子里一言不语，先给女儿抹了抹身子，随即就是洗自己的身子，你洗得特别仔细。

你不起来，周围的人也不起来，男男女女泡在一起，被一种无形的有形的力量牵引着。

问题偏偏就出在从温泉回家的路上。

当你披着湿漉漉的秀发，牵着小女儿进山时，一个男人已悄悄跟上了你，你是在毫无防备的情况下，被挟进了深山。挟走后，女儿大哭，你也在大叫，不久你的喉管就被人扼住了，你再也叫不出来了。第二天，当人们赶来，你已被扔在幞头山的崖下。

你去温泉正是为了洗去你一身污垢么？

高高的幞头山，传说是一个女神临死前丢下的幞头。我望着夕照下的幞头山，被一缕余晖勾勒着，俨然像个妇人的幞头，在幞头山下有棵哭树，每年寒冬，别的树干干的，唯有这棵一摇尽是水。当地人说，那是女神的眼泪变成的。

第九天的故事：山林中唯一一个无家可归的小丫

丫丫是女神带上山的。

女神未死之前，她人前人后地喊"阿姨"。

她永远也弄不清自己是怎样来到这个世界的。

女神出事的那天，她是哭得最伤心的了。她伏在女神的身上，拼尽全力地喊着："姨——好姨呀！"

　　女神与自己男人分手前，曾爱过一个人，她同那个男人生下了丫丫，后来那男人家庭死活要撕掉这段情缘，没有办法，女神把丫丫送给了当地一个老百姓，丫丫在那里倍受虐待。女神进山时，悄悄把丫丫带了深山。

　　她加倍地爱丫丫，她只有在丫丫身上找到昔日恋人的影子。而丫丫当着人面，叫阿姨。回到家庭，喊妈妈。丫丫非常聪明，女神是为了丫丫才活着的。

　　女神死了，丫丫生命的支柱倒了。

　　丫丫天天哭。

　　丫丫靠着山上的叔叔阿姨给她一点吃一点。她帮人做事，每弄一碗饭，她都要分一小碗放到母亲的孤坟前。

　　丫丫知道母亲生前最喜欢刺莓，便摘了一大包，装在汗衫底下，放到孤坟前："妈，我给你摘来了好多好多的刺莓，你吃吧，吃完了，我还去摘。"

　　逢年过节，她模仿当地人，到孤坟上点香、烧纸，祭奠亡灵，有时伏在坟上大哭一场。

　　山上的人说：丫丫，可怜的丫丫，她从小没有父爱，现在又失去了母爱，她是山林中唯一无家可归的人。

　　丫丫在大伙的怀抱里一天天长高了。

　　到了上学年龄，丫丫想读书，这里没有学校，她就到医务所找云龙叔叔，按字典上的字，一个一个地学。她天赋不错，一本新华字典被她啃得差不多了。

　　不知什么时候，丫丫弄来一条小狗。丫丫给它取了个名字叫"虎子"。丫丫成天追着虎子玩，每天黄昏，像女神给她沐浴一样，丫丫给虎子洗澡。她唯一的伙伴就是虎子了。

　　丫丫不说话时，就是想妈妈了。一次聊天，人们无意中扯到，凡是死在外面的人都算野鬼，野鬼是最受阴间人欺负的。丫丫听进去，第二天，她扛把小铲子，为娘立了一块碑，上书"古人之墓——丙申孤人会立"，她问了大人，照葫芦画瓢，写在碑上。

　　丫丫现在是云龙医务所的小助手。山上的人一到医务所，见到丫丫总要逗一下，丫丫觉得山里的人不单是治生理上的病，也是来寻找心灵上的安慰。

第十天的故事：好个座山雕

在这大山的深处，住着一位老人，一位深居简出神秘莫测的老人。

很少有人见到过他，但人人都发现自己的命运离不开他。

关于这位老人的故事，我听得太多了。有人说他是方圆百里的座山雕；有人说他是"白胡子老人"；还有人称他"命运管理会会长"。但有一件事明明确确，只要一谈起他，满山的人都有几分怕。

这位老人每天由几个中年汉子像神一样地供奉着。他无须露面，享有山里最高的权威。平时办事，只要传老雕的话，无人敢说个不字。他给山里立了不少规矩。比如，开洞前，要到他那里去交一笔款子，要打炮仗，烧香，像供齐天大圣一样，办得庄庄重重。否则，谁要动一铲土，这个洞就开不成了。

龙口开到一定的时候，要出一笔钱，叫养山费。末了，还要去谢谢这位老人，又要一笔钱。

开始有的人想抵抗这件事，但无一成功。

后来，山外的风吹进山里，他们也来了点新花招，干脆挂起牌子，叫"命运管理协会"，凡来山开采者，每人要交管理费5元。

谁要触犯了这些，那自有对付的办法。

先是像山外一样的罚款，训话。然后，不知什么时候，你就被突然拉到一个山旮旯，进行"诊治"。夜幕下，剥光衣服，当着人的面，用狗血淋在头上，这已是几十年的老规矩了。

山里人看到狗血淋头，心都在打战。当地人说，凡经过这样狗血淋头，来世会变牛变马。

我一直想揭开这神秘的面纱，几次到人们传说的地方，终未遇上此人。

在大山深处，我见到一位白胡子老人。我和他谈起这个人，他摆手：不晓得，去问旁人吧。

又过来一个老人。那张脸已不是老人的脸，而是一张世事沧桑图。我上前问他，他也是摆手。

那老人喘着气，正在沏茶，沏得好浓哩！当下喝过一遍了，又冲二遍水，就一边吹着茶面上的一层白气，一边端着在石头上慢慢品。直到喝得肚肠滋润起来，额头上微微有了细汗，他才回到那个近乎原始洞人的穴里。

我再次问他，他对着我喘了口气说："这年头的事，我不清楚。"

谁是座山雕呢？

也许压根儿就不存在这样一个人。

疑惑之余，我不禁想，一个几十年来已经惯于自由的地方，怎么能容忍像座山雕那样严厉的统治呢？

夕阳渐渐淡了下去，晚霞里，远寺的钟声回荡，像是默默地送走一个遥远的年代。

十天如白驹过隙，一闪即过。在一个血色黄昏，我们临时决定下山。

正好，一个小伙子要到山脚办事，自然是我们返程的理想向导。我们亦步亦趋地尾随其后，贴紧崖壁，攀山越岭，一步也不敢放松，而那小伙子却像峨眉山猴子，轻轻一点，三下两下地下着。

下到三分之一的时候，我们站定喘息，忽然发现对面崖壁上一男一女向上蠕动，女的小心翼翼地抵住男人的脚后跟，男人时不时回转头拉女人一把。那一男一女离我们愈来愈近，我们差点惊叫起来，这不就是上山第一天山道上匆匆走着的那两个人么？如同一个故事的开头，终于找到了一个呼应全篇的结尾一样，我目不转睛地望着他们。小伙子悄悄告诉我们，那男人是一位赣南佬，女人是离这里七十里石门村的一个村姑。男人只出五百元将她买来，当女人知道自己是被卖的时候，已经晚了，只有成天哭哭啼啼，死活吵着要回石门村去，可是她早已置于赣南佬的严密监视之下。赣南佬来山之前，曾经有过一个对象，吹了。这个十五六岁的黄花闺女，无论是长相和年龄都令他满足。因此，他走到哪里，就把她带到哪里，用以炫耀自己最后岁月的一点风华。

那一男一女仍在向上攀登，我久久地望着他们。此刻，夕阳正把最后一抹余晖洒在山之阳面，与另一阴面，反差甚大。整个山谷变成一个阴阳谷了。由眼前的一男一女，我想到生活在深谷里的男男女女，想到发生在这里的许许多多像钻木取火一样古老，像《聊斋志异》一样荒诞，像《天方夜潭》一样诱人的故事……

这是一个宁静与喧嚣交汇，善良与邪恶混杂，欲火与理想同燃，天堂与地狱并存的地方！

流动中的凝固与凝固中的流动，构成这世界的基本骨架。

黄昏，我们在连绵不断的山道上盘旋。一个一个茅屋伫立在群山的脊梁上，衬着迟暮的天空，显得孤单而又沉默，仿佛在思索着千百年来我们民族的命运。

红 云

地 火

谁也说不清这河到底多长多宽。听老辈人说，这里有九十九重山，九十九道水。山重水复，林深草密，使得这里更多了几分神秘。正儿八经的地图上明明标了，这条河叫修河，这里人却叫"修水"。

兴许是一方水养一方土。用修河的水泡当地盛产的宁红茶，有一股特别的清纯和味道。

哪家来了客，先不谈别的，头一句话便是"坐下宕，戏下宕，吃碗茶宕"，于是，一碗茶泡上来了。你别小看了这碗茶，它可是山里人与外部世界打交道的一张名片……

这种以茶会友的"茶话会"，在茶乡比比皆是。一碗热茶在手，慢慢啜饮。他们边喝茶边聊天，从刘备借荆州到关公走麦城；从张家豆腐店开张到李家上深圳腰缠万贯，海阔天空，无所不谈！

这烹茗相待的习性之所以年年代代相传至今，乃得天地之灵秀，糅日月之精华。传说，黄龙山下有一个叫下太清的村庄，是出天下美人的地方。有句歌谣说"白岭姑娘一枝花"，因了这点，全国除台湾省外，二十多个省市的单身光棍都跑到这里来找老婆，一传十，十传百，越传越远，越传越神……

这里的女子被茶水滋润独得清秀，身上自有股妙不可言的暗香。据说黄龙见了山下这些美女，不由垂涎欲滴，动了心，便流出了这条弯弯曲曲的修河。当地的茶农就用黄龙口里的涎（水），来泡当地美人种的茶，当然美上加美了。而宁红宁红，亦有宁州女子青春美貌之说。

从来说，大山像谜一样浑厚、深沉。在这绵延的大山里，无论清晨还是黄昏，都有一种神秘的力量在感召着每一个人。在这里，山和水紧紧相连，自然与人很难截然分开。

日头落下去，山上暗下来。起雾了，山下什么都看不见……土坎子上剥光壳的杉木堆得老高，山民们屋前屋后垒满了柴火，这大概是他们积蓄起来的最大一笔财富。

这一带茶农家的堂屋灶边差不多都有个地炉，地炉生起了火，一堆茶壳燃烧着，是火源也是火种。这火一天二十四小时不灭。深夜不烤火了，就将茶壳用灰盖掉些，冒着青烟，火也暖人，烟也暖人。当地人说，这就是我们茶农家最好的暖水瓶。

这里女人几乎成天守着地炉，地炉整天燃火。所谓"地炉茶，柴壳火，天上神仙不如我"，她们就这样团团围着，也不出门。从"九月重阳，移火进房"一直围到"吃过端午粽，棉衣高高送"。

菊花茶可是修河人的专利。每年秋天，趁菊花盛开之时，茶农们及时摘下来，去掉花蒂，留下花瓣，撒上足量的盐、姜拌匀，装入坛中，压紧、密封。当地人称这种茶是"麻子盖面，菊花跑边，上不见水，下不见底，一吹三个浪，一刷一条巷"。

一年一年，一月一月，他们就这样平平淡淡地过着。这一群山，一片地，一头牛，一张犁，再加一把皱纹，一副重担。除了繁复枯燥，什么也没有，他们几乎认了自己的命。他们无须明白一个夜里有几个更次，也不须弄清楚半夜里醒来是什么时候，为自己，为儿女，这就够了……

喊　山

对茶农来说，一年中最大的事莫过于开茶园了。采茶姑娘平时在家里可以不打扮，到了开园那一天，都要精心梳妆，精心打扮。最美最鲜艳的衣服常常是采茶时才穿。

这是漫江茶农独特的开园仪式。每一颗新芽，一定要让山姑清晨起来尚未漱口以前，用牙齿一个个咬下来。据说这样出来的茶叶才真正能保持它的纯正和清香。按当地风俗，采茶不可见到天日，凡研茶者要剃去须发，形似僧徒。采摘时，只能用手指头不可用手指甲。因为手指甲容易使叶瓣摘断而不吉祥。所以，他们慎之又慎，小心翼翼，一定要保证开园成功。他们常常把"明前茶"比作少女，把开园当成村里的婚礼一样隆重操办。

茶山的朝雾生机活跃。无风时，满村山云雾凝而不流，天地间白茫茫一片，唯有纯洁和芳香。有风时，雾气在茶山之间的谷底流动，但雾再大也碍不着姑娘们采茶，她们不知是怕自己丢了，还是怕山丢了，雾越大越要高声说话，哪个山头都不甘寂寞。闹声最热烈时，好歌手就要出台。歌声一起，整个山头都在静静地听着。若有更好的嗓子不服气时，那就要开始对茶歌。采茶女大声笑着，笑得好开心呐！

喊山是茶农们对新生命的呼唤，也是对一年茶叶收成的美好祝愿。人们通过祭祀和喊山，以期达到采摘好茶，催茶发芽和壮阳除瘴的目的。

喊山之后，茶农们威风不减，兴致犹存，继续着挨家挨户的驱邪壮阳活动。这时跳傩开始。表演者头戴面具，身着兽皮，手执戈盾，哦哦有声。他们一唱众和，高呼着各种专吃恶鬼猛兽的神名，满村抄赶，消灾除难，祈祷神灵。其威武雄壮之势，绝不亚于城里小青年跳起的疯狂之极的迪斯科。

压 轿

"八月灿，九月黄，十月柿子爆了瓢"。男婚女嫁向来是修河人最为看重的。在山里，有许许多多的规矩，迎亲却总是红红火火热热闹闹的。花轿娶亲，在许多地方早已绝迹了，但在修河两岸至今仍然沿袭着。每年到了农历腊月初八，山里吹唢呐接媳妇是常有的事，"腊月初八日子好，多少姑娘变大嫂"。

以茶相亲恐怕是修河两岸所特有的认亲形式。当小伙了到姑娘家认亲，姑娘用茶盘捧出一碗喷香喷香的菊花茶。小伙子要是看上了，就在茶盘放上一个红纸包，当地人把这叫作扎茶盘。就是说，喝了茶，发了芽，扎了茶盘，也就表示双方都同意了这门亲事。要是姑娘不出第二碗呢，表示女方不同意这门亲事。小伙子不接第二碗茶，表示男方不中意。没有相中的姑娘，在这种情况下，也就无话可说。所以修河一带人不便直接问姑娘结没结婚时，便改问"吃没吃茶"。

到接亲了，这是青年男女收获爱情的季节。按照当地风俗，新娘出嫁前一天，要以茶暖轿，以茶压轿。订婚时叫"下茶礼"，结婚时是"定茶礼"，同房呢叫"合茶礼"。

这叫辞香火，山里人说，"嫁了女，卖了田，辞了香火过不得年"。

这位龙凤花轿内的姑娘，就像一叶带着风帆的小舟，开始了她一生中最幸福而又最难忘的航行。尽管她对自己的未来仍然是茫然而未知的，也可能历经痛苦和辛酸。但还是在这个吉祥的日子里，带着美满的祝愿，含着羞涩，含着快乐的泪水，告别了父母，告别了故土，缓缓步入了自己未来的家……

茶几乎贯穿了婚礼全过程，尤其是对新娘用茶格外讲究。泡茶时规定一定要有干果子、糖果、黄豆、花生、枣子，并且要躲着新娘，故意放上一些生的，让所有喝了新娘茶水的人都情不自禁脱口而出："生的！生的！"以讨早生贵子的口气。这里的年轻人结婚不喝交杯酒，只喝交杯茶。沏茶之水是媳妇从娘家带来。"夫茶妻水"合为融融香气，终生不离不弃！

洞房花烛夜，新娘以茶净身是修河又一特色。据老辈人说，用茶水净身之后，象征着姑娘到婆家儿孙满堂兴旺发达。多么独特的婚典仪式，千里姻缘茶为媒，许多茶农的后代就是这样与一颗陌生的心发生最初碰撞的！

祭　天

茶伴着一个人的生生死死，恩恩爱爱，也伴着每个人走完生命的全部历程。它第一个迎接生命，也最后一个为死亡送行。哪家老了人，举丧之后，有奠茶佛事。亡人入殓前要包上一袋茶米，让其带去。据说人死之后，在去阴间的路上，有一条奈河。在奈河桥畔，孟婆为每个亡者准备了一种茶汤。说是喝了这种茶，到阴间则会忘记生前的一切恩恩怨怨，加速其投胎再世。作为未亡人的后辈，自然要勤供茶汤了。这种为亡灵"叫茶"送行的习俗自下而上，几乎影响到了整个修河流域。

在修河一带，茶农们相信万物有灵，树有树神，草有草神，花有花神，当然茶也有自己的神了。有了茶神，他们认为自己就有了一种安全感和踏实感。在他们看来，这些神法力无边，能主宰万物生长、丰歉，久而久之变成了一种自然崇拜。直到今天，当地的茶农始终只信两宗神：一宗是黄龙神，一宗是李大闯王，他们崇尚的颜色是绿色。渐渐地，修河一带的人每到新茶上市，都要上黄龙山朝拜茶神。

黄龙神成了修河一带茶农心中的仙灵。

所谓"谷雨日敬茶神"，茶农称之为祭天。这时，积累了一年，盼望了一年，等待了一年的茶农们杀猪宰牛，祭祖谢天。

在茶农看来，茶神不仅能助万物生长，还能为人夺回魂灵。村子里哪家孩子受了惊吓，茶农们只要带上一把谷米和茶，就能消惊除吓。谁家病了人，上街买药不叫买药，叫撮点细茶去，就连喝药也叫喝茶。

诸如此类的茶神，几乎渗透了山村的每个角落。说不上信主是谁，只是把无处倾诉的话，寄托在这茶神上。

朝圣的香客除了必带火纸、香棍、爆竹三大件外，还要用竹筒子装上茶油或菜油，供奉神灵，然后纷纷争着要在朝圣的那天抢喝第一桶祭典的茶水。据说，这头碗茶能给人消灾除难，安康太平，达到"宜茶足利"的目的。有的茶农生意失利，则在祭典之日以热水浇淋茶神，用激将法使茶神保佑自己。还有一些茶农则以黄龙名字书写额幛，如"黄龙遗风"张贴门上，以保财运亨通，开园大吉。

以茶沐浴是修河两岸人一种极为庄重的人生洗礼。洗三那天，由自己的婆婆抱着，念着"乖宝宝，宝宝乖，前拍拍，后拍拍，乖乖洗澡不着吓"，然后用茶水替新生儿洗澡，并吊上包着米谷茶的红肚兜儿。据说只有这样，这孩子才算正式在人间立了户口，从此可以消灾除难安康太平。要是女孩呢，则在花朝节那天，穿上耳环，晚上妇女围坐吃茶，权当庆贺。

村　戏

当地人一日无茶则滞，三日无戏则病。在修河一带，茶和戏相依相偎，形影不离。"三天不唱采茶戏，心里闷得喘不过气"。特别是到了赶秋阳锄茶山的季节，茶农们三家两户，凑钱也要唱上几台茶戏，他们有时并不为了什么，就图痛痛快快乐它几天。

在村里的祠堂内听茶戏，比城里上大戏院舒服自在得多。台上台下，热闹喧哗，把个茶乡搅得像杯酽茶！消息一传出，半下午人就扛着凳子去占座位了。未等戏开，台下坐的站的人头攒拥，台两边立的卧的是一群顽童。那锣鼓就"叮叮咣咣"地闹台，似乎整个世界要天翻地覆了。

锣鼓还未响，大幕没有拉开，演员偶尔从幕边往下望一望，下边就喊：开演呀，场子都满了！幕布放下，只说就要出场了，却又"叮叮咣咣"不停，台下就乱了！后边的喊前边的坐下，场外的大声叫亲朋子女快进来；左边的喊右边的踩了他的脚，右边的叫左边的挤了他的腰，一时四边向里挤，里边向外坑。拥来拥去，比采茶还要忙乱。

终于台上锣鼓响起来了，大幕缓缓拉开，角色出场。女的碎步后移，水上漂一样，台下就叫：瞧那腰身，那肩头，一身的戏哟！是男的就摇那帽翎，一会双摇，一会单摇；一边上下飞闪，一边纹丝不动，台下便叫：绝了绝了！等到那角色猛一转头，头一高扬，一声高叫，声如炸雷直从人们头顶碾过，全场一个冷战，从头到脚，每一个手指尖儿，每一根头发梢儿都麻酥酥的，让人大气不喘地看得馋涎直往下流……

茶农们不喜欢看新戏，最欢迎看老戏。那一腔一调都晓得；哪个演员唱得好，哪个演员跑了调也知道。说穿了，他们看茶戏不为新鲜，只想过过戏瘾。他们是世上最劳碌的人，尤其是世居高山的人家，他们一生下来落草在山坡上，死了仍被埋在黄土山下，茶戏是他们一生大苦中的大乐。

几乎村村每件大事都要请来戏班子唱上一夜。如姑娘出嫁，小孩上大学，小伙子当兵，出外打工，满月做三朝，他们都心甘情愿包台戏，热闹热闹。而茶文化就这样随着茶戏在满村满乡播撒开来……

禅　缘

茶与佛从一开始就有一种说不清道不白的缘。据传，达摩大师在中国面壁期间，由于疲乏所致，陷入昏沉。绝望之余，他终于将他的眼皮撕去，弃置地下。神奇的是，他的眼皮弃置之处，竟然冒出一棵绿叶闪闪的灌木，这便成了最早的茶。

许多寺庙都设有专门的茶室。每日早起盥洗之后，先饮茶再礼佛。坐香习禅时，每一支香毕开静后，都要饮茶。禅寺仪规中还有专门"茶汤"一项，即每日早起后，殿主必须在佛前、祖前、灵前敬供茶汤。要是新任住持大和尚晋山升座时，还要有特定的点茶点汤的礼仪。赶上祖忌日献茶汤，寺院都要鸣鼓集众，以示庄严。

僧众用斋与用茶紧密相连。每天早课完毕，一阵叫响声，由点座开梆，大众师傅衣着整齐，念着佛号进入斋堂。接上，又响起清脆的火点声，大众师傅按班就座。随着火点引磬三声交接，维那师起腔领大众念供养咒，侍者或香灯出食后，大众齐念阿弥陀佛，至此用斋开始。

用斋时不能说话，不能有碗筷碰撞声，更不能下位走动。要端身正坐，目不斜视，端碗要如海蚌含珠。僧众要吃什么，不用言语，一律以筷子为示，这叫无情说法。

用完斋，僧值师在方丈的示意下，走到斋堂中央合掌，维那师起腔结斋。之后，僧众们又念着佛号，到大雄宝殿回向，最后无声无息依次排队出堂。

"偷得浮生半日闲"。僧众们有紧张的时候，也有怡然自得的时候。用完斋，他们可以在寺内走动走动，有时互相聊上几句，也算一种禅吧。

"农禅并举"可是云居山真如寺的一大独创。处于修河之中的这所寺庙，多少年来一直栽种茶树。

逢年过节，庙里要把僧众们聚拢来举行普茶会。普茶那天，午饭后客堂将"普茶"牌子挂出，由茶头将茶水烧好，摆好糕点果品。下了晚课，僧众们闻鼓声到斋堂聚会。由和尚讲开示，念规约，作警策，然后喝上一杯茶。这样的普茶会，每年都要进行几次。

活到118岁的虚云大师，在他56岁时，一次施茶中沸水溅手，茶杯坠地，一声破碎，疑根顿断，豁然悟道！

禅茶是寺庙里最为讲究的一种用茶方式。当跑香停下之后，众僧靠两边坐下。由当值和敬香将茶杯散到每个僧众手中。从班首开始倒茶，喝茶要一口气喝完，不能边喝边放下。茶过三巡，僧众将喝完的茶杯轻轻放到自己前方第三块砖上，由维那师将他的茶杯在桌上"笃"一声响，悦众开始收杯。

这时，禅堂静默无声，僧众们进入万念俱绝的禅定之中……

夜　鼓

独特的劳作方式造就了独特的茶文化。在这沉沉的大山，终日听不到任何音响，只能与默默的大山为伴，而这种锄山鼓动作起来，富有强冲击力和刺激力。山鼓一响，旋律粗犷优美，鼓点铿锵耐听，在寂静的山区，到处都能听得见。

这些歌师鼓手没有丝毫的出众之处。平时缩头缩脑，两手揣在袖兜，到了开茶园那一天，一个个快活似神仙。他们善于把心中想的都融进歌里，一人能唱几天几夜，往往于无声处一吼，悲怆高亢，山鸣谷应，声震十多里。

演唱打鼓歌，鼓匠可得罪不起！一个鼓匠既是歌手，又是劳动的指挥者，鼓匠的鼓点打得好，催得紧，一鼓当三工。所以，东家一般都不怠慢鼓匠，劳动完了还要单独杀只鸡给鼓匠吃，叫作"过私夜"。

打完山鼓，忙了一天的山民，便像下清汤饺子似的到温泉泡个澡。人一多顾不了那么多，三五成群先蹲满一边池子。男人来了，女人也不在意，大大咧咧下池去，坐满这半边池子，一样的说说笑笑，就像是坐在一张大桌上吃饭那样随随便便，无拘无束。

到了晚上，山里人习惯早早坐进被窝里，但上床过早，磕睡不着，他们就来上一杯茶，乱哼几句情歌小调，然后六分的睡着，四分的迷糊，去做各种莫名其妙的回想了……

出　山

在这种周而复始的单调生活和五彩缤纷的现代生活反衬下，幕阜山下的修河也变得躁动不安起来！长期默默无语的大山，终于响起了电子音乐。牛仔裤宽松裙成了山妮们的抢手货，山乡渡口终日不断有满载各种物资的汽车吼着叫着。修河，从此你别想宁静了……

在中国，几乎没有什么比茶更能影响国民心理。有人说"为名忙，为利忙，忙里偷闲，请喝一杯茶去；劳心苦，劳力苦，苦中有乐，再倒一壶茶来"。在这里，瞎吹闲聊也行；洽谈生意也行；鞍马劳顿之余，借茶座打个盹也行，人的嘴就像开了天窗，家事国事天下事任君述说。

这个世界变得过于喧闹了，有什么办法能让人的心境暂时平静一会呢？去音乐茶座待上一会，沏壶好茶，在包厢内坐下，屈膝相对，细细品茗，你才有可能静下一份心，品尝品尝人生的千般滋味。

山外的世界好精彩，山里的世界好无奈。茶已成了当代人语言和思维的一个符号。说某人没有人缘，就说"到哪屋都摸不到茶壶"；说两个人关系极好，就说"你们是喝一壶茶的"。茶缘天时地利而生，那么斟茶送水绝非易事。所以茶事年年新，世人日日老。人说茶叶最是无情草，这正是茶对人生的一种警策。人这一辈子就如这嫩茶，不能停不能等，茶农一辈子都在追着新茶走。

常言道，茶要新，酒要陈，茶性一陈，香魂即离去。茶让人得到了，却不让人永久占有，飘过了就难以再次找回来……

天　音

苍苍茫茫的寺庙钟声，一下，一下，又一下地撞响在巍峨壮丽的匡山浔水之间。（镜头横移，不出任何声音，只要那种茫茫苍苍的氛围。）

苍苍茫茫的钟声震响大地……

随着钟声一下一下地猛烈撞击，推出名片：（先是由小到大，由里向外推出几种不同繁体的隶书、篆体"天音"，最后由外往里，由大推近，充满屏幕，定格出行书片名——）

庐山在云雾中若隐若现。

《云月春天》的第一个音符，几乎是伴随着全片的开始同时响起。

序曲　云月春天

（渐显）东林寺庙宇一角。

"净土宗"三个大字在夕照下熠熠闪光。

旁白："由慧远大师亲手创立的'净土宗'，就从这里发源。早在唐时，东林寺就香火缭绕，规模宏远，殿堂多达三百余栋，藏经洋洋万卷，真是'满寺万诗咏，一步一惊心'。历史上流传甚广的'虎溪三笑'，正是对慧远大师'影不出山，迹不入俗'的生动写照。"

西林寺缓缓推进。（成大全）

旁白又起："先有西林后有东林。到过东林寺的人都知道，宋代诗人苏东坡的《题西林壁》一诗：'横看成岭侧成峰，远近高低各不同。不识庐山真面目，只缘身在此山中。'要探讨这佛界的秘密，不到西林寺，枉为庐山行。"

西林寺渐渐隐去，化成一朵亭亭玉立的莲花叠印在明月湖上，又在莲花含苞欲放的画面上，叠出云居山真如寺大全景。

旁白又起："天上云居，云居天上，这是中国著名古刹云居山真如寺。这里梵宇庄严，僧侣众多。中国佛教协会名誉会长虚云长老，全国佛协理事海灯法师都曾在这里任过住持。近年来，欧美、日本和东南亚的佛教界知名人士和佛徒纷纷前来朝觐，使得莲花城中的这座古寺声名大振，香火更盛。

"这里是六朝古刹能仁寺，旧名承天院，始建于南梁武帝时唐大历年间，由白云端禅师重建。"

镜头缓缓推向能仁寺高耸的翘檐和绿色的兽脊鱼吻。

旁白又起："难怪古人说，'天下名山僧占多，庐山到处是浮图'。这遍及山上山下的寺庙浮图，这香火鼎盛的'三大名寺'和'五大丛林'，与名山胜水，古树奇柯和谐地结合在一起，形成了气势恢宏，别具一格的庐山佛教园林。有位名人说过，'予山游不见发人'，足见当时庐山僧徒之多了。"

《普庵咒》的音乐渐渐加大。（配以琵琶或二胡伴奏）

旁白仍在继续："九江佛乐正是在佛与音乐这种充满不可抗拒的诱惑中应运而生的……"

《普庵咒》的音乐起伏激荡……

第一乐章　接引众生

1. 敲磬的特写

一个敲磬的大背影，立在天地之间。

仿佛一个世纪，一个极为低沉的声音缓缓发出，吟诵低哦。渐渐，一群同样低沉的嗓音加入，于是整个殿堂上空回响着"南无阿弥陀佛——南无阿弥陀佛"的念佛声。

由远而近，隐隐的充满慈悲的"接引众生"音乐起……

渐渐推出乐团的中景和全景，推出木鱼和各种法器的特写。

旁白又起："在这僧人和俗人之间，沟通情感世界的最好语言，恐怕就数佛乐了。"

2. 在佛乐团各种演奏的画面上叠出云雾缭绕的香炉峰

香炉峰在阳光下云蒸雾涌，俨然似一只硕大无朋的香炉。

云雾在香炉峰袅袅上升。

3. 大自然中的香炉峰渐渐化成了能仁寺一只香火旺盛的香炉

香炉特写。

一个女客点燃三炷香，举齐眉，插入香炉。

朝圣的香客进进出出，往来不绝。

4. 大雄宝殿

（渐现）释迦牟尼佛像

迦叶佛像

阿难佛像

（镜头变换各种角度，拍出大殿中各种菩萨的大寂寞、大孤独、大悲哀，而后得大欢喜，拍出一种博大、庄严和神圣来。）

旁白又起："这是能仁寺的大雄宝殿，既是佛法的圣地，也是佛乐的殿堂。在这里，宗教绝不是游离于生活之外的，而是一种意念一种境界一种传统文化的折射和渗透。佛以无限的慈祥俯视着这个世界，这个世界也同样以博大和宽容，向佛敞开了如意之门。"

朝香的人们。

噼噼啪啪的炮仗声。

缭绕的香火。

第二乐章　梵呗普佛

5. 大雄宝殿

肃穆庄严的大殿。

维那师敲引磬，大众礼三拜。

一阵散鼓，三声大磬，一下一下的木鱼敲击声起……

硕大的香炉前，僧众对列。

随着维那师按磬，带着热烈祝福与祥和气氛的《宝鼎香赞》开始了：

（出字幕）

宝鼎爇茗香，

普照四方。

虔诚奉献法中王，

端为世界祝和平，

地久天长。

端为人民祝福寿，

地久天长……

《宝鼎香赞》弥漫整个殿堂。

带着永恒微笑的大佛。

络绎不绝进山朝圣的人们。

带背仰拍，上小孤山朝圣的香客，造成一种浓浓的宗教气氛（注意抓拍上小孤山求子的女香客似羞含羞的隐秘情态和跪着摩挲消灾的特写）。

旁白又起："中国的佛教音乐，是从梵呗开始的。相传公元二世纪末，陈思王曹植游鱼川，忽闻天外梵音大作，哀婉凄凉，心有所悟，乃记其旋律，填词制曲凡六契，即为梵呗之起源。这种呗传声三千有余。演奏中，既有单曲，又有连缀，后来，渐渐演化为南北两派。九江佛乐就介乎于南北之间。"

6. 火焰熊熊的鼎

透过黑黝黝的大鼎，拍出大雄宝殿的神圣与庄严。

7. 大雄宝殿内

大雄宝殿的东西两单，对列着出家师傅和在家居士。

散鼓过后。

维那师按磬，念诵"南无消灾延寿药师佛"三称后，维那师领众念礼佛大忏悔文：

大慈大悲愍众生，大喜大舍济含识。

相好光明以自严，众等至心皈命礼。

这时，僧众与大众，对面合掌，瞑目。接着，一声磬响，转身向上，众僧一齐跪下。

念佛音乐由强渐弱……

旁白在继续："这些消灾延寿的药师如来虽然静默无言，但默如雷霆，言如墙壁，渊然而深，冲然而淡，倏然而远，真正体现了禅境中'无言胜有言'的大彻大悟大极大致。"

维那师高唱《药师偈》：

　　　　药师如来琉璃光，焰纲庄严无等伦。

　　　　无边行愿利有情，各遂所求皆不退。

接着，僧众和大众绕佛，反复念唱"南无消灾延寿药师佛"。

在绕佛念唱的画面上，叠印老和尚爬山越岭在山林间攀藤采药的镜头。然后，僧众和大众绕佛，转板："药师如来——药师如来——药师如来——药师——如——来"。整个大殿念诵声如松涛阵阵茫茫苍苍，深沉动人，使人感到像置身在沉默无语的黄土高原那般单调那般永恒。

念诵声一结束，九钟十五鼓起。至此，庄重的普佛正式开始。

（镜头横移）

东单唱，西单拜。

西单唱，东单拜。（东单男众，西单女众）。顿时，钟声、鼓声、鱼子声、音乐声有节奏地响成一片，仿佛在群山之间久久回荡……

第三乐章　瑜伽焰口

8. 巍巍庐山似高大的屏障，缓缓移过镜头

在起起伏伏的群山中，低低的旁白又起："信众为了表达对已故亲人的哀思，来到寺庙，施放瑜伽焰口。"

9. 大雄宝殿

释迦牟尼佛光彩照人。

十八罗汉护卫在佛陀身边。

满殿烟雾缭绕，佛像慈祥安静，神闲意定。

正坐手持如意，道白："道场成就拯济将成，斋主虔诚，上香设拜，同

坛诸师，宣扬圣号。"接着唱《戒定真香》。

在以上画面，叠印三叠泉瀑布。

《瑜伽焰口》音乐渐起……

正坐和斋主礼佛三拜，左右问讯，唱《千花台上卢舍那佛》。再叠三叠泉飞瀑。接上唱《五方结界》。这时，正坐唱，众和。上下文唱，众和。

正坐加持手印的特写。（拍摄时，注意正坐那双持手印运动的手，神秘而又富有内涵，各种说法尽在"手印"中。渐隐）

画外正坐念唱："秋雨梧桐叶落时，夜痴痴，召集孤魂来赴会……"

叠印一组放河灯的镜头。

一盏又一盏的河灯飘飘荡荡，悠悠而去……

奉请地藏王菩萨的特写。

10. 从大雄宝殿的香案往殿外拍，显出一颗颗参天古樟

在一片念诵声中，为武官的亡灵唱诵：

（出字幕）"武将戎臣，统领三军队，结阵交锋，锣鼓喧天地，北战南征，失陷沙场内，为国亡躯，来受甘露味。"

叠印：周瑜点将台幡旗、星子点将台系马桩等。

接着，为文官的亡灵唱诵：

（出字幕）"学古穷今，锦绣文章士，映雪偷光，苦志寒窗内，命运蹉跎，金榜无名字，郁郁幽魂，来受甘露味。"

叠印：琵琶亭白居易塑像、渊明祠……

叠印：白鹿洞书院碑林、白鹿及牌坊……

叠印：石钟山怀苏亭……

正坐道白："即今施食圆满"至念佛为止，《瑜伽焰口》音乐渐渐压低，僧众和大众从殿内走向殿外（镜头跟摄），反复念诵"南无阿弥陀佛——南无阿弥陀佛。"

旁白在继续："这些低沉的吟诵，跳动的节拍，将使他们能和超自然的力量相通。这样，所有凄惶和辛劳，都具有了特定的人生含义。"

11. 大殿外（黄昏）

古樟参天，香火正旺。

夕阳西下，天已向晚。

《瑜伽焰口》音乐由弱渐强。

熊熊的火光……

正坐庄重的脸……

信众虔诚的面部特写……

熊熊的火光……

沉沉的夜空……

夕阳里，雾霭满，万物消融，恍惚如无我之境，没有人语，没有杂声，没有灯彩。

唯有苍苍茫茫，茫茫苍苍。

第四章　炉香乍爇

12. 大雄宝殿内

《炉香乍爇》音乐起……

引磬一上一下地响个不停。

13. 大殿外

僧众和大众身穿袈裟，排成两排，到方丈室。礼行仪规。加持呼："钟鼓齐鸣，末后先行。"

方丈问讯，拈香（特写），三拜，上座。

方丈佛尺说法的画外音。

香灯发香，请圣简仪……

叠印：云居山高大的宝鼎……

叠印：龙杖、拂尘、灯笼……

叠印：一僧人在田野小径上踽踽而行。鞋具里，回唤着大地无声的召唤。

叠印：僧人各种各样淡泊明志的起居情态。（包括打板、上殿、献香、撞钟、用斋等日常佛事活动和心灵上的喜与哀，笑与哭以及出家人冷冷地隐含着的一种莫名忧郁的神色和不苟言笑的表情，还有大师身上那种夕阳晚照般的宁静和安详。）

（拍摄以上画面时，要求构图简洁而丰富。因为越是简洁，规定性越小，留给开悟者想象的余地也就越大。）

14. 禅堂外（夜）

"止静"二字赫然入目。

一块长长的大红布，整整隔开了一个世界。

旁白又起："古人参禅学道走遍百城烟水，所谓'芒鞋踏破岭头云'，正是为了寻求这种禅境。而一个人当他内心秒秒安详的时候，他也就没有想象，没有烦恼，没有相对，超越时空，这大概就是《大涅槃经》中所说的那种'常、乐、我、净'的境界吧。"

15. 禅堂内（烛光）

僧众们眼观鼻，鼻观心，头靠衣领，端身正坐。

禅堂内静默无声。

班首举着香板，来回跑香。

僧众念佛的脸……

方丈讲经的特写和画外音。

融融的烛光……

静静的禅堂……

青灯古佛的大特写……

僧众们双目微闭，盘腿而坐，如入冥冥之中。

在僧众瞑目的面容上，叠印五百罗汉图参禅时的千姿百态，让人觉着《罗汉图》中的僧人极静中生极动，极虚灵中得极充实。

班首跑香的影子……（神秘中透出几分威严，可反复抓拍跑香班首直角运动的影子。）

在静谧的禅堂上，叠印出能仁寺"水滴石穿"。

水，一滴，一滴，又一滴……镜头最后落在磨光了的"水穿石"上。

旁白又起："这块水穿石似乎是僧众们用心灵垒起来的。在它们看来，这块石头远比短促的灵与肉的人生，更能记录那流淌在无穷岁月中的虔诚和信念。"

《炉香乍爇》的音乐由强渐弱……

第五乐章　佛事上表

16. 铁佛殿内

僧众和大众肃立，齐唱《清净妙香》曲……

《上表》的音乐同时起。

旁白在继续："上表是一堂音乐佛事，据传抠合祖师创立了抠合堂，凡属应酬，佛事皆由此发展而起。种类繁多，套中有套，大套佛事中竟多达数十种套式，广泛应用于经忏佛事，影响深远。"

17. 古筝的特写

在古筝拨音的画面上，叠印小桥流水人家，叠印飞流直下的黄岩瀑布……

领唱念白："八难观音出海波，七珍砌就旧婆罗。"

领唱朗朗唱诵。

摇铃的手（特写）。

僧众此唱彼应："香花迎，香花请。"

领唱单唱的特写。

僧众和唱的场面。

18. 古筝的特写

在古筝拨音的画面上，叠印细雨蒙蒙中的烟水亭、甘棠湖、天花宫……

19. 铁佛寺殿内

僧众齐唱《祝延赞》，满殿一派"祈风雨，永太平"的念诵声。

《上表》音乐悠悠回荡……

画外《祝延赞》声愈来愈清晰：

　　承此无上胜功德，
　　蕅茗香，讽经咒，
　　祝赞人民寿无疆。
　　天下为公进大同，
　　保风调，祈雨顺，永太平……

叠印：满树开放的桃花、李花……

叠印：迎风摆动的杨柳……

叠印：在风中摇曳的油菜花……

叠印：绿茵茵的河滩上，牧童骑牛放牧的场面……

这时，笙、管、笛、古筝、云锣、铙拔、铛、铪、鼓，管弦乐、打击乐同时奏起，整个场面有念有诵有呼有吟有领有唱，也有同时而入的强烈气氛。

20. 大殿内

《三皈依》音乐渐起……

正坐礼佛三拜，然后向东西单分别问讯。

叠印：旋转的海岛。海岛上的佛像密密匝匝，体现着无界的力量。他们的举手投足，像是维护着法轮常转和大千世界的太平。

旁白在继续："九江佛乐，不仅继承了古老典雅的宫廷情调，庄敬的宗教色彩，浓郁的民乐韵味，而且把北方的粗犷与南方的秀美结合得浑然一体。"

这时，几乎所有的乐器包括笙、管、笛、唢呐一齐加入，形成一种苍茫、浑厚、庄严的大合奏。

《三皈依》音乐由强渐弱……

第六乐章　法轮常转

21. 能仁寺飞来船

在飞来船的画面上，叠印乐团演奏的中景和近景。

旁白又起："更重要的是，他们还将日常生活中的所感所悟，编译出了不少劝人为善，净化心灵的佛教歌曲。"

一阵悠扬的"菩萨驾起般若船"的佛教歌声起……

（出字幕）

　　　　娑婆苦，苦娑婆，
　　　　生老病死怎奈何？

酒色财气情难舍，

为我种下多少祸？

善男女，效佛陀，

诸恶莫作养太和。

了却无尽轮回苦，

极乐国内永安乐。

22. 夕阳下的钟楼

如山如岳，巍然耸立。

鼓声隆隆，钟声悠悠……钟鼓声一下一下撞击着人们的心。

23. 夕阳下的双阳桥

鼓声像春雷一般在大地滚动……

钟声仍在不停地响着……

双阳桥的剪影。（要用特技效果，再现双阳桥在倒影下的两个太阳。）

24. 远远的能仁古寺的大全景

钟鼓声久久不息……

旁白在继续："记得一位参禅三十年的大师说过：老僧三十年前未参禅时，见山是山，见水是水；及至后来亲见知识，有个入处，见山不是山，见水不是水；而今得个体歇处，依然见山是山，见水是水。"

25. 苍茫无边的星空

贝多芬的《合唱交响曲》大作……

26. 参禅的剪影

木鱼声声……

27. 旋转的星空

强烈的贝多芬的《合唱交响曲》与原始古朴的木鱼敲击声交织在一起……

28. 参禅的剪影

木鱼声声……

29. 旋转的星空

（快切）观音菩萨

（快切）释迦牟尼佛像

（快切）阿弥陀佛

（快切）佛教乐团的演奏

30. 廖廊的星空下，一批剪影的僧众端坐其中，一动不动

木鱼声声……

31. 又是片头时那种茫茫苍苍的群山缓缓移过镜头

阳光下，起伏的群山。

似乎是晨曦初见时，又像是沐浴在夕阳的返照里。这或浓或淡，或隐或现的图景，使人仿佛隐没在一片蒙蒙水汽和太虚幻境中。

起伏的群山……

旋转的光环……

旁白又起："这茫茫苍苍，苍苍茫茫，是有限和无限的拥抱，还是人生与自然的契合呢？也许什么都不是，只是山川大地日月星辰的自然更替，只是天宇间生生灭灭的轮回罢了。"

《云月春天》音乐又起……

钟鼓声由强至弱，渐渐消失……

庐山魂

【庐山在云雾中若隐若现】

（画外音）万里长江奔腾到此，忽然间恋恋不去，变得缠绵多情起来。她是想亲耳聆听一下浔阳江头如泣如诉的琵琶之音，还是在留恋这举世瞩目的匡庐？

也许都不是。

在这云蒸雾涌的苍穹之下，究竟藏着些什么？

（画外音）九百年前的 5 月，宋代大诗人苏东坡面对庐山这个云雾缥缈的世界曾发出由衷的感叹："不识庐山真面目，只缘身在此山中。"苏东坡这段话一直流传至今，成为评价庐山的千古佳话。

九百年后，也就是 1996 年 5 月，联合国的吉姆·桑塞尔博士，在踏遍全世界八十多个国家的一百多个世界遗产地后，来到中国庐山进行考察，面对庐山这片山水，他说了些什么呢？

【一双脚徒步登山的特写】

（画外音）自从联合国专家踩着山路上山后，庐山东大门一天比一天热闹起来。他们原本不是要去旅游，而是要看看自己离世界级专家的距离有多远，寻思为什么联合国专家不坐车不坐轿却偏偏走这样一条古朴而陡峭的山路呢。

【玉川门夹着一带细长的青空，仿佛天上也有一条河流。近于舞蹈的细流，打乱石中间穿行欢快而来。远远望去，仿佛溪水已被山峰吸入体内，又好像这山极力抱住水流。】

（画外音）其实，玉川门才是真正的庐山东大门呢。如果把"玉川门"换成"庐山东"，似乎一下就能让你找着开启庐山的钥匙。

110

【远处云蒸雾涌，山峰时隐时现】

（画外音）啊，雾又来了，这千奇百怪变幻莫测的庐山之雾，曾叫多少中外游客为之折服。据考证，它的老家自然是鄱阳湖。那么它的通道呢，分明是太乙村，这一带人称"云雾窟"。既然是巢云宿雾的所在，还能不去领略一下个中情趣吗？有谁听说过雾会有声呢，这个发现最早见于明代学者黄黎洲的《庐山游记》之中。文章说，"庐山之奇莫若云，或听之有声，或嗅之欲醉"。这雾中音响，如玉女拨弦，轻拨慢捻；如壮士悲歌，声震山谷。

【云雾中的庐山】

（画外音）刚才还是碧空如洗，顷刻间，雾从山底悄悄漫了上来，遮了天，遮了地，遮了山，遮了水。一层层积聚着，飘忽着，掠过屋顶，抚摩着大片大片的松树和杉木，蓬蓬然飞去。云雾忽聚忽散，山峰时隐时现；一会儿阳光明媚，一会儿雨脚奔跑，游人在云雾中融入化出，如临仙境，整个庐山成了一个浮在湖中的雾岛。

【三叠泉瀑布飘然若雾】

（画外音）云雾过去，山色依旧。渺渺太空，白云拖曳。

【山间栈道上，游客如云】

（画外音）"不到三叠泉，不算庐山客。"这句话鼓舞了多少游客奋力攀登。实在走不动了，可以坐轿子上山。一张藤椅加上两根固定的轿杠，往上一坐，你就可以不费任何力气，尽情欣赏大自然中的每一方美景了。

【轿夫的特写】

（画外音）上山抬轿坐轿可有学问呢。上坡，三个人脸部朝前，顺向而下。下坡，坐轿的反向坐，与抬轿人脸对脸，原因是下坡时正着坐，人会滑下来。

【三叠泉瀑布】

（画外音）看，这是一幅何等壮丽的水帘图啊！它"飘如雪，断如雾，缀如流，挂如帘！"在这里，你该领略到李白的"飞流直下三千尺，疑是银河落九天"的诗境所在吧。

【苍松掩映下的竹楼，暮色中归巢的鸟在林中"哗"的飞去】

（画外音）夜气如水，云雾在黑暗里浮动。虫声唧唧，时时有银白的水滴洒在地上，是谁汲水而去呢。

【云雾人家】

（画外音）因了庐山特殊的地理位置，云雾人家的民居都是用石头垒起来的，古朴而典雅。到了冬天，山上一家家都储足了一冬的用品，以防大雪封山时的困顿。夏天是山上人最活血的季节，山外的人把各种各样的信息带到山上，山上人敞开胸怀笑迎天下来客。

【飞来石。两块超然叠立的巨石，状如苍鹰展翅从天外飞来。】

（画外音）嗬，从哪儿飞来一块石头？走遍庐山，几乎到处可以看见这种大自然演化的痕迹。

【小天池谷底，各种巨石姿态万千】

（画外音）这里是庐山一个巨大的壑口，终日的大风，把这些石头磨砺得如同金属。就在这奇形怪状的石头中，我们获得了震惊世界的第四纪冰川的发现。

【长岭头。在长岭头一带圆滑的谷地中，突然有一弯弧形的孤丘横立谷间。有趣的是再下行，又有一座弧形的孤丘，不仅形态相似，而且体形相仿。远望前方，竟然还有一座。】

（画外音）别看这三座普普通通的孤丘，却是冰川退缩时三次停顿的遗迹。当周天寒彻的景象即将逝去之时，冰川仿佛恋恋不舍其辉煌的年代，一步一回头，连续停顿三次，向匡庐含泪告别，从而留下这三座弧形终积垄，成为人们观赏冰川遗迹的重要景点。

【雾中断桥】

（画外音）兴许是动作太慢了一点，这座桥刚一架起，就遇到声如巨雷的冰川擦身而过……

【美庐别墅】

（画外音）地壳的运动，或者说，天老爷稍稍打了一个盹，毁灭了千千万，同时也带来了千千万。庐山拥有这么多巨石，自然是大自然的一笔丰厚的馈赠。因了这些石头，才有了如此众多的庐山别墅。

这当然是别墅中的佼佼者了。这里曾经住过两个历史上的风云人物：一个是毛泽东，一个是蒋介石，再加上一个风韵迷人的宋美龄，于是便有了"美庐"和"凌霄花"的永久话题。

【太乙村别墅】

（画外音）庐山，还有一个十八位叱咤风云的将军的隐身之所，人们管它叫"隐庐"。这儿夏天的温度比庐山牯岭还要低两三度。冬天呢，又要高个两三度。真是得天独厚，倚山面湖，冬可驱寒，夏可避暑。

【香山路天主教堂别墅】

（画外音）这是一幅激动人心的图画。这些塔门和柱子用浮雕装饰着，上过漆，完整地保存着。奇异的断片从过去中升起，使人们忘记了许多清规戒律。褪了色的嵌花玻璃，又让人勾起对诸神的崇拜和记忆。难怪联合国专家席尔瓦教授说，这种建筑世界上只有巴黎圣母院教堂看过，这是第二次看了。

【大林路 752 号别墅】【美国威廉斯别墅】【英国国际出口公司别墅】【瑞典教会别墅】【赛珍珠别墅】

（画外音）走进国际别墅群，你仿佛可以看见英国人的智慧，法国人的浪漫，瑞士人的典雅，美国人的创造欲。在庐山，像这样的别墅就有六百多栋。中国古典建筑向以木结构为其特色，而庐山近代别墅绝大多数是用石头构建，移植了欧洲建筑文化传统。

【明朝恭乾禅师塔】

（画外音）在这里，住着一个又一个淡泊不露的哲人。精通阿拉伯文、波斯文的老者没有受过正统教育的污染，他们著作的书籍在来世，也许会使诺贝尔文学奖感到羞愧呢。

【庐山仙人洞】

（画外音）在庐山，有许多诸如此类的聪明泉、状元泉，但你千万不要错过喝上一口仙人洞的"一滴泉"，那可是吕洞宾在这里修行时留下的"洞天玉液"！

【庐山东林寺】

（画外音）一座山上六个教，走遍天下找不到。众教在这里变成了一种中国式的、异乡人的唯一可以依赖的精神支柱；不管"大隐""小隐""真隐""假隐"，他们都能从这里找到自己心灵的最后归宿。

　　著名的庐山东林寺，由东晋名僧慧远大师所创建，后人推崇他为净土宗始祖。唐朝鼎盛时期曾有"殿相塔室310余间"，是当时藏经最多的寺院。连扬州高僧鉴真东渡日本之前，也光顾此寺。现在的日本东林教，仍以东林寺慧远为始祖。相传慧远专心修行，送客不过虎溪桥，过桥后山上的神虎就要吼叫。一天，慧远与诗人陶渊明，山南"简寂观"道士陆修静谈儒论道出来，三人携手畅谈，乐而忘返，不觉过了虎溪桥。谁知才走几步，山上神虎便吼叫不止，三人相视而笑。历史上流传甚广的"虎溪三笑"，正是对慧远大师"影不出山，迹不入俗"的生动写照。

　　【庐山演化进程中部分古朴的镜头】

　　（画外音）四千一百多年前，中华部落联盟的首领大禹登上了庐山的最高峰——汉阳峰。也许，从那个时代起，庐山才以自然美的一个典型，闯入了人类的眼帘，骄傲而孤独，缄默而矜持，像传说中的王子那样，雄峙在中国的长江南岸。

　　【一组频闪的庐山春夏秋冬四时转换的空镜头】

　　（画外音）这里一年四季季季是画，面面是景。春山如梦，云雾飘绕，万花装点的庐山，如同沉浮在天宇的仙宫；夏山如滴，庐山植被丰富，瀑布众多，整个山林就像一个巨大的青翠的水滴；秋山如醉，遍山红叶染得庐山宛如酒后嫣笑的少女；冬山如玉，庐山盖上了厚厚的冰雪，仿佛是玉雕的艺术品。雾凇奇特，冰花满目，透明晶亮，好一幅银装素裹的画面！要是你运气好的话，你还可能遇上难得一见的"佛光"和"瀑布云"。那熠熠生辉的五色光环和在高天下流泻的瀑布云，叫任何灵魂麻木的人都不得不怦然动心。尤其是领略一下雨中游山，雾里看景，冬日雪趣，月照松林，将是人生一大享受。人说庐山是情山恋海，电影《庐山恋》中那一幕幕感人肺腑的男女恋情就发生在这里。不少青年情侣正是从这里开始他们的爱情的幸福行程。

　　【陶渊明醉石】

　　（画外音）随着中华民族山水美的形成、深化，自晋代以来，历代文学家、学者、名流，纷纷扑进庐山的怀抱。

　　一千多年前，陶渊明常常醉卧在此，斗酒诗百篇。"采菊东篱下，悠然见南山"，这南山就是当年的庐山。在某种意义上说，陶渊明的恬静、平和、不为五斗米折腰的抗争精神，正是庐山精神风貌的集中体现。

【庐山博物馆·毛泽东手书】

（画外音）李白的《庐山谣》是那样洋洋洒洒，连挥斥方遒的毛泽东都不禁为他的诗篇所感动，在庐山挥动如椽大笔，录下的竟是这首诗中的几句："登高壮观天地间，大江茫茫去不还。黄云万里动风色，白波九道流雪山。"

【庐山植物园】

（画外音）这是一个真正的桃源境地！在林中空旷地，在太阳能够掠过的清澈的水池边，千姿百态的植物让你目不暇接。来这里坐上一会，是一种幸运，投身在自然的环境中，哀怨有限的人生，仰慕无限的永恒。

【白鹿洞书院】

（画外音）如果把植物园比作自然的桃源境地，那么白鹿洞书院则是中国古代文人精神生活的桃源境地了。走进白鹿洞书院你会自然而然地被朱熹那套严谨的治学态度深深感动。中国古代书院的这种精深、博大和幽远，深深影响了我们这个民族一代又一代的后人。有位哲人感叹，在人和自然之间，人不如物啊！这些文化名人在漫长的历史风烟里纷纷离去，作为这种浸透中华民族理念的儒家文化，却恒久地留在庐山恢宏的历史中。

【含鄱口气象万千，云雾缭绕】

（画外音）庐山真是一个巨大的历史博物馆和自然博物馆。如果你游兴未尽的话，我们继续沿着庐山的另一面——西大门走走吧。那里的"雄、奇、险、峻"，将给你带来一份全新的感受。站在这里，你要比站在大海边更能强烈地感受到"永恒"二字的全部含义。就是说，一旦投入慈母的怀抱，便会产生一种近乎撒娇般的悲哀。

【舍身崖】

（画外音）这座高崖，埋葬了多少风流遗恨，也写下了多少至情至爱的千古绝唱！

【铁船峰】

（画外音）好一座坚不可摧的铁船峰！它固若金汤，倚天撼地，沉郁悲壮，使人感到这里处处浸透了大自然的雄奇和威力。

【百丈梯，险仄陡峭，峭壁千仞的峰峦，几乎呈九十度垂直，上接霄汉，

下临绝涧】

（画外音）自古华山一条道。站在百丈梯上，你同样可以领略华山之陡峭。下山，大气不敢喘，一下也不敢松手，生怕坠到悬崖下。上山，得一个脚印顶着一个脚印，仰天一望，帽子便飞到九天云外了。难怪有人说，再潇洒的人到这里也不敢放肆！任性的瀑布从天上飘泻而下，发出惊天动地的吼声。

【石门涧谷底】

（画外音）劲风挟持团团白云，翻山越岭，俯冲谷底，顿时云雾如白龙窜海，银河倒泻，在瀑布和急流之中喷射跳跃，以初生之犊的力量向前猛冲。在这里，天池山与铁船峰并峙如门。一瀑从天上飞落，其奔雷急鼓之声，与天风松涛相应，声震十余里。

【夕阳下的石门涧。夕阳落，雾霭满，万物消融，恍惚如入无我之境，没有人语，没有杂声，没有灯影，唯有苍苍茫茫茫茫苍苍的主题歌，在大山回荡……】

说你是一座山，

起起落落沉沉浮浮，

你像一艘船；

说你是一艘船，

挺挺拔拔铁汉一个，

你站成一座山！

云是你的魂哪，

雾是你的魄，

云雾中流淌着你生生不息的血脉……

云是你的魂啊，

雾是你的魄，

云雾中流淌着你生生不息的血脉！

【上拉黑底白字字幕】

（画外音）1996 年 12 月 6 日,联合国教科文组织世界遗产委员会第二十届会议一致通过, 将庐山作为 "世界文化景观" 列入《世界遗产名录》。会议对庐山给予了高度评价:"庐山的历史遗产以其独特的方式, 融汇在具有突出价值的自然美之中, 形成了具有极高美学价值的、与中华民族精神和文化生活紧密相连的文化景观。"

卷三
湖畔沉思

开帆入天境

在地球的北半球，北回归线附近，有几片浩瀚的沙漠：西亚的阿拉伯、北非的撒哈拉……但位于同一线上中国的东南国土，却因为拥有得天独厚的东南季风温湿气候，密布着大大小小的湖泊群，中国目前最大的淡水湖——鄱阳湖就在其中。

鄱阳湖，这茫茫水的世界，天工人为，圈定在东经 115° 49′ ～ 116° 46′、北纬 28° 24′ ～ 29° 46′ 的范畴，动荡的水域、候鸟般的人群、兴衰的城镇，商船帆影、渔火俗情……

但是，从古至今，人们看鄱阳湖的目光统统太遥远。

韦庄说：四顾无边鸟不飞，大波擎隔楚山微。

王安石说：茫茫彭蠡春无地，白浪春风湿天际。

杨士奇说：鄱之湖兮云水沓，万里晴光净如扫。

现代人就更不用讲了，八百里烟波，上千年浩渺，积淀下来的就是卫星照片上那镍币般的一孔靛蓝么？不，那不是真正的鄱阳湖！虽然鄱阳湖占尽空灵水秀，但它的历史也同黄河一样浑浊，与长江一般凝重！

鄱阳湖饱受了历史的沧桑，历经了千百万年的漫长演化，今天的湖水，是古时长江以北的"彭蠡泽"逐步南侵而成。到隋代，湖面扩展到波阳县城西部，因水边有座鄱阳山而被命名为"鄱阳湖"。

《明史》记载："至正廿年……友谅闻太祖至……遂战于鄱阳湖。友谅兵号六十万，联巨舟为阵，楼橹高十余丈，绵亘数十里，旌旗戈盾，望之如山。"可见，当时的鄱阳湖何等壮观！

诗人说要感谢上帝；科学家说要感谢"新构造运动"和"全新世海侵"；鄱（阳）湖人却说要感谢玉皇和龙王……

不同层次的人有不同层次的信仰，而信仰永远是美的、无可厚非的，在黄河、长江这两条浊流的南面，鄱阳湖的存在本身就是一大奇迹。

鄱阳湖总面积 3210 平方公里，容积 252 亿立方米。它汇集赣、抚、信、饶、修五大河流之水，组成一个完整的鄱阳湖水系。在全球性呼唤淡水的危机中，它更是像一只绿色的宝葫芦，骄傲地系在长江的腰带上。

——鄱阳湖为过水性湖泊，洪水一片，枯水一线，形成了特有的水陆生态系统。每当冬天临近，众多的白鹤、白鹳、黑鹳等候鸟，飞来吴城镇周围的鄱阳湖滨，自由自在地嬉戏、栖息，静静地等候着春天的来临。

——鄱阳湖周围有闻名遐迩的旅游胜地，庐山、石钟山、龙宫洞、狮子洞……山、城、洞、水、瀑、寺、鸟，应有尽有，与九江、南昌、鹰潭、景德镇等地组成了庞大的鄱阳湖综合风景区。

……

关于鄱阳湖，还可以这样洋洋洒洒地写下去，写下去。

然而，当我们真正走近这湖，心和笔都为之沉重。

从鄡阳县城和海昏县治的沉没到围垦长堤在湖滨的崛起，从农民战争卷起的风云到近代帝国主义的入侵，上千年沧海桑田，鄱阳湖失落的是什么？

一座繁华的都市？两个古老的商埠？

这，也许是表面的次要的，鄱阳湖真正失落的，是它自己！

一位哲人说："中国文化是一种超稳定型文化，具有极大的包容性和奇异的同化功能。"翻开鄱阳湖的历史，我们不能不感到惊讶：在过去小农经济的汪洋大海里，这湖居然萌生过商品经济的胎蕾。"

因了这片蓝色的水域，南来北往的船家、商客，常来这里避风消夜，落帆上岸，推销生意，仅吴城一镇，就有数以百计的渔行、盐行、茶行、油行、板行，以及几十座省内外各地的"会馆"。这种生存方式，这种开放之风，与"鸡犬之声相闻，老死不相往来"的小农经济形成鲜明对照。

在这乾坤倒转的巨变中，人与大自然进行了一场严峻的对话。对话的结果，大自然发现了人类的贪欲和无知，而人类则领教了大自然的冷酷和无情。

恩格斯说："我们不要过分陶醉于对自然界的胜利，对于每一次这样的胜利，自然界都报复了我们。"

鄱阳湖人在不知不觉地默默吞咽着这种报复的苦果。

自 1951 年以来，吴淞 22 米水位的湖泊面积，丧失了 1185 平方公里，特别是国人把"围湖造田"和"向湖要粮"作为战略口号提出之后，鄱阳湖已几乎失却了往日的风采，湖光不总是碧绿，天影不总是湛蓝，酷渔滥捕、洪水成灾、污水横流……

湖光天影，岁月流逝。流动的鄱阳湖终于凝固了：游民成了土著，商埠变为废墟，渔火换成篝火……

这一切，都是冲着鄱阳湖人而来的啊！

值得庆幸的是，时代的纤绳终于把鄱阳湖拽进了一个新的天地！鄱阳湖人经过反复挫败之后，开始震惊和清醒过来！大规模的科学考察，使鄱阳湖赢得了一次精神上的再生。

二十世纪已经接近尾声，黄河和长江孕育的文化，现在正被炎黄子孙勇敢地反思与扬弃。当二十一世纪的曙光从东方升起时，鄱阳湖与鄱阳湖人，能不能在不断扬弃自我的过程中，将过去和未来、现实和理想紧紧衔接在一起，重新开始它生命的喧嚣，一个浪头追着一个浪头，创造新的更高层次的文明呢？

走湖初记

　　小时候我总以为，鄱阳湖就是横在我家门口的一条小河。出门就要坐船，回来时往往很晚，又得拼命叫船过来接我。到了夏天涨大水了，总要在家里搭起跳板，一块接一块，所有凳子、椅子、门板都用上了，晚上睡在门板上，波浪争先恐后打到家门口的驳墈，一声紧一声，就像躺在船上。让我最恐怖的就是每年涨大水时几乎都有人掉到河里淹死，而且总是发生在黄昏，看不太清楚东西的时候，于是，整个村子哭天喊地乱作一团，接下来乡亲们便用白布一直铺到河边，为落水亡者做超度，道士举着招魂的旗，一声一声的敲着引磬，叽里咕噜的听不清他念的什么，但那声音的确让我好奇，让我做起好怕好怕的梦。在我们家扯不清的事，说不完的话，就一言以蔽之，"你哇到鄱阳芜里去啦"。现在理解就是没边没际的意思。

　　还是很小很小的时候，我就经常听乡亲们讲朱元璋大战鄱阳湖的故事。听他们唱老家的土歌："开天辟地真对真，人留后世草留根。人留后世防备老，草留后世等来春。"在农耕文明早期，鄱阳湖不叫鄱阳湖，叫"彭蠡湖"。在古代绘制的《帝喾九州图》《唐一行山河两戒图》《天象分野图》和《中国三大干图》中，"彭蠡"和"鄱湖"二字曾是那样引人瞩目那样让人不可忽视，以至整个地理形胜图全是以诸如"彭蠡、歙、饶、信、衢、洪、抚"等山水为点来划分的，而"彭蠡""鄱湖"自然成了我们这方水土唯一的具有江西山水地理或地域特征的标志性符号。

　　真正知道鄱阳湖的大，是我一九八八年为《江西画报》社撰写8集鄱阳湖连载，沿着鄱阳湖走过一圈之后。二十年后，应中央电视台和江西电视台之邀，要我担纲十二集大型人文电视系列片《鄱阳湖》总撰稿，我又扎扎实实沿着鄱阳湖走了一圈。我不喜欢坐小车走湖，和普普通通的鄱湖人一样，该搭车就搭车，该走路就走路，我希望能更多地听到鄱阳湖流域的乡音俚语，听他们骂人的粗话，我觉得只有这样才能找到湖的感觉。二〇〇八年十月，我整整在湖里湖外南鄱阳湖和北鄱阳湖泡了上个月。

一九八八年留给我的印象，鄱阳湖那才叫湖呢。那时走到湖边尽是一股子鱼腥味，打鱼的人比较多。我记得到犂山渔村，看到他们的菜园，全是用废弃的渔网围成的，河沿上密密匝匝遍布的都是小船。当时我就说要是哪一天我写了一部电视剧和电影，我就把外景定在这里。二十年后我又到了这里，让我失望的是，我想看到的都看不到了。整个渔村都按打工仔的想法，千篇一律改造成了既不像别墅又不像渔村的村庄，如果不是有人带路，我还以为走错了路呢。农业文明带给我的天长地久的温馨和渔歌唱晚般的诗意，在这里永远永远消失了。

一九八八年我到吴城，还隐约看得见当年吴城繁华的影子，就像一个美女到了中年，还没有完全褪去美人的坯子。吴城当时还残留着吉安会馆、湖南会馆、全楚会馆、武宁会馆等八大会馆。河滩上，聚满了打草的人，湖里尽是大大小小运草的船，真是天光水色，牛车咿呀，河沿上尽是渔人语。现在吴城只有一个吉安会馆留下一个门头。木板房、会馆、回廊、麻石路大都拆除了，代之而起的是一条铺着水泥路的长长的仿古街。那是移民建镇后，水边人往高处搬，政府规划的这样一条街。原先能勉强把吴城全镇串起来的"繲丝街""白马庙""万寿宫"等，现在都是断断续续，像上气接不到下气的垂暮老人。

一九八八年秋，我从吴城到都昌县城，就是坐着小船，顶着大风，去老爷庙的。那时老爷庙全是用红石砌起来的，现在用水泥统统抹了一遍之后，师傅们还用黑漆打格子画的装饰墙，显得极其地刻意和做作。当时，船过老爷庙，渔民都要上岸打爆竹，祭老爷，一只滴血的狮子头上尽是血，却没有任何苍蝇往上叮。如今神秘莫测的老爷庙也渐渐消失。二十世纪初，这一带深湖，向来不得干涸，由于三峡工程的影响，后来出奇地露出了旱象，拼命喊渴。退水后，一座几里路长的千眼桥蓦然成了一道新的亮丽风景，许多过去在水中沉沉浮浮的岛都成了荒岛和火烧岛。在我们乡下，老百姓说你没理的事就说鄱阳湖都干了，是说不可能的意思，而现实却完完全全摆到你的面前。

二十年的时空，风云变幻，大浪淘尽，鄱阳湖也在剧烈的嬗变中渐现苍老。生活在湖边的人都知道，湖的面貌很大程度上是通过水来呈现的。水变了，鄱阳湖给人的印象也跟着发生变化。有一天，我从松门山坐船到都昌县城，临近黄昏，看到县城南河沿港湾内停满了船，船尾上不少人在纵情地饮酒聊天，当时我说真是一幅天然的鄱湖渔火图啊！可第二天早晨，水迅即退下，这些图景一夜之间消失殆尽。就是这一次到南矶山时，当时扑入我眼前的完全是一副原生态的鄱阳湖的缩影，那无边无际连接到天的尽头的草滩和芦苇似乎比吴城还要壮观。以前，总是听父辈说到南岸洲打草的故事，我一直想寻找父辈的足迹，到了南矶山以后，我感到找到了。我一个人在芦苇中穿行，在刚刚退去的湖面，泥一脚水一脚地走着。远处搭着一个个小草棚，都在用一种网放水取鱼，还有地灶。到了吃饭的时候他们就用湖水煮湖鱼，透鲜极了。河滩边，高坡上，一个挨着一个的席子，晒满了刚刚从湖里取来的鱼。看到这种场景，我当时禁不住用手机打出电话，要他们赶过来拍退水时鄱阳湖的状态，结果等了一个星期之后再来，这种景象再也找不到了。

古人的话一点没错，"子在川上曰，逝者如斯夫"。这八百里烟波上千年浩渺的鄱阳湖，经历过多少朝代，走过多少文人墨客。唐诗人白居易面对"鸟飞千白点，日没半红轮"的鄱阳湖，感叹"彭蠡湖天晚，桃花水气春"。王安石变法失败后，站在"茫茫彭蠡春无地，白浪春风湿天际"的鄱阳湖，表示"老矣安能学倾飞，买田欲弃江湖去"。宋诗人苏东坡贬官岭南后，到吴城时写道："黑云堆墨半遮山，白雨跳珠乱入船。卷地风来忽吹散，望湖亭外水连天。"明诗人杨士奇说："鄱之湖兮云水沓，万里晴光净如扫。""春来水阔秋来浅，我欲乘舟去复返。"清诗人袁枚写道："江尽入湖口，渔歌四面闻。""浪与人争立，天随水不分。"……一代又一代的文人墨客面对鄱阳湖，都充满了极其复杂的感情。随着时光的流逝，他们今何在哉，流淌着的唯有这湖这水。两次走湖的经历，让我深切感到每个人心中其实都有一个鄱阳湖，每个人不同时期不同季节走进鄱阳湖都有不同的感受，人生不可能两次同时踏上同一条河流。

梦中天地

（咿咿呀呀的桨声，呼呼啦啦的推篷声，水埠头女人国的笑声……由远而近的牛歌声天籁般地回荡在鄱阳湖畔）。

（一个雄浑的男声）：这里曾经是鼙鼓震天的古战场；

（女声轻轻地、温柔地）：这里曾经是令人眩目的处女地。

（男）那绛红色的帆影，缕缕上升的炊烟；（女）那弯弯曲曲的河道，绿草如茵的湖滩；（男）这一切使人难以想到，世界上竟有这样一个美好的地方——鄱阳湖。

（桨声起落有致，萦萦不去）

（男声）鄱阳湖是我国最大的淡水湖。她既不似滔滔长江那样"无风三尺浪"；也不像滚滚黄河那样粗犷混沌，而是以她的鱼米之利，舟楫之便，水色之清，游览之胜著称于世。（女声）她承受着巨大的历史责任，慷慨地接纳了江西境内的五河之水，流经十二个县市，经过曲曲折折的撞崖碰壁，终于在鄱阳湖口与万里长江热烈交汇。

（男声）在这水天一色的江湖水面上，坐落着驰名中外的石钟山。（幽幽的水石相搏声渐起）当年苏东坡父子曾驾一叶扁舟，置身于这里的高崖绝壁之下，搏浪急进，月夜探访，写出了千古名篇——《石钟山记》。

（女声）石钟山，可算是山水之冠了。

在她面前，横着祖国的第一大江和第一大淡水湖。在这里看江湖相遇时的气势和激动，会使任何灵魂麻木的人都不得不为之震撼。（男声）当江和湖在万里奔波中，风尘仆仆来到石钟山下，万顷波涛尽皆企望着东方，发出一种期待已久的喧闹。顿时，江与湖之间，像着了魔一般的热烈拥抱起来。（女声）真个是山的凝固、水的浪漫、湖的坦荡、江的浩瀚，都选择这个点，一齐来作历史的山河恋。

（女声）朋友，面对鄱阳湖的山山水水，面对这梦一般的天地，您有何感慨呢？如果有兴趣的话，让我们不妨一块儿到鄱阳湖去看看。那谜一样的神奇谜一样的风情，至今仍有她别致独到的魅力。

（男声）放湖守簖是鄱阳湖人所特有的一种生活方式。每年秋天，鄱阳湖水退。这些集合着各种鱼类的泥淖洼凼和绿洲，渐渐裸露出来。这时，鄱阳湖人便来到近乎荒芜的湖洲上，搭棚垒灶，住上半月一月，设下鱼簖或搭网，放尽湖里的水，逮住湖里的鱼。鄱湖里的水有情，鄱湖里的鱼有意。年年要来，年年要去，这就有了乡人们放湖守簖的生涯。

（男声）放湖守簖是寂寞孤独的。偌大一片湖洲，上千亩水面的水，少则半月，多则一个月，才能把它放干。守簖人，吃的是野炊，住的是小草棚，你得在这儿过上一段风餐露宿的生活。如果遇上秋雨连绵，怀胎水涨，湖洲就显得更加寂寥了。

去年秋天，我到了洲上，和我在这儿放湖守簖的老丈人住了一夜。于是，我对这个杳无人烟的茫茫湖洲的认识有了转变。也许是老人对湖洲的酷爱，也许是他的笑与歌深深感染了我。

湖洲的夜，确实是静谧安宁的。月的光华在水中缓缓游荡着，偶尔一两声野鸭惊叫，都会吓得毛发倒竖起来。老人静静地守在簖口，水过鱼簖，筛下的水声，叮叮咚咚。鱼来了，游进渔人早已设下的机关里。喔！好一条胸鳍肥厚的大鲤鱼，弹跳在簖垫上，啪啪直响，用力甩动尾巴。老人用捞子将它捞起，放进身边的大网袋里。簖垫上，片刻工夫，已经堆积着厚厚一层大麻虾，老人用大铁瓢一瓢一瓢地兜进丝箩。真有味，难怪我的这位七十高龄的老丈人，竟无一点睡意，也没有往日在家闲着时的那个因寂寞而惆怅因孤独而烦恼的情绪。仿佛他在这里，人生的寂寞与欢乐得到了和谐的统一。

（老人嘶哑的唱腔起……）

现钱买猪赊卖肉，
白手打鱼卖现钱，

　　　　贩子来了，金钱米谷，

　　　　鲜鱼至矣，鲤鲫草鲢。

　　（男声）也许是这好星好月的天，鱼虾儿走得勤；也许是为了排除睡意保持清醒的寂寞。我躺在小小的湖草棚里，听着他老人带着几声干咳的唱，与他共同享受着那个原始、古朴、沉重的欢乐。

　　月光流进湖里，太阳跳出水面，我还死睡在湖草棚里不得醒。这个洲头觉确实叫你贪恋，让你觉得席梦思床上和湖草棚里做的梦完全不一样。你如果愿意到这儿来，睡上一个洲头觉，一定会像我的那位七十高龄的老丈人那样，找到寂寞中的欢乐！

　　（女声）走出了寂寞的沉思，我们不妨到小镇上待上一会儿，那是江南水乡的又一幅风俗画，又一支思乡曲！

　　（清亮的竹笛声起……）

　　　　小巷纷纷纭纭的水乡小镇

　　　　是一张支支离离的网

　　　　铺在河港边

　　　　河港里来来去去的船儿

　　　　是一支支梭

　　　　握在女人的手上

　　　　女人的心绪是梭上的线

　　　　牵着梭儿补着小镇

　　　　这张饱经生活苦水浸泡的网

　　　　渔人舍不得祖祖辈辈传下的这张网呵

　　　　小镇于是在女人手里日日夜夜织着

　　　　崭新整齐密实了

　　　　渔人朝夕用这张网

　　　　在河港湖里捕捞自己的日子

　　　　天露晨曦

小镇这张网里

便翻腾起一片生活的热浪

（男声）鄱阳湖，您时时拥着我的欢乐，也时时拥着我莫名的惆怅。在接近您的日子里，我看到了您锦绣般的湖岛港湾。也看到了许多簇拥在你身边的山神小庙。（女声）这究竟是传统文化的折射？还是现代文明的悲哀？是湖区人们的信仰，还是人们心灵的迷茫？

（轻微的晨钟暮鼓，肃穆的宗教般的音响中，出女声）

前不久，我乘班车行进在湖边公路上，每隔几分钟，就有一座小神庙从车窗前闪过。有时纵目望去，可以看见远远近近排着几座小庙。它们并不高大，却形态各异。坐落在湖堤上、古树下、村舍旁、山脚边，只要稍稍有一点空地，就一定会长出一座小庙，挂起一面红色的神幡。忽然有一座特别小的小庙，引起了我的注意。那是两块农田之间的一条狭窄田埂，根本没有空地可言。可就在这样狭窄的田埂上，靠近公路的这一端，生存着这座小神庙。它由砖坯码成，码得草率粗糙，像一个畏畏缩缩的侏儒，很不起眼，可它并不自惭形秽；也不讲究天方地圆，只要稍有立锥之地，它就不失时机地破土而出，任劳任怨地保护那缭绕的香烟，小神庙的生命力竟如此顽强，使我受了感动。它们已经渗透到了生活深处，叫人不得不思谋。

我想，中国本没有宗教，这些香客们自己也不知道究竟谁是自己的信主，他们只是无处倾诉，无处求告，才抱着虔诚之心，把美好的愿望，寄托到这香火间，祈求无论哪个人或哪个神的保佑，于是便生起不绝的香火，这香火在庙宇弥漫，犹如祥云飞舞，吉气平升。我忽然感到，这里果真是一小片没有污染的土地，果真是一片纯净的空间。这里没有冷脸和虚伪；没有残暴和阴谋。虽然找不到一个神位，但那缭绕的香火中，分明飘拂着一种悲天悯人的慈悲胸怀，给紧张的人以轻松，给受伤的心灵以抚慰，给一切没有得到今天幸福的人，许诺一个幸福的明天。

（女声）岁月真是一面巨大的过滤筛。随着时间的流逝，许多有关鄱阳湖的过去不再有人提起。往事如烟。过去了，也就淡忘了，模糊了。然而，那激荡人心的鄱阳湖排鼓声，却怎么也无法从我心中消失。

（一支回荡江湖的鄱阳湖排鼓音响效果起）

（男声）整整五十年过去了，一说起鄱阳湖上打鼓放木排，那些个被湖水洗白了须发的老排工，都一个个把腰背挺直得如同临阵的大将军。那些个被湖风刮起了满脸沟壑的老渔婆，也一个个都面带少女般的红晕。

两岸青山，一湖绿水，长长木排，顺流而下。排头，一架高台，一面大鼓，一位彪形大汉，手挥鼓槌，凭栏远眺，忽而，打鼓人高扬起双手，带动着鼓槌上两块火焰般的红绸飞舞："咚咚，咚咚咚……"于是，鼓声震天，号子呼应，湖水激荡，两岸回音，巨大的木排长龙般的在湖中缓缓弯动腰身……

你好威风啊！你出现在哪里，哪里就有你不同的凡响！你激越的鼓声一次次集结起几千立方米的长龙，指挥着几百号排工，浩浩荡荡地出发，一路鼓声为号令：前进，左扳舵，右拐弯，出湖口，奔长江，直下南京城……

隆隆的鼓声伴着你，一路斗风浪，一路闯险滩，一路湾港口，一路歇码头……你到一处把热闹欢乐带到一处，你到一处把红火烧到一处。于是，你成了一根金针，长长的木排是一条银线，串起了鄱阳湖两岸几十个港口集镇，把他们推上了兴旺发达的历史高峰。

难怪那些勾着腰驼着背的老排工，当年为了追随你，都愿意把充满血性的青春去换取你一串串回忆的鼓点……

难怪那些个缺牙瘪嘴的老渔婆，当年为了爱慕你，都不顾父母的打骂，用自己诚挚的爱情和纯真，去换取你一丝遐想的音韵……

如今，响遏行云的鄱阳湖排鼓声已经渐渐消失了。在历史的烟尘中，它日甚一日地退去了原有的光泽和颜色。

（女声）令人深思又令人震撼；令人神往又令人莫测的，何止是鄱阳湖排鼓呵，还有，还有那位经过大苦大难之后而又大彻大悟的吴城老人！

（男声）至今人们还记得，吴城镇是江西历史上四大名镇之一。"装不完的吴城，卸不尽的汉口"，可见当年吴城之兴旺繁荣。过去的吴城，一色的青石铺街，一色的吊脚木楼。刮风落雨，上店买货不会湿鞋。名目繁多的商行、会馆密集街中，当时，人称"一镇四坊八码头，九弄十馆十八巷"。在一些房屋的砖瓦上，至今还可辨出"宁波会馆""靖安会馆"的字样。当时的船只不论回内河或下长江，只要靠上吴城码头，船工们纵有天大的事都会上岸尽兴玩几天，将大把的票子，旺盛的年华丢在这块迷人的乐土上。可惜，一把战火，几夜间，把吴城烧了个精光。然而，这座似乎还缭绕着古音的小镇，一千多年的文明历史，从此真的被掩埋了么？我不相信，我要从被鄱阳湖风吹深了皱纹的那代人嘴里，掏出一些真实动人的故事来。

在吴城的日子里，我走访了一个又一个被岁月遗忘了的老人，一个个鄱阳湖的老船工。老船工的话已经记不全了，唯有那如刀刻一般的满面皱纹，那泛着古铜色光亮的脸庞，那如同罗中立笔下的《父亲》肖像，深深地印在了我的记忆中……

（音乐伴着富有情感的朗诵声起）

> 他的脸，
> 像一片缀满风霜的帆叶。
> 额上缠满
> 长长的纤绳，
> 密的网结。
> 倔强的嘴角，
> 刻着波涛的痕迹。
> 疏稀的银发，
> 染着八百里云烟
> 在被湖水浣洗的目光里。
> 有苦有甜……
> 虽然岁月的缆索，
> 把他拴在了岸上。
> 心的锚链呵，
> 还紧紧地挂在船舷……

（男声）多少年过去了，老一辈人对过去的事确实淡忘了。老人们和年轻人一样，感兴趣的是古老鄱阳湖的新故事，是给鄱阳湖带来了希望之光的鹤，是引以为自豪的"鹤的王国"。

（天空响起阵雨般"咯咯"的鹤鸣声……）

（女声）在湛蓝的天空下，在辽阔的湖面上，大雁、天鹅、白鹤一对对，一群群，带着一片喧嚣，一片迷惘，盘旋着，遨游着，鸣奏起一曲大自然的生命交响曲。

鄱阳湖永远只是一个酣睡的梦么？

白鹤，这天外来客给寂静的鄱阳湖带来了无限的生机。这白色的天使驾着五彩云霞，鼓着风的翅膀，挟着异国友人的问候，载着腾飞的夙愿，时而在天空盘旋，时而在水面漂浮。远处的鹤群像点点白帆在天际飘游，近处的白鹤像一个个玉雕在水中亭亭而立。那飞翔着的鹤群披着朝晖与天空中的彩霞融为一体。成双成对的白鹤在欢乐的大合唱中翩翩起舞，时而跳跃疾跑，时而缓步低飞。高高举起的双翅与顽长的细腿形成一个"Y"字形，那么轻盈而高雅，真像一对对杰出的芭蕾舞演员在为我们表演精湛的舞蹈，令人惊叹不已！

……

古老的秩序被这候鸟的喧嚣，被这鹤鸣声声打破了！祖祖辈辈生活在湖畔的老人们感到惊异：这些司空见惯的，小不哩叽的鸟儿也是宝？

是宝，它们是宝。国外友人慕名纷至沓来，在这壮观的白鹤世界，年青的外国朋友兴奋得手舞足蹈。有位外国老太太竟高兴得放声大哭。国际鹤类基金会会长乔治·阿基波说："目前世界的白鹤已濒于灭绝，伊朗有五只，印度有十五只，我走过很多国家，从来没有见过如此壮观的场面……"

啊，只有中国有成百上千只白鹤，只有中国才保留着这么多不为世人所知的蕴藏！

于是，身挎鸟铳的老猎人，开始用爱抚的眼睛，重新去认识那些以往他们只肯用一只眼睛瞄一瞄的猎物。白鹤、天鹅悠然自得地栖息在它们的伊甸园，翱翔于蓝天下，觅食于湖滩、草洲……

老一辈的鄱湖人在沉思：这无边无际的鄱阳湖，到底有多少宝？

新一辈的鄱湖人在思考：为什么这么多的宝，硬要外国人承认了才是宝？

老一辈的在沉思中惊骇，新一辈的在思考中寻求。

（一声鸟鸣，群鹤惊飞，掀起一阵躁动不安的喧闹……）

我突然意识到不寻常的声声鹤鸣，是怎样改变着水乡人民的生活！我所熟悉的这块土地，我所熟悉的这块土地上的人们，已不再稀罕于倾听那些古老得不能再古老的故事，已不满足于在这一块块废墟上寻寻觅觅。鄱湖的兴衰枯荣，正需用我们这代人的双手来写就；浪迹漂泊的人生，应该在痛苦的惊涛骇浪中赋予崭新的内容。

（工地上人声喧哗，吆喝声，推土机轰鸣声紧紧交织一起，汇成一支雄壮的合奏）

你看，规模宏大的"二七九九"工程正在这里开工，一个新兴的旅游工业化城市正在这里崛起。一幅农林牧副渔综合治理鄱湖的蓝图，正在这里变成现实。

（波涛水浪声时高时低再次出现……）鄱阳湖，你是不甘寂寞的，我分明听见了你的躁动。你是在为古老的过去而叹息，还是在为痛苦的新生而欢呼呢？

（亲切悦耳的小提琴曲飘然而出……）

我沉思着，站在这沉浮的湖畔……

历史是在河边长大的，是水孕育了人类文明。看着湖面上的浪头，正一个接一个地追赶着又迷茫着；喧闹着又平息着，我的内心受到一阵阵震撼。

这震撼是莫名的，

也是震动心弦的……

（惊涛拍岸，一阵高亢，一阵深沉，这深沉只是力量的积蓄，终于又爆发了一阵阵更为高亢的惊涛拍岸声）。

静静的鄱阳湖

随着飞机的逐渐升高，地面上的房屋、小溪、田野、阡陌等一切都缩小了，呈现在我们眼前的鄱阳湖是一条在暮色中游动的长龙。

夕阳的余晖把湖上沉沉的暮霭映得一片绯红。

湖面上荡漾着几只帆船，缓缓地移动。此时大地不见了，天空不见了……那些落了帆的木船，由空中望下去，就像撒在水面上的一把芝麻……

夜幕正静静地降落在鄱阳湖上。在一片泛着粼粼波光的夜色背景上，推出一排白色的片名：

静静的鄱阳湖

仿佛是随着湖滩牛车的缓缓滚动而叠出一行极庄重的字幕：

岁月是湖，它总是艰难而不屈地向前流着，流着……

（叠）卫星拍摄的鄱阳湖全貌。

摄像机随着飞机飞行的方位，顺着长江江面拍摄，鄱阳湖形如一只倒挂的葫芦，镶嵌在长江腰带上。远远望去恰似一颗硕大的闪闪发光的明珠。

画外音："在地球的北半球，北回归线附近，有几片浩瀚的沙漠：西亚的阿拉伯，北非的撒哈拉……但位于同一线上中国的东南国土，却因为拥有得天独厚的东南季风温湿气候，密布着大大小小的湖泊群，中国目前最大的淡水湖——鄱阳湖就坐落其中。"

一个浪头打来，卷去了以上画面……

（叠）鄱阳湖像一枝绿橄榄，又恰似一片柳叶，漂浮在神州大地上。（航摄资料）

画外音："这里有动荡的水域，候鸟般的人群，兴衰的城镇，商船帆影，渔火俗情……"

又一个浪头迎面扑来……

（叠）正当枯水季节，湖面大大收缩，江带长长延伸，水镇吴城像一条巨鲸卧伏于鄱阳湖中。（航摄资料）

画外音："八百里烟波，上千年浩渺，积淀下来的仅仅就是卫星照片上那镍币般的一孔靛蓝么？不，那不是真正的鄱阳湖！翻开鄱阳湖的历史，我们不能不惊讶地注意到：在过去小农经济的汪洋大海里，这湖居然萌生过商品经济的胎蕾——因了这片蓝色的水域，南来北往的船家、商贾，常来这里避风消夜，落帆上岸，推销生意。'一镇四坊八码头，九弄十馆十八巷'，仅吴城一镇，就有数以百计的渔行、盐行、茶行、油行、板行以及几十座省内外各地的'会馆'。这种生存方式这种开放之风，与'鸡犬之声相闻，老死不相往来'的小农经济形成鲜明对照。那时的船只不论回内河或下长江，只要靠上吴城码头，船工们纵有天大的事都会上岸尽兴玩几天，将大把的票子，旺盛的年华，丢在这块迷人的乐土上。"

（叠）倒塌的会馆、牌楼和吊在古樟上的由荷兰人铸造的英式马蹄钟。

（叠）一条条曲折的麻石铺就的古巷小路。

（叠）被风浪冲刷的堤岸大土块，在历史的沉淀下，变得如铁鼎一般坚硬。

（叠）湖面上停靠的长长竹排或木排。

（拍摄以上场景时，让人觉得触着了一段隐痛的历史，要拍出历史的苍茫感和兴衰感。）

画外音："……可惜，一把战火，几夜功夫，把吴城烧了个精光。流动的鄱阳湖顷刻间凝固了：商埠变为废墟，渔火换成篝火。一个中断了的现代文明，从此在蓝天下静静地躺着。"

（叠）夕阳暮色中古鄡阳城头山的剪影。

（叠）遍地废墟的吴城古镇。

（叠）空自流去的鄱阳湖上的孤帆远影。

画外音："沉鄡阳起都昌，沉海昏起吴城。一部鄱阳湖的历史，也是一部人类起落浮沉的历史。古鄡阳和海昏县的沉没并没有使波光帆影的鄱阳湖产生任何绝望和悲哀。它留下了一汪河滩，铸造了无法改变的一片钢铁

135

般的青灰色。它不是一道孱弱驯服的浅流，它的声音里饱含着坚韧和奋起的力量。新与旧，动与静，河与岸，现代与古朴，波光与帆影，无不在这种剧烈嬗变中向前迈进。历史在于流动，鄱阳湖的生命也在于流动！"

微微晨曦中，从高远的地平线上，拉出一组影影绰绰的人群。（用不着看清每个人的面目，只要传达人从大自然走来的感觉就行。）

一阵带着童声伴唱的富有大自然天籁感的主题音乐起……

A

这是一个湖的世界。

到处充满着生命的喧嚣，一个浪头，紧接着一个浪头，前呼后拥，喧闹着又平息着；追赶着又消逝着。

拂晓的鄱阳湖，晨雾像轻纱般笼罩着烟波浩渺的水面，一叶渔舟从空蒙缥缈中摇了出来……

渔舟缓缓地摇过垂柳的长堤。菱湾外几只撒网的渔船，撒开的网像几条圆纹张开的花朵，划乱了湖面上远山的倒影……

一双眯缝的眼在窄窄地看天。镜头拉开，一船家女人正爬出船舱神往地看着蓬外的世界。（注意拍出高远的鄱阳湖与封闭的心态，悠然自在与躁动不安的反差来。）

镜头旋转着，从湖面仰望碧蓝透亮的天空；又从天空鸟瞰碧波荡漾的湖面。

画外音："在鄱阳湖上，几乎遍布了各式各样的船只：有古的，有今的，有土的，有洋的；有木头的，有铁皮的，还有不少水泥的，而使用最普遍的恐怕还数麻雀船、鸦尾船、罗摊船、排子船、巴斗船和小划子。自古以来，有人在鄱阳湖上出世，有人在鄱阳湖上成亲，也有人在鄱阳湖上度过一辈子。"

一只脚划船在湖边划过。

一只敲网（特写）有节奏地边打边向前滑行。

一只机动船"啪啪"地驶过。

画外音："鄱阳湖的渔民，生来就面临着命运的抗争。他们选择了这片湖泊，也同时选择了这赖以生存的生灵。每年惊蛰，大地上响起第一声春雷，鄱阳湖的鱼儿就像接到了统一号令似的开始产仔、繁殖，渔民们的劳作仿佛就是伴着大自然的第一声春雷同时炸响的！"

一只钩船远远摇来，一只网船刚刚出港。

画外音："在鄱阳湖一带，有一种说法，叫'张家的钩，叶家的网'。钩船和网船是这里渔民的主要捕捞工具。这种钩说来挺有意思，它是由一千零八十枚钩串成一篇，又分为三挂，每挂三百六十枚，一副钩系浮筒二十个，每两篇同放，在七百二十枚处下石固定。传说这是《水浒传》梁山一百零八条好汉中的浪里白条张顺发明的。当年张顺劫了江洲法场，救出宋江，投奔梁山寨后，众渔民为了纪念张顺和梁山泊一百零八将，便用三十六员天罡星，七十二员地煞星的数字来设计最初的鱼钩。后来随着渔具的发展，扩大为一千零八十枚一篇，三百六十枚为一挂，又在七百二十处下石固定，流传至今。"

钩船下勾的特写。

画外音："多少年来，尺把宽的船舷是他们来回奔走的人生栈道；一丈多长的竹篙和缓缓摇动的桨橹是他们人生的立身之本。船是渔家生活的中心，也是他们生命的摇篮。他们的青春他们的年华他们的日子都在船上打发。这一只船，一张网，再加一片水，一片茫然和混沌，便组合起鄱阳湖船家全部的精神世界和物质世界。"

一只脚划船悠然而去。

又一只钩船正在湖面放钩。

钩的特写。网的特写。船家赤足赤膊赤身的特写。（因为船是渔家最基本的生存环境；网是他们同大自然对话的主要工具，也是他们难以挣脱的人生羁绊，赤足赤膊赤身是他们很自然的生存形态，如同人直接裸露在大自然的广阔之中一样显得毫不做作。）

突然，"嘎"的一声，一个婴孩的啼哭盖过了汹涌澎湃的波浪声，又一个船家的后代诞生了，船上登时响起了热烈的炮仗声。

船家从鄱阳湖里舀来一盆水。

一双关节粗壮的手伸到神龛前，挂上一尺多长的红幡。红幡上写着新生儿的时辰八字。

船家为新生儿沐浴……新生儿在金色阳光下活泼地啼哭……

船家为新生儿套上一个三角形的用碎花布绣成的长命锁……

船家为新生儿系上红肚兜儿……

画外是婆婆为新生儿洗三时唱的童谣（出字幕）：

"哦，乖宝宝，宝宝乖，

前拍拍，后拍拍，

乖乖洗澡不着吓。"

画外音："洗三是鄱阳湖船家一种极为庄重的人生仪式。据说洗了三，这孩子才算真正在人间立了户口，从此可以消灾除难安康太平，从此他们便开始把自己的生命放心大胆地交给水了。"

又一只船上，孩子腰上绑了一根长长的带子。

画外音："哟，这可是生命的缆绳！"

一只船过去了，湖面上泛着一条涟漪的水路。

船后炊烟缕缕，女人坐在后梢洗脸、梳头。女人先弯腰伸手在船舷边掬一手掌水在头皮上，拂抹平睡了一晚弄蓬松的乱发，然后直起腰身，挺起颤颤的胸脯，头微微后仰，双手一手挽发，一手捏梳。女人梳头梳得很慢，梳了左边梳右边。没有镜子，就低头在船边朝水下照看，湖水很清很亮，映出一张姣好的脸。

男人们便在船板上摆开几个菜，大碗大碗地喝起酒来。（要拍出渔人的风霜感）

"刀"字碗内盛了满满当当的酒。

画外音："大碗喝酒，大口吃鱼，可是鄱阳湖船家独享的一份情趣。老辈人说，鱼有千滚之味，用鄱阳湖里的水煮鄱阳湖里的鱼，叫河水煮河鱼，格外透鲜。这种野趣对于那些日益被现代文明物化和异化的城里人来说，当然是可望而不可即了。"

一只船在斜风斜雨中破浪前进。

倾得快要贴水的帆。

画外音："然而，行船跑风三分险。渔民们有悠然自得的片刻，更有担惊受怕的时候。"

船老大操着舵，现出几分的沉稳与惶恐。

风雨老爷庙，浊浪滔滔，阴风怒吼。

画外音："船上的禁忌实际来源于对变幻莫测的风云的无奈和不可知。所谓'三月三,九月九,破船莫在江边守',这是对自然的恐惧和畏怯。所谓撑船人忌在吃饭的空碗上放筷子，那是怕导致船搁浅。有的甚至连调羹也不能倒放，因为那样酷似翻船的模样。所以，渔民开了船，万万沾不得'翻'和'沉'字。即使非得使用这句话也得改用它的反义词如'嘭'字或'浮'字之类，所以，新中国成立后船民在政治上早就翻了身，可行船跑风时却依然只字不敢提'翻身'二字。老爷庙的河祭正是在这种氛围中产生的。"

鼓荡的帆。

惊恐的脸。

昂头的龟。

血淋淋的石狮。

"威震鄱湖""泽庇西江"的匾额高悬在庙堂中央。

一只船落帆上岸。

一船民提着鸡到老爷庙烧香。

一双手对天合拜。

船家惶恐的表情。

"定江王"威严逼人。（要把定江王拍成一种封建文化势力代表，要拍出神的威慑力量来。）

昂头的龟旁，香烟袅袅。

一只手倒提鸡头。

血，一滴一滴颤颤地滴在张开的狮子口内。（拍出一种庄重，一种肃穆，一种对命运的抗争。）

一小孩立在狮子旁，大把大把地撒尿……

炮仗声声。香案前摆满了密密匝匝的匾和"献给定江王爷座前"的红色幡布。

"水面天心"四个字在阳光下熠熠闪光。

画外音："群众性的河祭是自发的热烈的，到老爷庙烧香似乎已成了鄱阳湖船民的一种习惯，一种必不可少的图腾与禁忌。他们在拜定江王的同时，还要拜朱元璋赐予的'水面天心'。传说每当大风来临，只要敬了定江王爷，'水面天心'就会变成四盏明灯，照亮渔民全部的生命航程。这当然是神话了。尽管如此，老爷庙至今仍是鄱阳湖渔民供奉的神圣殿堂。"

又一只船从老爷庙前经过。

鞭炮声起，船民们对河神作揖打拜。

鸡血从船头滴进湖里，渐渐染红了整个鄱阳湖水面……

桨声悠悠，水波涟涟。

一只鸬鹚船远远摇来。（倒影）

船架上十几只漆黑漆黑的鸬鸟像大问号似的立在那里。（倒影）

船民们用竹篙不停地拨弄着。（倒影）

"骨碌"一声，一只鸬鸟下水，又一只鸬鸟下水。（倒影）

竹篙起处，鸬鸟将一条又肥又大的鲫鱼吐了出来。

画外音："在这浩渺的鄱阳湖上，陪伴着渔人的最好生灵莫过于鸬鸟了。它不仅能给船家解除湖上的孤独和寂寞，而且四季不停地替主人默默奉献。鸬鸟的尽忠职守，充分体现了大自然与人的血肉感情。"

灯光下的鸬鸟船。（倒影）

鸬鸟借着灯光潜入水底。（倒影）

鸬鸟船上的灯在黑沉沉的湖面顽强地闪烁着。（倒影）

鸬鸟蜷着身子站在河沿的竹架上歇息。（倒影）

（以上全部使用倒影，目的为了延伸生存空间，并造成构图上的变形美。）

湖湾的黄昏，湖面大小船只泊定后，莫不点上了小小的油灯，收了篷，下了锚。船民们皆在后舱点起火，用铁鼎罐煮饭。饭焖熟后，又换锅子熬油，"哗"地把蔬菜倒进热锅里去。一切齐全了，各人蹲在舱板上三碗五碗地把腹中填满后，天已渐黑了。船民们怕冷怕冻的，收拾碗盏后，就在舱板上摊开了被盖，把身体钻进那个预先卷成一筒的又冷又湿的棉被里。这时，整个湖湾静悄悄的。

画外音："鄱阳湖的渔民就这样年复一年日复一日送走一个又一个水边黄昏，迎来一个又一个水边黎明！在他们心中，永远拥有两个圆圆的月亮，也永远拥有两个圆圆的太阳！"

B

岸罾一起一落……仿佛罩住了整个鄱阳湖面。

渔民们正在湖边扳着岸罾。

渔棚内，有人在磨鱼钩，也有人在修补渔网。鱼折子上晒满了各种鱼类，苍蝇"嗡嗡"叫着，一声响动，如乌云浮动。

网的背景下，八九个罗圈腿女人站立的特写。

画外音："也许是漂泊太久的缘故，也许是人与自然过于亲昵后的逆反心理，长期在风浪里闯荡的渔民，渐渐有了上坡的要求。他们向往上坡与岸上，就像向往又精彩又无奈的外部世界一样。上了坡，他们不再以一种被动的姿态应付生活。白天下湖捕鱼，晚上便可回到岸上歇息。于是一幢接一幢的渔舍比赛似的在陆地上建了起来，这大概就是渔民第一次开始人与大自然的分离。这种分离固然痛苦，也许还带有几分的怅然和苦涩，但是上岸后，他们的人生似乎比水上更充实，更有安全感和踏实感了。"

渔村河埠上，鳞次栉比的渔舍分隔着陆与水，静与动。伏在窗口往下看，却是一条大河从窗下流过。河上橹声咿呀，天光水波，白云悠悠，河两岸都是人家。洗菜淘米的女人便在云梯上凌空上下，在波光与云影中时隐时现。

一望无际的湖滩上，尽是打湖草的人们。

渔人打草的特写。

原始洞穴般地灶的特写。

湖草一堆接一堆，堆得像小山一般高。

拉草的牛车像甲虫一般在湖滩上缓缓滚动。

几缕粪火的烟雾在晚风中飘荡，充溢着一种浓浓的带有母性温馨的草地气息。

画外音:"上坡并非一件轻松的事情。罗圈腿要在陆地上站立起来谈何容易?!你看,他们也得学着陆地人一样,做一回朱元璋大战鄱阳湖时穿蓑衣戴斗笠的'茅头兵',自己打草自己积肥,自己营造自己的家园!"

远处,牛群像白云一样铺向天际。

渔家的孩子正在湖滩上放牧。

吃饱了的牛,追逐着,发出"哞妈——"悠长而动听的声音。(这是对大自然的呼唤,是对母性的呼唤,也是对返璞归真的呼唤。)

牧童骑在牛背,一鞭抽去,牛在湖滩上溅起一道道水花。

一阵响彻天宇的牧歌经久不息。

画外音:"渔民们的迁徙带来了生存方式的变更。上岸之后,他们和岸上人一样,有了不再流动的土地、家园和牲畜。这时,宽宽的湖滩,就像渔民们宽宽的船舱一样,只要往那里静静躺上一会,如同又在船上晃悠了一回。"

牧童天真的脸化作了船家孩子欢笑的脸。

渔村小学的操场上,奔跑着一群渔家的后代。他们胸前一个个依然挂着只有五十年代才有的亮闪闪的银项圈。他们用网做成篮球网,练习投篮;用网做成排球网、乒乓球网;用网围菜园围院落围猪圈围鸭棚,总之,所有的旧网都能从船家那里派上新的用场。

渔家孩子用废报纸折成风车,呼啦啦在风中跑动,带出一串串笑声。

风车的特写。

渔家孩子"哈哈"的笑声。

画外音:"也许生活在陆地上的人觉得他们这样做似乎很单调。其实,热爱生活的人,无论在什么地方都会找到生活的乐趣。"

鄱阳湖畔。(晨雾中)

湖滩上水退之后,留下了许许多多的港汊。窄窄的湖湾内,塞满了带篷的渔船。

"细妹子,快过来!"画外响起一个脆生生的声音。

循声望去,港汊边站满了齐崭崭的一排——好一群板膏的小姑娘!她们一个个就像米莱斯画笔下那位卖鲱鱼的小姑娘,几分单纯几分顾盼,死死盯住水里那一个个支字架形的小虾网。

不一会，张开的圆纹，一圈一圈向外推开……

小姑娘蹑手蹑脚，拽住网绳，缓缓拉出水面，一条又大又肥的鳜鱼就在网上活蹦乱跳……

画外音："俗话说，'涨水的鱼，退水的虾'。到了退水季节，渔民不分昼夜守在湖边。越到夜深，虾子越多。扳得多时，一次就有一大碗。那时，岸上一盏灯，河里一道影，好看极了！"

鄱阳湖之夜。

茫茫的湖洲上，一盏桅灯发出微弱的亮光。（拍出人在大自然面前的渺小和空漠）

一个老人孤独地守在箔口。箔口用竹子密密地拦了起来，再用老虎网挡在中央，任鱼虾从中经过。鱼虾碰了箔垫，"劈劈啪啪"发出响声。老人马上提着灯到箔口将鱼捞上来。

远处静得可怕，除了秋虫唧唧，再也没有别的声音。

一阵渔歌从画外悠悠飘来（出字幕）：

> 贩来的哟金钱谷米，
> 鱼来哟鲤螃鲩鲢。
> 现钱买肉赊买猪，
> 白手打鱼卖现钱……

画外音："放湖守箔是寂寞而孤独的。每年秋天，鄱阳湖水退，湖上的绿洲，泥淖洼凼，渐渐裸露出来。秋时的鱼走回流，这时，鄱阳湖的渔民便来到湖洲上，搭棚垒灶，住上半月一月，设下鱼箔或搭网，放尽凼里的鱼。鄱湖里的水有情，鄱湖里的鱼有意，年年要来，年年要去，这就有了渔人放湖守箔的生涯，有了除土地之外的另一种生活韵律。"

箔口鱼儿跳水的特写。（现场录流水声、鱼儿跳水声）

鄱阳湖湾，停满了各式各样的船。有钩船、网船，还有虾船、鸬鹚船，这里好像是正在举行船只博览会。

突然，三声锣响，鞭炮不断，渔民们像离弦的箭一样直取湖心。

几乎在同一时刻同一瞬间，各色各样的网同时张开。

画外音："开港是渔民们一年中最盛大的节日。每年冬天，'寒露霜降水退沙，鱼归长江客归家'，积蓄了一年，禁捕了一年的渔民，到了开港这一天，显得异常活跃。开港前几天，渔民们就挨家挨户奔走相告。开港那天，三声锣响，渔民们便争先恐后，一齐出动。"

注意抓拍开港中渔人各种情态，抓拍一组人欢鱼跃的镜头。

渔民们满足的笑靥。

画外音："这里凝聚着渔民生活的亮点和血液中蕴藏的男子汉的勇猛。在这里，渔民们体会着难得的相聚和竞争。在这儿获得的欢乐和喜悦，将使他们久久难忘。"

长山渔村———一排红砖青瓦的新型渔村。依村而立的河埠上，弯了密密的船只。

渔民们摇着船，在夕阳中归来。（要拍出渔民归家的感觉）

河沿上尽是渔人语。（注意同期录音）

画外音："有人说男人是湖，女人是岸。早在远古，人们就把船比作女性，可见女人是船家最亮的星星了。有了岸上的家，渔民们的心就一半系在水上，一半系在陆地。当船家把他的女人接过花船之后，就总也走不远，总也扯不满远去的风帆……"

C

鄱阳湖畔吴城镇河西。

上百条船连在一起，弯了几里路长，这就是赫赫有名的水上村庄。

大船旁吊着一只小船。大船是不动的家，小船是流动的生产工具。到了晚上大船小船相依相伴，形影不离。

画外音："多么繁忙的鄱阳湖，这里就像上海的南京路，北京的王府井大街那样拥挤，真是一个船的世界。在这里，每一只船就是一户人家，每一户人家就是一个相对独立的世界。毕竟是水边待惯了，上岸久了，他们又经不起水的诱惑，思谋着再次下到湖里，于是便有了这和岸上一样稳固而美好的水上村庄和水上人家。"

船家的孩子在船上来回走动，小一点的都系上了长带子。大小孩子颈上统统套着一个小巧精致的长命锁。

一湖囡熟睡的特写。

画外音："船，就是你的摇篮。摇篮中，有你多少童年的梦！"

父子船上，两只船停靠在一起。儿子和父亲各撑一只船。父亲船上，有香炉，江都督神位，大锅大灶。儿子船呢，贴满了美人头像，有高低床、电视机等。

画外音："别看这小小的水上村落，它可是历史哺育之母和教养之父，是文明在儿童时代的培训基地。由人与自然的融合到人与自然的分离，这是渔家在现代文明进程中迈出的极其重要的一步。而从人与自然分离到人与自然的再度融合，则是渔家在精神上和物质上一个质的飞跃。"

水上村庄。

低低地拍摄船底下的鸭笼子。

鸭子"嘎嘎"叫个不停。

画外音："哟，真有办法，几根竹子一编，把鸭关在船底，又安全，又自在！"

水上村庄。

一只新船披红挂彩，正欲下水。

陆上隆起青山一样的肩和森林一样的手，小心翼翼地把船抬往湖边。

画外一阵喝彩声起（出字幕）：

> 一把白米撒船头哇，好哇！
> 有吃有穿不用愁哇，好哇！
> 一把白米撒船中哇，好哇！
> 太太平平跑顺风哇，好哇！

画外音："在水上村庄有一条不成文的规矩：孩子大了，不再和过去那样，用一块红布在船舱中隔成两小间便是洞房。如今，孩子大了，做父母的就请人打上一条新船，聘一位渔家女，择吉日成亲。"

喝彩声中，新船下水。

D

余干瑞洪镇。

这是鄱阳湖中的一个大港。漫长的康山大堤像伸展开的一条巨大手臂，紧紧环抱着它。港湾中风平浪静。船挨着船，沿着湖港排开去，一眼望不到头。那高高的桅杆像一片光秃秃的树林，夹着船上升腾起的炊烟，构成了一幅蔚为壮观的渔村风景画。湖面上，一张张风帆在阳光下闪耀，排着长长的队伍鱼贯而来，好像远天飞来的一群白色的海鸥。岸上不远处便是镇街，市井的喧嚣和港内交鱼和收鱼的吆喝此起彼伏，汇成了一股股嘈杂的声浪。走进瑞洪镇，就像走进了一只嗡嗡躁动的蜂箱，走进一幅活生生的《清明上河图》。

红红绿绿的成衣摊铺……

"水上旅店"人来人往……

各种各样的鱼鲜……

"全国农副产品比价表"赫然入目。古朴的店铺前，渔民们正在炸着喷香喷香的"二来子"和油香。（以吴城和瑞洪的旧店铺为背景，古朴中透着新生更有意义。）

过船过渡的人津津有味地吃着"二来子"。

画外音："当商品经济大潮席卷渔村时，渔民再也不满足过去'渔歌唱晚'了。他们和岸上人一样做生意！一样在商品经济的躁动中竞争和腾飞！"

月色下的湖湾恬静如画。

夜幕刚刚降临，静静的湖湾就开始激动起来。

先是一只船"啪啪啪"地离港而去，紧接着几只、几十只、几百只机动船同时响了起来——夜捕开始了。每只夜捕船都是一个作业单位，每只船上都装有一只不夜的眼。

船到湖心，骤然间组成了一条由灯光铺就的水上地平线。捕捞船在其

146

中快速行进，真好比城市之夜奔跑着的汽车。

倏忽间，一只蚱艋船减速前进，开始下网了。

渔民立在船头，用双手支起两根交叉的竹杠。这时，船在浪中行走，渔民俨然似海明威笔下一个顶天立地的汉子。（注意拍出此时渔民顶风斗浪的气质，构图上可尽量让人物跨越湖面之上。）接上，开始收网，收了这边，又收那边，整个昼夜忙个不停。

雪白雪白的针弓鱼在船舱内蹦跳着。

入夜，灯光渐渐向湖聚拢，与天上的星光交织在一起，分不清哪是灯光哪是星光，仿佛要把整个鄱阳湖团团围住，好壮观的现代渔火！

画外音："逢到这种夜捕，渔民们真是快活无比。这时，你站在船头，忽觉水面次第光明。好像是哪里燃起一堆堆现代渔火，又好像是一个城市不眠之夜的动人倒影。那种超自然的力量和气势，足以震撼人心，催人奋进，宛若沉浮了几个世纪后的古鄡阳，一夜之间被感动得重又浮了起来！"

鄱阳湖之晨，大地还在朦朦胧胧的睡意之中。一只只"啪啪"的机动船，像约好了似的，依次返港。这里有父子船、夫妻船、姐妹船、兄弟船……

进港后，女人飞快下水，把网扯开拨去混杂在鱼里的水草，把鱼洗净，晒在长长的渔折上。

整个渔港的清晨，人影绰绰。

船家的孩子赤足在湖岸边奔走……

船家的妻子咬着辫梢，赤足在湖弯理网……

穿着花短裤的船老大提着鱼篓，赤足走在长长的湖堤上……

太阳正从渔村冉冉升起。

（注意赤足、淌水乃渔家之常事，而有意识地突出它，正好突出了渔人的精神气质和物质气质。）

闹腾的鄱阳湖湾。

迎亲的锣鼓震天价响，与远处的机鸣声连在一起，成为鄱阳湖生命的律动。

突然船上有炮仗声音，唢呐声音，还有锣声。随着锣声一响，所有的渔船都向迎亲船拢过来。

夕阳里缓缓滚动的牛车。

一望无际的湖洲尽头，响起一阵"咿咿呀呀"的牛车声。

牛车上载着一对新人。

牛车在宽阔的湖洲上滚动。

牛车前，一个十八九岁的小伙子扛着一根连蔸带梢的翠绿的水竹，走在迎亲队伍的最前面。

一根完完整整的水竹的特写。（不是强调水竹的完整，而是要揭示隐藏在水竹背后的心态。）

画外音："真亏他们有如此的诗意！一根竹子，寄托了渔家多少祝愿？在渔人看来，竹子象征着旺盛的生命，象征着对未来的憧憬。从蔸到梢保留完好，不言而喻，便是生生息息起根发梢的意思了。"

水上村庄，鞭炮炸响。

一轮太阳像个圆盘似地高高挂在迎亲船头，新娘正被新郎庄重地抱着过船。

太阳……新人……

新人……太阳……

新郎抱新娘过船的剪影正好叠在一个硕大的火红的太阳上。

画外音："历史是在湖边长大的，是水养育了人类文明。按照鄱阳湖上的风俗，渔家姑娘成亲，一定要赶在日头下山之前抱过船去，这样象征他们日后的生活，将与天地同在与日月常新！"

在一片细吹细打的锣鼓声中，新娘走过铺满柴火的路。

画外音："这叫脚脚踏财，象征婚后财源茂盛，永不受穷！"

待新娘在新人船舱内坐定，婆婆拿来两个鸡蛋，塞到新娘子嘴中。

画外音："这叫塞新娘的嘴巴，免得日后婆媳之间发生口角和不快。他们就是用这种最原始最质朴的语言向新娘进行他们水上人家的传统教育。"

新郎与新娘含羞的脸。

画外音："喝完结亲酒，散了场，大人们佯装上岸有事，船上只剩下小后生和俏妹子，那后生就麻着胆子，将花船摇到河心。这一夜，花船不归，多少船姑就是这样成亲的！"

花船在洞箫般的音乐里，渐渐驶向湖心……

静静的夜空中，花船起伏不定，鄱阳湖以它特有的温柔，神秘的抚摸，使得船家之子赢得了一次精神上的再生。

一曲销魂的《花船曲》激荡人心……

鄱阳湖畔的黄昏。

湖畔的黄昏如同一首抒情小诗，夕阳下的鄱阳湖似母亲般温柔。那些悬挂在波光和月色中的古码头，捣衣声响成一片。

（从水中拍一组浣衣女人的倒影、船家的倒影以及一群穿红着绿的少女挑着衣裳向河边走来的倒影）

一排女性动人的胴体，在夕阳下美得令人晕眩。

一大批赤身裸体的儿童在水中追逐着，打闹着，奔向湖边。

一大群穿着游泳衣的少女，飞快地抖去裹在身上的"披风"，笑着，叫着，各搂着一个花花绿绿的救生圈，在水边欢快地跃动……

袒胸露臂的渔民伸长脖子，看少男少女在湖心畅游。

一只渔船从镜前划过，又一只渔船尾随而进。

一支带着电子琴和童声伴唱的富有天籁之音的回归主题歌渐起（出字幕）：

　　　　假如时光能倒流，
　　　　　我愿回到小时候，
　　　　　走在青山坡，
　　　　　唱着《小放牛》，
　　　　　折只小船儿，
　　　　　盛满小蝌蚪。
　　　　啊……啊……
　　　　　童年天天盼长大，
　　　　　长大又想小时候。"
　　　歌声中，（叠）白鹤在云天中翱翔。

（叠）水上戏闹的人们。

（叠）白鹤在云天中翱翔。

（叠）渔家孩子放风筝的特写。

（叠）白鹤在云天中翱翔。

（叠）湖囡用蚌壳过家家。

（叠）白鹤在云天中翱翔。

（叠）小孩子在尽兴地玩水凼，弄得满身泥水。

（鹤在这里，不作前景，只作人性张扬的背景和象征处理，组接时要出"天上人间，人间天上"的效果。）

宽宽的湖面，沸沸扬扬。人在大自然面前，显得空前的自由和洒脱，仿佛儿时的天真、浪漫、放纵和娇懒，重又回到了鄱阳湖畔。人们由着自己的野性，投向鄱阳湖的怀抱，更加哀怨有限的人生，仰慕无限的永恒。就是说，一旦投入水中就像重新回到了慈母的怀抱，产生一种近乎撒娇般的痴情。

水、天、帆融为一体……

一排又一排的"人"字雁阵横贯长空……

镜头最后停在太阳、河流、男人和女人上。（表现出人从大自然走来，又向大自然走去。）

大风从南山刮过

　　鄱阳湖运足力气，流到一个叫南河沿的地方，仰面一看，一座高高的山立在眼前，那便是南山。从南山之巅向北远眺，万户人家，万家灯火，密密匝匝，连成一片。宋诗人苏轼登临于此，写过一首《过都昌》的诗："鄱阳湖上都昌县，灯火楼台一万家。水隔南山人不渡，春风吹老碧桃花。"从此南山把都昌从浩瀚的鄱湖高高托起，都昌因南山而名满天下。

　　这是一片雄性的湖泊，也是鄱阳湖的重要腹地和最宽阔水面。而雄性历来都是与辽阔和开朗连在一起的，是水激活了湖区人生命中最富于活力的基因。

　　至今，没有人能完整地说出都昌之于鄱阳湖和鄱阳湖之于都昌，从诞生到今日衍生了多少神奇和故事，但公元 421 年的那场地震，对都昌来说，无疑是一场沧海桑田惊天动地的特大裂变。

　　1500 多年前，鄡阳水城下是一片河网交织的冲积平原，这儿曾经是东晋和南朝的粮仓。突然间天昏地暗雷鸣电闪，位于鄡阳平原上的鄡阳县城立时像个摇篮颠簸不已。当逃难的人们从惊愕中镇定过来，去寻找那片灰色的城堞时，"叮叮当当"的打金街不见了，九曲盘缠的护城河不见了，气宇轩昂的红石山也不见了！一个美丽富饶的鄡阳平原，一座人烟辐辏的历史古城就这样奇异地从地球上永远永远消失了。

　　也许文明的进步，正是在那次划破苍穹的瞬间闪爆中完成的。古鄡阳的沉没，并没有使波光帆影的鄱阳湖产生绝望和悲哀。它留下一汪河滩，铸造了无法改变的一片钢铁般的青灰色。很快，在这片土地上，又一座新的城池——都昌县拔地而起！从此，一个充满远古想象的"沉鄡阳，涝都昌"的故事在这里代代相传。都昌的最初文明，实际是一种受伤的文明，一种废墟下的文明，一种打碎与重构的文明。

自宋代始，景德镇便逐渐形成一个外地人的聚居地。此地山清水秀，自然资源丰富，而且几乎没有发生过大的战乱和自然灾难，于是，聚集效应产生了。由于瓷器手工业的发展，需要大量外来劳工。都昌县地少人多，再加上身边的鄱阳湖不定期泛滥，大量当地人外出寻找生路，临近的景德镇便是都昌人的最佳首选。

至今，位于鄱阳湖畔都昌县的鉴玉村，村民几乎都姓于，村中于氏祠堂内供奉着一尊身材魁梧的塑像，这个人名为于光。每逢节日或初一、十五，都有人前来祭奠。

元代末年，农民纷纷起来革命，都昌人于光带领当地农民占据了景德镇附近各县，并把景德镇珠山作为大本营。后来，朱元璋将于光调往西北，军队留在景德镇原地驻守。于光留下的这支部队也许未曾料到，他们此后再也无法离开。

当年于光部队的战士，正是有记载最早大规模进入景德镇从事瓷业的都昌人，凭借人数和军队的优势，他们开始进入制瓷的各个工序，猛地一把推开了都昌人大量前往景德镇的大门。

到了元末，陈友谅和朱元璋在鄱阳湖上的一场大战，又一次风卷残云般席卷了都昌。作为水阔天长的鄱阳湖腹地，都昌自然成了这场战争决定胜败的主要战场。战争结束，朱元璋当了皇帝，成就了赫赫有名的大明王朝，同时也在都昌广袤的大地上，留下了诸多关于朱元璋的草根传说。如朱袍山、印山、下湖、酬谢湖等等。影响最大的莫过于老爷庙。相传朱元璋被陈友谅追赶，忽然船舵折断，这时从湖里浮出一只大鳖，游至船尾，将船推至岸边。朱元璋为它建庙，敕封定江王，并塑一只大石鳖，称元（鼋）将军。庙后有朱元璋"点将台"和"插剑池"遗迹。庙左崖石上有"水面天心"摩崖石刻。更有不少人把朱元璋的故事奉若神灵传给后人：当年洪武皇帝也不过是一个茅头兵（打草的）！言下之意，你们好好读书，以后也跟洪武皇帝一样，足见朱陈大战对都昌产生多么巨大的影响！都昌的耕读之风和出外学手艺者日甚一日，得以萌发。从那时起，在通往景德镇练蛇般的古道上，一大群一大群满身渔腥的都昌人，背着鱼篓，操着渔叉，杀了九九八十一窝土匪，并用这些土匪的脑壳做成装酒的坛，一路喝到昌南，喝进了一个火的世界。

这个情景很有点像哥伦布发现新大陆，在蔚蓝色湖水里泡大的这群鱼仔，立刻被这火的世界吸引住了。他们不敢相信：自家在船上用的盆壶碗罐，一件件竟是从火里烧出来的。对他们来说，这简直是个奇迹，是个谜。也许正是为了解开这个谜，这群渔仔留下了，留在了景德镇，对瓷都进行了一次漫长的蔚蓝色的陶冶。

"十里长街尽窑户，迎来随路唤都昌"。当时，一批批在本土因水灾而无法生存的都昌人，从水的世界走向崇山峻岭的浮梁山区；从卖鱼贩虾逐渐跻身于冶陶烧瓷的火的世界。经过一代一代的努力，都昌人从补窑进而挛窑。挛窑技艺历代被视为秘密，掌握这种手艺的人，需要极强的专注力，需要在瞬间与世界屏蔽，最大程度的安静下来。康熙年间都昌人又挤进了满窑行。以后又分别插入了匣砖行、画作行、成型行乃至窑厂行。他们亲帮亲，邻帮邻，老的磨料，女的画坯，小的学徒。至乾隆年间，已达70余姓之广。民国初年，都昌人在景德镇有大中小窑户千余家，整个景德镇百分之八十以上都是"都昌帮"，人数已达十万人之众。景德镇历史上按资产排出的"三尊大佛"、"四大金刚"、"十八罗汉"、"半折观音"也都是都昌人。一时，都昌人成了景德镇的一统天下。在向景德镇迁徙的漫长岁月里，都昌人一方面带来了鄱阳湖的全部灵气和活力，使水与火血肉交融，把拙雅古朴的陶瓷器具变成了精美绝伦的艺术；另一方面，也把工业革命的最新信息带回到了故乡。许多人成功之后，在自己的家乡，耸立起了一栋又一栋雕龙画凤的徽派建筑，有的还在家乡办起了瓷厂。景德镇之所以被称作"草鞋码头"，正是都昌人主宰瓷都命运的见证。

应该承认，地理环境对于都昌人性格的形成和影响是巨大的。这里的水被山阻隔，这里的山被水浸泡。都昌向来人多地少，"三山六水一分田"。但是，处在原始农业文明时代，沿湖的渔民由于捕捞工具落后，加上鱼货流通不畅，无论怎样干，都无法摆脱贫穷落后状态，"世上只有三样苦，打鱼贩鲜磨豆腐"，"鱼死不闭眼，打鱼不富贵"成为当地有名的歌谣。这种独特的生存方式，造就了都昌人独特的个性。他们质朴、内向、固执，也耐得住终日湖天的寂寞，一个个都成水上精灵。都昌人大都貌不惊人，他们说话"喉咙大"，有点野，有点犟，有点土，但他们路见不平一声吼，颇有江湖义气。有时内心常因说不出而屡屡受伤。他们做的永远比说的多，想的永远比做的多。水可载舟，亦可覆舟。都昌人对水有一种近乎特殊的敏感。平时，"三弯九曲随舵转，五湖四海任舟行"。每年秋冬，成千上万的都昌人放下打鱼，投入到兴修水利中去。那个时代，时兴大兵团作战，都昌修水利在远近是出了名的。直到1998年那场大水，都昌几乎陷入灭顶之灾。一些几十年生活在湖边的人不得不放下鱼篓，迁到离家乡很远的山里，过起了他们很久都难以适应的山里生活。然而，也只有这个时候，他们才清醒地意识到，与天奋斗并非其乐无穷，人最终还得顺应自然。经历"退田还湖，平浣行洪"之后，鄱阳湖变得更宽更阔，重新恢复了以往的青春和活力，大批候鸟重又飞临鄱阳湖畔。成千上万的灾民纷纷告别水患走向未来。枕着波涛长大的灾民，头一次做起了恬静舒适安稳的梦。

改革开放后，都昌人的不安分再度表现出来。为了尽快摆脱贫穷状态，二十多万都昌人远走他乡，到温州、东莞等沿海城市打工。长久的贫穷，积累下更加强烈的欲望。一旦有了机会，每个人都被发财致富的欲望开发出来。几乎每个老实巴交的农民，都曾卷入这个近乎疯狂的过程。他们每年带回的钱，大大改善了家乡的贫困面貌；同时也把异质文化带进了村里乡里。

进入二十一世纪，一辆辆大型平板车，装载着粗笨的钢筒、钢叶和状似弹头的机舱，隆隆驶进都昌县城。人们围上去驻足观看，议论纷纷。几个月之后，当矶山湖电场的风机迎着太空飞快转动时，人们才回过神来，发现这竟是出现在都昌的第一次风力革命！

生活变了，变得让观念和意识成熟了的都昌人无法驾驭。过去炊烟缕缕鸡鸣狗叫的水乡，几年间已是机声轰鸣厂房林立；过去的水塘和荒地，似乎一个早晨诞生出一个不可思议的奇观和让你无法想象的天地。

大风再一次从南山刮过……

渔民与山民

1999 年对于有着 500 年村史的段家嘴人来说却是万事开头难。

从鄱阳湖过来的渔佬，一夜间变为武山脚下的山民，这种迁徙显然是带有历史性的。随着新居的先后落成，从去年年底起，55 户灾民陆续从鄱阳湖畔都昌万户乡段家嘴搬到离这百里之外的本县春桥乡凤岭新村来。就连中华慈善总会送给他们的救灾红蓝帐篷也移来屋旁留作纪念。他们的告别是欢欣的，新中国成立以来四十多次水患侵袭，使得他们对自身的环境和空间的认识有了一个突破性进展。他们的告别又是沉重的，意味着他们将要彻底结束"过去的自我"，重新找出一套新的活法来。

凤岭人来到山里后，面临的头一件事就是完成由渔耕到农耕，由"湖滨生活"向"山地生活"，由"湖的动荡"向"山的宁静"的迁跃和转变。用他们时下的话来说，叫作"双脚立在石头上"。五百多年来，他们祖祖辈辈以八百里鄱湖作为他们的生活半径，许多人都是枕着鄱阳湖的波涛长大的。流动的水对他们中任何一个人都具有极强的诱惑力。平时只要走到水边，浑身上下都来了劲。他们往往今朝有酒今朝醉，不积钱，撒上几片网，走村串户，立竿见影，收到几个钱，然后便买东西享受人生。他们也不太作兴读书，而现在他们却要实实在在面对一片陌生的土地，要学山里人省吃俭用过日子。一双摇桨的手就要变成扶犁的手自然很难。从来没有耕过田的小伙子和中老年首先要过的却是"犁田耙地"关。75 岁的段永启驾了一辈子的船，如今也不得不从渔民转变为和土地打交道的农民。乡党委书记万千苟要求当地老百姓每 5 户选出一名生产能手，从正月初四起，一户一户教他们，教他们如何买牛如何看牛的牙齿、脚力和腰身，然后又教他们犁田耙地，教他们育秧抛秧等一系列山里农活。

野惯了的渔佬一下受到山地规范的约束，是他们生存中遇到的又一道难题。湖边待久了，他们养成懒懒散散的习惯，平时乱蓬蓬的脑袋枕着船尾的坐板，一双光着的大脚插进船头的板空里，就能呼呼睡个大觉，而今没有了大片的水域，有的只是成片的山林，他们蓦地感到了离水太远的恐慌，胸前好像塞了个什么。来到山里后，即使遇上个小小的新开的池塘，他们也忍不住要赤足往里浸上一会。水边的孩子赤条条，满地跑，爱打水仗是他们的天性和本能。他们走到哪家都喜欢像坐在船上一样盘起一双腿。他们晒衣跟晒在船上一样，不搭什么衣架，只往小树蔸和草地上一放就完事了。搓衣板比山里的显得又长又大。尿桶、鸡埘放门角，就连厕所也是东挖一个坑西找一个洼，前一只后一只的，鸡猪不分，人畜混居。现在全部要他们进入山里人的规范，统统放在屋背后。村长段兴盛告诉我，他们准备拿出上级民政部门下拨的建房资金，11万元用于建造一座17.6米高的水塔，10万元用于建沼气池，3万元用于新村通电，4万元用于新村绿化。他们知道这种规范无疑是一种文明和进步，对他们往后漫长的生活生存都有利。当地人说，这叫"上兜笼"呢。

最使他们难以接受的是他们与过去交往了几十年的亲戚朋友往来越来越难。以前他们交朋会友，只要划上一条船，一天就可跑个遍。现在出门要走路，要等车。他们离乡里的车站还有几里路，有时搭车不方便，他们中有的人就干脆走着回老家。从凤岭新村到段家嘴要走满满一天的路。段永清夫妇没有搬来，儿孙们去看他想省点钱，硬是从早上六点出发一路问过去走到深夜11点到。尽管只要说是"搬迁的"，沿途都热情，但他们心里头却总是故乡难离故土难舍。临走时，丈母娘哭得最伤心，在脚下扯大的女儿要去那么远的地方，以后见面太难，常使他们割舍不下。于是，仍住在先前老家的人便三三两两来新家看望他们。段金珠带着8个月的儿子回到哥嫂的新家时，两个小表兄相见如故，显得格外的亲。

接踵而来的是风俗习惯和繁衍生息上的变化。随着举村举家的大搬迁，清明祭祖是他们这代人所萦萦不下的。逢年过节，他们还得带着纸和香，开上车去凭吊自己死去的亲人。为此他们准备陆陆续续将自己的祖坟也迁过来。来凤岭不到一年，有人在这里出生，也有人在这里死去，他们一律按当地风俗做。眼下已有七八家当地人看上了凤岭新村的姑娘，他们也挺高兴。他们说：一代亲，二代表，三代了。日后呢，凤岭是一年亲一年，而段家嘴只会一年疏一年了。

日前，凤岭人家家都在思谋今年的日子。他们准备农业、副业、打鱼、生产一齐上。平时生产忙，就在山里耕田耙地；闲时，还是回到老家的湖边打鱼或搞水上运输，他们的船没有卖，放到隔壁亲戚家。同时准备开些店面，做点生意。段兴叶一个人包了80亩山林，他想过点"靠山吃山"的日子。有的还想跟山里人学点做香菇、木耳、篾匠、木匠之类的手艺活。他们渐渐懂得这次举村迁徙是他们村里的大事。去年正月初一全村上谱的那一天，64岁的段展在上好红丁谱之后，实实在在给大家说了一件事，他们准备在村头高高竖起一面"五星红旗"，让人远远就能看到这里是凤岭新村。同时要把凤岭搬迁这件大事写进村里的"谱头"上，让世世代代铭记住：从1999年起，凤岭人已是新时代地地道道的山民！

关注后鄱阳湖时代

追溯人类文明的起源，无论是地中海的古罗马文明，希腊的爱琴海文明，还是亚细亚古老的大河文明，都是在波涛汹涌的江河湖畔间呱呱诞生。

自古以来，临水者自有其长。九江向来就是一个因水而灵因水而秀因水而风雅因水而滋润的地方。我们不仅拥有 159 公里长的长江江岸线，而且拥有 1000 多公里长的鄱阳湖湖岸线。在全球缺水的唏嘘声中，我们常常因为拥有"在水一方"而倍感骄傲。

刚才不少人从不同角度谈到了鄱阳湖的方方面面，我想谈的是鄱阳湖发展到新阶段的一个重要问题——关于后鄱阳湖时代。

后现代主义是一个非常时髦的字眼。简单意义上的后现代，无非是以现代主义为界，强调与之有别罢了。在此，我们不妨把它理解为"各种批判、修正和超越现代性的努力"叫后现代吧。那么鄱阳湖究竟从什么时候开始进入了后现代呢？

我认为，帆的消失是鄱阳湖进入后现代一个很重要的标识。一部鄱阳湖的历史，从来就是一部"白帆点点，渔歌唱晚"的历史。在这之前，每年到了涨水季节，我们常常可以看到江上的白帆，几乎是贴着快要接近街道地面的西门口缓缓驶过。远远看上去，那帆就像在大街小巷内移动。要是起大风，一只只扯满风帆的船，便急急地在这里落帆靠岸，驶进龙开河避风港内，躲过风暴后再走。那时，鄱阳湖留给我们这代人的印象是"诗思浮沉樯影里，梦魂摇曳橹声中"。自从上个世纪八十年代中叶，也就是在 1978 年到 1985 年间，鄱阳湖上的白帆，仿佛一夜之间从我们生活中隐退消失了，代之而起的是一片"啪啪啪"的机器声。帆的消失，不仅仅是一个简单的生产工具的变动，它传达了一个不为人所注意的重要信息，标志着中国最大的淡水湖鄱阳湖从此进入了一个异乎寻常的后鄱阳湖时代。

与前鄱阳湖相比，后鄱阳湖时代发生了许多与过去迥然不同的变化。

一、由"渔歌唱晚"到"渔歌不唱晚"。

在原始农业文明时，渔民"一只桨一条橹一片帆"，摇出了港湾，就和天地融为一体了。那时，渔民对大自然是顶礼膜拜的。他们抬头望天，一眼就能知道什么时候要"打风暴"，什么时候该张网捕鱼。而进入后时代之后，和城里人一样，靠看报纸得到信息，靠听"天气预报"了解气象变化。船过老爷庙，也不再"杀鸡祭神打炮仗"了；渔民再也不用"朱元璋大战鄱阳湖"的传奇来开导孩子的智商了。

二、由水上到陂上、由漂泊到安定、由流动中的静止到静止中的流动。

'98抗洪后，几十万鄱阳湖人通过退田还湖、移民建镇，由水患区搬到高地乃至山里，经历着人生中一场刻骨铭心的历史大迁徙，从此他们结束了多少年来的漂泊生涯，开始在岸上定居。船家的后代也由水上转到了陆地，和许许多多老百姓的孩子一样，有了一个相对安稳的童年。过去渔民的孩子很少与陆地通婚，如今水陆不分。船家孩子同样有不少人考入大学进入城市。一些外乡人在打工中和他们相识，也开始渐渐进入到渔家新一代的生活中来。风力发电、车载电话，大大打破了鄱阳湖人的自闭和自恋。

三、由人与自然的相互依傍到人与自然的冲突和分离，又从人与自然的冲突和分离到人与自然的重归于好。

退田还湖后，湖区水面大大扩展，生态得到了治疗和恢复，鸟立牛背人鸟共存的局面开始形成，鄱阳湖成了世界候鸟的天堂。过去，人们把景德镇与瓷器等同起来叫"china·中国"；现在，我们完全可以把鄱阳湖与白鹤等同起来叫"white crane·中国"。

四、由田园牧歌式的诗意与怡静，到电子文明下的痉挛与躁动。

开发商像一把双刃剑，一方面把一个贫穷的鄱阳湖改造成了富饶的鄱阳湖；另一方面也把一个田园牧歌式的鄱阳湖，变成了耸立在鄱阳湖畔的现代高楼，真正意味上的鄱湖渔村已经很难找到，就连过去非常典型的渔村犟山都快变成千篇一律的别墅村。面对这个"快速飞逝"的世界，鄱阳湖每时每刻都有一些东西将从我们生活中隐去。

　　渔业上正经历一个异常萧条期，丁字网星罗棋布，电网触鱼时有发生，鱼类生态遭到了前所未有的破坏，水上人家出现了新的生存迷茫与困惑。

　　最让人震撼的是，今天，我们站在吴城，站在永修的松门山，看到的不再是"秋水共长天一色，落霞与孤鹜齐飞"的景象，一艘艘挖砂船如同鸦片战争时入侵军的舰队一样，正在对鄱阳湖水面进行地毯式的极其疯狂的生态掠夺。到了晚上，一只只"花船"在夜色掩护下，潜入湖心招摇过市，使鄱阳湖的物质生态和精神生态受到无以复加的重创。

　　后时代的鄱阳湖正处在从农业文明向工业文明、电子文明剧烈嬗变之中，后时代鄱阳湖人充满了危机与困惑。与前鄱阳湖相比，后鄱阳湖时代呈现给人们的更多的是浮躁是无序是不确定。这场变动，不仅表现在生产工具、生产方式的变化上，而且导致生存方式、行为方式、风俗方式、情感方式的巨大变化。在这场巨大的变动中，童年的鄱阳湖与后时代鄱阳湖发生着激烈碰撞，鄱湖渔歌成了人们心中永恒的定格和记忆；哪里有船哪里的船民都会碰到市场经济下的欺蒙拐骗，人们的心里引起一阵阵疼挛与震颤；湖区特色日渐破坏，以永修吴城为例，上个世纪八十年代，还存有八栋会馆，到今天只剩下一个吉安会馆的门楼。如果不是这种毁灭性的破坏，这里白天可以观鹤，晚上可以逛游古镇，那么"水镇周庄"的桂冠就要让位于吴城了。鄱阳湖地域文化在全球一体化经济中变得如同许多都市一样顿失个性。其实，这种痛苦也是人类的痛苦；这种危机同样也是人类的危机。一个不确定的时代带给水上人家的将是天长地久的感叹。正是这种危机和痛苦孕育了后鄱阳湖时代新的文学命题、文学形象和文学典型。总之，河床移动了，人们的心灵也跟着一起移动。我们要立足于鄱阳湖，更要超越鄱阳湖，像托那斯·沃尔夫说的："寻找到故乡的办法，是到自己心中去找它，到自己的头脑中、自己的记忆中、自己的精神中以及到一个异乡去找它。"一个好的作家总是站在历史的拐弯处迎候大家。1925年福克纳在新奥尔良请教老作家时，安德森对他语重心长地说："你必须要有一个地方作为开始的起点，然后你就可以开始学着写。是什么地方关系不大，只要你能记住它也不为这个地方感到害羞就行了。因为，有一个地方作为起点是极端重要的。你是一个乡下小伙子，你所知道的一切也就是你开始你的事业的密西西比州的那一小块地方。不过这也可以了。它也是美国，把它抽出来，虽然它那么小，那么不为人所知，你可以牵一发而动全身，就像拿掉一块砖整面墙会坍塌一样。"福克纳听从了老作家安德森的劝导，把笔锋从神话、从"迷惘的一代"、从半瓶醋艺术家那里转回到被人们称作"血地"的家乡，果真营造出了一个别人无法替代的一块永恒的天地一块真正属于自己的天地。

今天，安德森的话依然没有过时。

回到源头

　　一路上我都在想一个问题，我要赶去开会的鄱阳县为什么叫鄱阳，它与鄱阳湖究竟有着怎样一种内在的呼应和联系，这个问题说到底是一个追溯源头的问题。

　　上个世纪九十年代初，我曾在一个叫"一脚踏三省"的地方，寻找过修河的源头。没有见到源头之前．它是那样地充满未知，充满神秘和深邃，而一到源头，你竟然想象不出它是那样的平静和简单：几块石头缝间夹着一点点水草在涌，慢慢地水又多了一点，形成一个凼；再多一点，便在某个低凹处变成一个洼；洼里的水，积满了又流到更低的地方，流啊流终于流成了一条绵延六百里长的修河，然后继续挥师东去流到吴城，与远道而来的章贡两河交汇的赣江相会，最后注入鄱阳湖。鄱阳湖的源头在哪并不重要，让它留给学者们去争论去考究，而我今天所要谈的话题是，继上次我讲的《关注后鄱阳湖时代》之后，又一次新的感受，那就是在这个物欲横流的时代，在这个布满诱惑和陷阱的镀金时代，鄱阳湖文学和文化如何回到源头的问题．也就是寻找元语言的问题。

　　为什么我们朝思暮想诺贝尔奖在一个泱泱大国降临，年年等待又年年落空？我们有的人往往总是吃不到葡萄就说葡萄酸。实际上，诺贝尔奖的的确确是一个跨时空跨国界跨人类的世界级大奖，你不能不承认也不得不承认，我们甚至很可笑很傻地把一些自己不喜欢的那一年的得主从书中裁掉，却不知道全世界不同国家不同民族的人照样传播照样记住这个人。为什么诺贝尔文学奖的候选人，看中的是我们的沈从文先生而不是别的什么人呢？这是因为沈从文写的都是湘西水边的哀乐人事，是一个"一生只造希腊小庙，这庙里供奉的是人性"的人。

　　我说的第一层意思就是，回到源头就是回到鲜活。

　　我们正处在一个网络与多媒体交叉传播的时代，打开电脑，各种各样的信息，像瀑布一样迎面涌来，到处是克隆到处是下载，而真正富有生活气息时代信息和活态的东西又有多少呢？极端的物质年代与极端的政治年代一样，使得每个人的内心都变得十分茫然和浮躁。

　　这是一个多么有趣的时代！可以说，你的想象力有多丰富，你身边的人和事就多么有趣。

　　这又是一个多么无趣的时代——留神一下你身边的人吧，看一看从你眼前匆匆过往的每张脸，大都是一脸的疲惫，一脸的匆忙和无奈，眼中没有任何兴趣的光芒。反过来呢，倒是一些老人们和闲人们在装嫩和扮天真，他们童心未泯，壮志不已，挖空心思在平平仄仄上动尽了脑筋。而我们的孩子呢，却满脸沧桑，累成了一个个机器人，无可逃遁地走进了高节奏高压力下的卓别林时代。我们的学者们繁忙地出席各种名目的论坛、会议和电视演说，在会上互称大师，使得这个没有大师的时代有了空前热闹的学术气氛。作家协会活跃的也尽是些拉拉扯扯写不出作品却挂着一大堆叮叮当当头衔和牌子的作家。我们的传媒共同批量生产着一本又一本的文字垃圾，成功地把个人爱好转化成了大众的狂欢。一些开发商和一些官员相互勾结，武断地在历史悠久的古建筑和老街区写上一个大大的"拆"字，一夜之间用推土机和吊车把几千年的文明夷为平地。许多有趣的情趣日渐一日地被淹没，许多无趣的现象正不断蔓延，我不得不说，我们生活在一个多么无趣的时代。

　　我记得一个初入文道的作者，刚开始他自费花几百元满腔热情到新疆采风，回来写了一大批才华横溢的关于天山的作品。后来去了海南，他说等我腰包攒满了，我再来好好写点像样的文字，结果从此一去再也回不了头。

　　我说的第二层意思就是，回到源头就是回到原创。

　　原创力的丧失是近年来我们这个时代的一大遗憾。我们这个民族的教育和文化，越来越缺乏想象力和原创力。我们的紫禁城建筑曾经在世界上是那样地独一无二，现在竟演化和改造成了"千人一面"落于他人之后的二三流城市。这是建筑者的悲哀，还是文化和文学的悲哀？离开原创后，必然会出现一连串的"炒作大于创作，克隆大于原创"的尴尬局面。一个具有独创性的作家，一生都在和自己过不去。每次都不会重复自己。他的不可替代性、唯一性、探索性和试验性，永远值得后人追忆和景仰。只有骡子才会在模仿中等待着他的无后和老死。

我说的第三层意思就是，回到源头就是回到内心。

写古写今写中写西写上写下写前写后，说到底文学的最终仍然是为了表达内心。与内心无关的写作，只能说是文字上的堆积，而不是精神层面的升华和超越。审视一个作品的分量，不是计算它的字数的多少，而是看它到底发现和表达了什么。如同清诗人袁枚所说，"不是无端哀怨深，直将阅历写成吟。可怜十万珍珠字，买尽天下儿女心。"我的一位文友给我写了一幅字，叫"积墨在胸易感伤，哭之笑之即文章；伏案总扛如椽笔，心忧天倾一杞郎"。田园诗人陶渊明一生只写过不到二万字，却把一个充满理想境界埋藏在千百万人内心的"桃源世界"呈现在世人面前，结果留下了；《岳阳楼记》表面上写的是洞庭湖的湖光山色，实际表达的却是范仲淹"先天下之忧而忧，后天下之乐而乐"的平民情怀，结果也留下了；周敦颐的《爱莲说》，写的是莲花，表达的却是"出淤泥而不染"的崇高品质和人格力量，同样也留下了。而我们口口声声叫着"盛世时代"，一窝蜂地跟着写各色各样五花八门的"赋"，大概也想留下来，但是，我可以狂妄地说一句，留不住，其结果只会变成一大堆味同嚼蜡形同赝品的文字被扔进垃圾堆中。这是因为你写的并不是真正人文意味上的"赋"，而是满纸透着空洞充满公式化教条化的赞词。如同一个亭亭玉立的少女，睁着一双空空洞洞的大眼睛。

我说的第四层意思就是，回到源头就是回到简单。

从简单到复杂是一种境界，从复杂到简单是更高一种境界。现代人活得实在是太累了，脾气越来越躁，火气越来越大，气量越来越小，一切都源于生活的节奏和压力。坐在朋友堆中说话交流的时候，会突然想起自己的电瓶车放在外面会不会丢？与异性朋友赴会的时候，本来好好的，一谈起房子、车子和票子，立马就翻脸。

简单一点，再简单一点；放慢一些，再放慢一些，已成为全球和人类共同的呼声，但是谁也无法逆转，只有勇敢接受和面对。

我说的第五层意思就是，回到源头就是回到永恒。

《圣经》说过，人生不过喟然长叹，是说每个人的生命是有限的，而作品却是永存的。《圣经》还说："你们要努力进窄门"。我清楚地知道，走窄门是很难的事。但有时候我甚至觉得，太容易的事带来的就不再与深度有关。缺乏节制的现代人内心已慢慢失去了积淀的能力。有些事情往往在失去难度的同时，也失去了分量。我们所经历的每一天、每一分、每一秒，其实都是独一无二的，而每一个此刻都告诫我们，这是唯一的，必须好好把握。我们要用无限对抗有限，用永恒对抗瞬间，写出跨时空跨国界的作品，才能真正对得住自己的一生。《庐山恋》的作者虽然不在，但他的作品所带来的影响却绵延不绝长留天地之间。陶渊明也早已不在，他的《桃花源记》却在千千万万人中流传。古往今来，凡是立得住的东西都是永恒的，可以传世的。而一些急功近利迎合凑数宣传气十足的东西是永远不会有任何的生命力。

概而言之，一个真正好的文学作品应具备什么样的标准呢？我以为：

一个真正好的文学作品，它一定是鲜活的；

一个真正好的文学作品，它一定是原创的；

一个真正好的文学作品，它一定是内心的；

一个真正好的文学作品，它一定是发现了什么；

一个真正好的文学作品，它一定是回归简单的；

一个真正好的文学作品，它一定是永恒的可以传之于世的。

真正的天才，总是横跨一切障碍，直入无人之境。

怎样回到源头又怎样写出富有源头性的作品？我个人认为有几贴中药不妨一试。

一、退点火，来点禅。

最见功底的文字其实都是退火的文字。你看汪曾祺先生的作品，写的都是不大的事，却是那么温暖人心，字字句句都褪尽豪华退尽肝火，显得像汪老本人一样质朴和平实。宋时归宗寺的长老志芝和尚，曾写过一首著名的诗叫《金轮峰》: "千峰顶上一间屋, 老僧半间云半间。夜半云随风雨去, 到头不及老僧闲。" 说的就是那种人生的大彻大悟和看花开花落云卷云舒的大自在。再是来点禅。这种禅有两种字面的意思: 一种是虫字边的蝉, 是说我们要像蝉那样, 一生都在憋足和积蓄自己的底气, 最后撕开嗓门叫过一个炎炎盛夏然后在秋风瑟瑟中死去。再是禅定的禅, 这是一种需要长期积累妙手偶得的功夫。可以说, 一个人的定力有多大, 这个人的成就就有多大, 气场往往决定了一个人的一生。

二、赤脚大仙接地气。

湖南有一首民歌说得好, "赤脚双双来插田, 低头看见水中天。行行插得齐齐整, 退步原来是向前"。不要怕别人说我们往回走。所谓接地气, 就是纳山川之灵气, 采日月之精华; 就是甘当赤脚大仙, 重新回到生活和独特感受当中。正如诺贝尔文学奖所要求的那样, 要永远保持对人类价值的终极关怀; 对人类缺憾的深深忧虑; 对人类出路的苦苦探求。

回顾几年来, 我们的鄱阳湖文学论坛. 由最初的探讨鄱阳湖文学, 到后来不同风格不同气质朋友的加入, 逐渐发生了一些新的器质性变化, 渐渐变成了鄱阳湖大文化研究。但是, 要记住不管怎么变, 基本的宗旨不能变, 我们和其他协会的不同点不能变, 那就是我们要凭借鄱阳湖文化这个论坛, 推动鄱阳湖大作品的诞生, 推动鄱阳湖流域大作家的诞生, 而不只是简简单单贴个鄱阳湖的标签, 说些非文学非文化或非骡非马的话。我们一定要努力挖掘和写出在全球眼光烛照下, 从我们这片土地和这片水域上自然长成的东西, 那才是真正的鄱阳湖文学和鄱阳湖文化研究。特别是鄱阳湖在我们九江市占去了全流域水面的绝大部分。历史上, 根据这片水域写出的千古名篇和传世之作不少, 如《石钟山记》《桃花源记》《归去来兮》《爱莲说》《南山》《琵琶行》《望庐山瀑布》等等。作为生活在这片水域上的作家, 更要责无旁贷地去传承它表现它。

上个世纪九十年代初, 我离开北京鲁迅文学院时, 汪曾祺导师对我们说, 同学们, 你们回去以后不是要写多, 而是要写少。写什么呢, 写你一生都不能忘怀的东西, 写你临死前都放不下的东西。我认为, 汪老的话是至言。

《裸之湖》自述

初听这片名，挺吓人，以为是一部典型的三级色情片，那你就大错特错了。

二〇〇三年冬天，当摄制组到鄱阳湖地区寻找外景时，我们登上松门山顶忽然发现，湖中大片的水褪得精光，大线条，大块状，大起伏，湖体像母亲胴体般一丝不挂横陈面前，唯一线细细的水从窄窄的缝内流了出来。面对此情此景，我们禁不住脱口而出：裸之湖，裸之湖！片名由此而生。

其实，全片故事并不复杂。简而言之："三个人，两条船，一个世界，来了，去了，去了，来了。在鄱阳湖的孤岛上，演绎一场比传统更传统，比现代更现代的寓言故事。"

故事简约，内涵并不简单。它来源于主创人员的童年记忆和生命积累。一个长期漂泊在外的游子，一旦回到自己的故乡，就像鲁迅回到鲁镇一样，哪怕十分简单的一件事，只要带上岁月的风霜，都会让人荡气回肠。

如果把鄱阳湖想象成母亲童年时给自己用腊肉沤饭时的一只陶罐，我们是将想象中早已丢失被砸成无数块碎片的这只罐子，一片一片小心翼翼地捡起，然后依照我们所想象中的罐子又一片一片地拼接。等拼接好了后再将这只罐子高高举起，然后再一次地砸到地上，砸得比上一次更加粉碎……

我们的感受来自这条母亲湖，却想让它的主题大大超越母亲湖。透过鸟的生存鸟的来去和孤岛、孤鸟、孤洲、孤女，我们传达的将是人类正在经历的候鸟般生存状态。这个世界变得实在过于喧嚣了，人像鸟，鸟似人，从东方到西方，从南面到北面，来回地迁徙，来回地奔忙，让每个活着的人都觉很累都觉茫然都觉漂泊无定，但每个人又不得不铆足劲，飞呀飞，奔呀奔，忙呀忙，这就是本片所要表达的中心所在。

全片以候鸟般行走的摄影师的内心独白为贯穿经线，以寻鹤寻梦寻母女寻鄱阳湖文化为纬线，互为交织推进情节。

我们强调自然、真实，切忌表演痕迹。因为我们粗糙我们真实。但是，在画面构成上，力求大气、凝重、有重量感。不搞大切快切，而以固定、长镜头为主，以榻榻米式的低角度为主。十分讲究一种气氛，一种调子，一种意蕴。如鸟来了，人去了，有点像《红楼梦》中好便了，了便好的禅境和人生诉说。

大自然中的许多东西，如鄱阳湖中沉沉浮浮凫水过河的牛群，雪片般纷纷落下的白鹤，缓缓滚动的牛车，贴水而飞的鹭鸟，款款摇去的鹭鸶船，在黄昏中嘶哑着野唱的守簖老汉，闷闷的打击乐中苍凉出殡的场景。总之，一切带着天籁的从鄱阳湖湖底层升起的自然天成的元素，我们都会看得十分珍贵。

雾是鄱阳湖中始终挥之不去的一种氛围，正好营造起一种独特的鄱阳湖的神秘色彩。雾中的船，雾中的灯，构成父亲死去后的魂，一直在孤岛母女心中飘来飘去，让它成为一种悲天悯人的叙事动力——开始，你也许不太在意，看着看着，你会发现，就这点东西，不断推动着故事的发展，滚雪球般把故事做大，最后，竟把故事推到你意想不到意犹未尽的程度上。

"回村"的戏要把鄱阳湖的父老乡亲当作神，推到银幕的主要位置，但要极自然，极富鄱阳湖的当下气息。而岛上和船上的戏，人不多，表现却要细腻，如同纪录片般真实可信。

音乐只是低低的埙或箫之类，让它密密匝匝弥漫到人的心里，偶尔可有几个音符在颤动。大量使用自然音响，包括鹤去鹤来的声音、包括鱼虾跳水的声音、包括做爱相拥时的喘息声。

全片节奏舒缓，不赶，如流水般时起时伏，忽而一泻千里，忽而通过窄窄的河口引起一些波澜，但最终又向着更加开阔的地方悠悠流去。

我们不敢狂言，这片子日后多么牛逼，但当你坐进影院以后，一切在生存线上熬得很苦的人都会说，我真想到鄱阳湖去看看！真想带着自己的妻子、孩子或情人，在那里的草地上，撒个娇，打个滚！

每个人都是一只迁徙的鸟

一个源于山村男教师摇着小船，把文明送到几个山头的一段顺光表达的故事，渐次演变成了一个女教师凭吊她的昔日恋人，不期走进了水边孩子的生活中的侧逆光的新主流电影，这是创作的魔杖点石成金的威力。

这个故事之所以越来越好看了，一方面由于我们不断地化熟悉为陌生，渐渐跳出生活原型，努力寻找"熟悉的陌生人"；另一方面生在大都市的上海姑娘顾晓霖，在与湖区村民和孩子的巧妙周旋及令人啼笑皆非的哄骗中，催化一个师生之间感情由物理反应向化学反应的变化过程，从而完成了一次心灵上和精神上的"大迁徙"。再说，这个世界已变得太不安静了，"有人东去，有人西来，有人从乡村迁往都市，有人从都市回归乡村。在这忙碌而又茫然的世界里，每个人其实都是一只迁徙的鸟。这样出来的影片，就不再是一般老套言教的东西，而是一个对自身生命状态进行思考的超越一切并带有世界意义和人类意义的普遍主题。

我们知道，到了秋天，无数候鸟在鄱阳湖上空集结翻飞。它们带着一路的风尘，从西伯利亚远道而来，按照永远不变的线路迁徙，飞越海洋和高山，历尽难以想象的艰辛。没有什么能比这些壮观的迁徙更能唤起我们民族的想象，激发我们对空间和自由的渴望。天上飞动的哪怕最小的一只鸟儿，也是你的五官所无法感知的巨大世界，电影故事片《迁徙鸟》（后易名《心灵渡口》）由此而名。

这是一个关乎孩子关乎女人关乎鸟儿和梦的童真故事，也是一个略显忧伤而又充满野趣的故事。全剧有点儿凝重，有点儿浪漫，有点儿舒张，又有点儿感伤，像终日弥漫在鄱阳湖水面上的雾气，浸润着每一个主人公的心理空间，然后又带着一点希望，一点哀怨，涟漪般向四处荡开……

老子说："为学日益，为道日损。损之又损，以至于无为，无为而不为。"所谓"为道日损"，乃简约是也。就是从繁到简，从复杂到单纯，从形而下到形而上的形而下，把由心通向道中的所有阻碍统统拆除，以求得与自然与孩子的无极限沟通，与道会合，实现艺术与人生的自然无为，从而通向"天之大道"。

全片人物大都在鄱阳湖的一个湖岛上展开，周边有些影影绰绰的村落、淡淡晨雾、恋恋芦花、缓缓流淌的湖水、一望无际的草滩、沼泽、牛群、牛车、大坝、白鹤、大雁，虽是最简单的自然要素，却传达了女老师和她的恋人以及孩子们之间不可言喻的精神世界。年轻漂亮的顾老师无疑是湖区孩子心中出乎意外的"一米阳光"。这两道光移来移去，照亮了全剧人物充满温暖的生命旅程，构成了电影《迁徙鸟》的全部活力所在。

我们希望未来影片应是横线条，宽银幕，一望无边，直抵人的心之天际。大象无形，大音希声，能少则少，能简则简。线条少，色彩少，人物少，音乐少，音响少。突出造型又不失故事；细流涓涓又浪花不断；充满水墨效果又时有色彩流动。尽可能地做到长镜头与短镜头结合，运动镜头与固定镜头结合，力争拍得空灵一些，静谧一些，"野渡无人舟自横"是我们全剧追求的最高境界。

法国诗人米洛兹说："只有鸟儿、孩子和女人才是最令人感兴趣的。"我国著名画家丰子恺也说过："天上神明与太阳，地下的儿童和妇女。"千百年来，人们爱孩子，爱女人，爱鸟儿，以极大的兴趣关注他们，研究他们。孩子的梦，孩子的谜，孩子的爱永远是人们的注目所在。尽管剧中孩子的梦与老师的梦不尽相同，但只要有梦，人类就有希望。让我们像景仰自然一样地尊重鸟的"迁徙"，像疼爱孩子一般喜欢我们剧中的女主人吧。

卷四
惊世一瞥

牵动全球的庐山风云

素有"匡庐奇秀甲天下"的庐山，位于江西省的北部，东经115度52分～116度04分，北纬29度25分～29度40分。共有九十九座峰，横亘于长约25公里，宽约10公里的大地之间，北靠长江，南濒鄱阳湖。最高峰为大汉阳峰，海拔1474米，整个山势巍然耸立，造就出一山飞峙、影落鄱湖、气吞大江的气势。这般天时地利的条件，使它饱含云雾之气，植被郁郁葱葱，既有雄伟绮丽之姿，又具变化莫测之貌，故以"不识庐山真面目"而名扬天下。因其奇险秀幻的自然风光和积蕴深厚的文化遗存，汇成了自然美与艺术美的完美结合，庐山成为首批国家重点风景名胜区和"中国旅游胜地40佳之一"。然而，眼下人们更关心庐山的，却是它拍卖21幢名人别墅的消息。

一个时代的终结一个世纪的开端

世界著名夏都名人别墅，全球性的暗标竞投在香港拉开帷幕。紧接着，6月的第4个星期将在上海向国内发布新闻。这一震惊中外的举措，如一块巨石投入一方平静的湖水，激起了长江南岸、匡庐山下的无边波澜。精明的庐山人在这风起云涌的时代，终于跨出了具有历史意义的决定性的一步。

庐山别墅集中构建在庐山牯岭东西两谷。1885年英国传教士李德立"租借"牯岭长冲为避暑地之后，英、美、德、俄、日、意、瑞典、芬兰、瑞士等20多个国家的外侨纷至沓来，相继在该处修建别墅。至今，庐山仍保留了15个国家风格不同的别墅1000余幢，建筑面积总计50余万平方米，号称中国"四大别墅群"之一。此次拍卖的21幢别墅位于庐山东谷黄金地段脂红路和河东路，其中绝大部分别墅在蒋介石、宋美龄当年居住的"美庐"

周围。对此，九江市市长戚善宏指出：原属蒋介石、宋美龄夫妇，庐山会议毛泽东居住其中的著名的"美庐"别墅（标号180），以及庐山会议期间彭德怀所居住的176号别墅等不属拍卖之列。其中"美庐"已被列为国家级重点保护文物。这是考虑到这些别墅的独特历史价值。此外，这次拍卖合同规定：出售的只是使用权，买主有修缮权和使用权，期限为50年，产权仍归国家所有。按运通年委托威格斯公司暗标竞投每栋底价为一百万美元，折算每年使用权为20000美元，这是前所未有的高价。

自从去年9月18日庐山拍卖的消息发出后，全国各大报纸纷纷转载，反应之迅速、震动之强烈为几十年未曾有过。特别是当台湾华晟广告公司设计的商业宣传口号"蒋介石失去的，毛泽东得到的，全都卖给你"这一带着震撼性的鼓动传遍神州大地时，中国人再也坐不住了，体内那根敏感的神经被猛烈地拨动了，一种平衡被无情地打破着。

世居庐山之巅的人们猛地觉醒，一件宝贝在手并不觉得什么，一旦失去了，便又产生一种莫可言状的说不出的味道。21幢名人别墅瞬间易主，人们怀着复杂的心态散步至此，静静凝视这儿的一草一木。在庐山特有的美丽夕阳下，一切都显得颇具分量和分外地珍贵起来，庐山人短暂流连的背影最终消失在别墅的深处，仿佛昭示着一个时代的终结和一个世纪的开端。

与此同时，江西省府各大机关上班的人读到庐山名人别墅大拍卖报纸的当天，几乎异口同声地发出了询问："看报了没有，庐山要卖了！"这些本地的官员们都没有意识到自己身边已悄悄发生了如许的变革，和这种变革下隐藏的危机。一时间忧者有之，喜者有之。

而此刻的海外舆论却如浪潮般地扑面涌来。亚太地区的华人圈更是激动得不行。香港的《南华早报》以头版头条叙述经过，香港著名的记者们为此写了一篇篇意味深长的文章。在台湾，新闻媒介如《商业周刊》《中国时报》《华视新闻》都不遗余力地报道和评论，一些报章上写着"九江人是否穷疯了"，表现出对此事异乎寻常的关注。

在海内外强烈的信息反馈下，已获别墅改造权及50年使用权的香港运通年集团正紧锣密鼓筹备下一步的举措。很快，运通年集团公布消息说，他们将在4月份同时在北京、上海、香港和台北举行公开拍卖，并规定，参加拍卖的富商必须出示 1 亿元以上的资产证明方能进入拍卖会场。

当得知在北京的拍卖会场将设在人民大会堂时，诸多驻中国的外国使节及许多大陆民众又一次震惊了，普遍表现出了强烈的关注。一个个电话骤雨般地打向大会堂，询问者焦灼之情溢于言表。

"是不是美庐也卖了？"

"是不是庐山全卖了？"

"是不是人民大会堂也要拍卖了？"

以讹传讹的各种说法，四处传开，庐山别墅拍卖引起的波澜使得人民大会堂的工作人员始料不及。出于种种大家都清楚的原因，也由于 4 月份人民大会堂将有一个重要的会议在此召开，两相冲突，使得在北京人民大会堂拍卖的动议搁浅了！

中外富商逐鹿匡庐

旋风般的舆论攻势促使运通年公司迅速做出反应，可以说，谁能把握最好的时机，谁就拥有了拍卖的主动权。一方面，运通年集团购买下这批别墅使用权，交由旗下发展商九江聚源建设实业有限公司进行发展。当务之急，是要打出一套最合适的出售方式，以适应市场需要。

发展商注意到，竞投者当中有一种情况特别值得注意，即海外的一些竞投者不愿透露自己的身份，另外一些竞投人不可能在同一时间赶来拍卖地点。所以"运通年"九江聚源公司说，为了照顾来自世界各地竞投者的利益和考虑到此批物业的历史价值，有必要为买家提供安全的程序，令投资者的身份获得保密，因此采用暗标竞投的方式最为公平。

紧接着，运通年集团于 5 月底在香港正式召开了庐山名人别墅暗标竞投新闻发布会。会上香港运通年公司董事长冼焜良先生和九江市市长戚善宏都发表了讲话。冼焜良，这位 21 幢别墅现在的主人，面对全世界的客商和新闻界，显得十分自信和镇静。会后标书随即发往世界各地，业主透露说，此次物业暗标底价在每幢 70 万至 150 万美元不等，视别墅状况及其历史价值而定，竞投者可购买一幢或多幢别墅，7 月 15 日截标。

时近 6 月份，运通年公司透露，已收到来自香港、台湾、新加坡和美国寄来的标书四五十份，其中不乏世界各地的名人和显贵。

但是运通年公司并没有忘记潜力雄厚的国内市场，大陆经济的飞速发展，客观上造就了一个大款阶层，由于民族自尊心和对庐山的仰慕，大陆新兴的富翁们纷纷把目光投向了庐山。故此，威格斯计划于 6 月的第 4 星期在上海举行暗标竞投发布会。紧接着运通年集团于 6 月 8 日将在台北市举行竞投新闻发布会。购买一幢别墅，本身就将成为新闻，成为当代的名人，这种强烈的诱惑吸引着全国各地的有钱人，到时候，国内有哪些真正的大款将一目了然，他们将与海外巨富们一争短长。

暗标竞投，是一种最公平的竞争方式，自由投标，谁高出底价最多就归谁所有。若出相同标价时，则视购买者与庐山别墅的渊源而定。发展商表示，这次销售的对象是以其有较高实力和影响力的人士为主，以便使这批近代名人别墅成为当代名人别墅。

在此批竞投的别墅中，191 号蒋介石别墅尤其引人注目，必将成为这次竞投中的大热门。对于 191 号别墅，运通年公司不设底价，俨然把这座蒋介石故居当成了手中最强硬的筹码。

这中间是否会爆出冷门呢？一切都无法预料。到时，中外富翁们将凭借各自的眼光和胆略，逐鹿在匡山浔水之间，一场激烈的商战已悄然开始，谁也说不清将鹿属谁手！

一次跨国界的行动

在庐山别墅竞投的喧嚣声中，别墅的翻新改造工作正悄然而紧张地进行着。能参与修复这一历史名居的工程无疑是一件很荣耀的事情。别墅出售的另一种投标在全世界范围内开展了，这种拼实力、拼人才、拼头脑、拼速度的竞投在某种程度上更加激烈无比，一家家的国际大公司为争夺设计权，千方百计地努力着，他们想借庐山的名声提高一下自己的知名度。

终于，台湾的李坤森建筑事务所获得了别墅的设计权利。

为了保留别墅的西洋风味，享誉国际的美国 Whisler-Partri 建筑事务所承担了监督别墅的翻新，以及设计现代化的内部设施和娱乐场所，Patri 是太平洋区域内最出色的建筑师，他将拿出自己 37 年的建筑经验，为这次庐山别墅的翻新竭尽全力。

设计的品位也象征着公司的品位。运通年为此邀请了以我国国家级建筑大师熊明教授为首的北京专家组亲自出马。这个包括了李德澜、杨维贤、何重义、唐业清等著名建筑师的专家小组由中国建筑界最高层次、最高知名度的专家构成，他们将对别墅的翻新做顾问。

全球性的暗标竞投已进入白热化，而发展商的组织管理更趋于严密和细致。作为老牌国际物业顾问的威格斯集团很早就盯住了庐山。威格斯集团以它亚洲最庞大的专家队伍铺天盖地地进行着每一条信息的搜索。为使宣传渗入到世界的每个角落，运通年委托美国最著名的国际公关公司 HILLANDKNOWEITON 承接庐山别墅的海外宣传活动。在香港，所有的投标证书都由 Deacons（的近律师行）负责，Deacons 将对别墅的业主及转售权益等事宜做出审核和确认。

庐山别墅以她非凡的魅力汇集了世界上最优秀的人才，吸引了世界上十家大公司的参与，庐山别墅焕发了蓬勃的生机。

香港运通年、九江聚源、香港威格斯、台湾李坤霖建筑事务所、美国 Whisler-Patri 建筑事务所、北京专家组、香港的近律师行……纷纷为庐山走向世界策划着、运筹着，中国第一个吸引众多国际公司参与的事业在庐山开始。庐山从一度冷清的寂寞中走出来，走到了世界发展的前列，庐山名人别墅真正成为一次"跨国界"行动！

庐山，站在二十一世纪的制高点上

台风的中心往往是最平静的。此时，热浪中的庐山反而显得出奇地宁静。庐山人很快对许多事习以为常了，但一种全新的改变却在他们心中暗滋渐长。

一块块改造别墅的优质墙面石料上山了；中国建筑专家团上山了；日本"朝日放送"新闻采访团上山了；台湾设计师们上山了；美国人带着各种机械，也风尘仆仆地赶来了！当国内外的设计师们凝视这些神奇的别墅时，无不感到这一事业的神圣。人们触摸那苍劲的巨石，仿佛就像触着了一段历史。

台湾的设计师说："我感到非常荣幸，能够被邀协助使这批神奇的历史建筑复活起来。"

中国建筑大师熊明说:"庐山别墅是我见过的工程中最触目的一个。我们作为建筑师,有责任在翻新别墅以达到现代水准的同时,不忘保存此址的天然神韵和魅力。"

庐山在这一群走在时代浪尖上的人们手上,即将发生和正在发生惊天动地的变化。曾几何时,这座举世赞美的庐山一度名落孙山,既没有进入五岳的行列,也未评上中国十大名胜景区,连后起的黄果树瀑布、武陵源、黄山、泰山、九寨沟都走到了她的前面,甚至在深圳浓缩的"锦绣中华"景点上也找不出庐山的影子,这不能不是一大遗憾。

今天,随着名人别墅拍卖,庐山一下被推到了二十一世纪的制高点上,成为中外记者追踪报道的热门,与世界的大变动几乎站到了同一地平线上。

（**与宛进合作**）

匡山对话录

眼下国际自然与自然资源保护联盟专家桑塞尔博士和国际古迹遗址理事会专家德席尔瓦教授及其夫人一行刚刚离去，他们的笑容，他们健步如飞的矫健身影，他们鞭辟入里的关于对庐山所独具的世界性眼光仍在我们心中闪闪烁烁，我们就来描述庐山申报工作的前前后后，岂不是为时太早了吗？

不，这场庐山申报自然与文化遗产的过程，从一开始就惊动了从中央到地方的中枢神经和方方面面，引起了许多自然和文化专家及有识之士为之奔忙使劲。他们不计报酬不务虚名兢兢业业任劳任怨的精神，已经使得我没法麻木不仁没法无动于衷没法不迅速一鼓作气地将这一事情的原委记录下来，以激励后人推动未来……

"大自然是我们穷追不舍的恋人，美的庐山把我们连在一起。庐山走向世界是一本大书，桑塞尔博士一行三人为它撰写序言，我想这本书一定会受到世界读者的欢迎！"

吉姆·桑塞尔博士是"国际自然保护联盟"（IUCN）自然遗产（部）高级顾问，山体保护区专家特别委员会总部负责人。在他走过 56 年的生涯中，他已到过全世界八十多个国家的一百多个世界遗产地，中国所有景区的自然与文化遗产的考察工作，包括成功的和不成功的，都曾留下过他的辛劳和脚印。他从小出生在加拿大，却在瑞士生活了 40 多年，欧美文化深深影响和浸润了他的人生。他由一个普普通通的护林员到一个出色的科学方面的哲学博士，获得了自然与园林硕士学位，本身就看得出他对事业的进取心极强。他至今没有结婚，大自然是他一生中穷追不舍的永恒恋人。51岁的尼玛尔·德·席尔瓦教授是"国际遗址保护修复中心"（ICOMOS）

专家，他对宗教建筑的研究造诣深，有着比较高的理性与美学思考，著有《宗教建筑壁画》等两部书。同时他又是一个画家，对古代壁画颇有兴致。他说，每天做完手头工作之后，他都要画些画权当业余休息。他第一次携夫人伊拉甘妮·德·席尔瓦到中国考察，对庐山印象极深。

6日下午6点，市委书记熊承忠，市委常委、副市长徐明华，副市长程水凤在九江宾馆举行了短暂的会见仪式。桑塞尔博士说，越靠近庐山感觉越好。此刻每一分钟都靠得更近了。接下来便是三天忙碌的自然与文化考察，现在我急需看到庐山。专家组组长周銮书饶有兴趣地对考察线路作了说明。他说，事情非常凑巧。900年前，宋代大诗人苏东坡也是今天到达庐山，他在庐山考察了7天，得出的结论是"不识庐山真面目"，桑塞尔博士听了频频点头。

在桑塞尔博士靠近庐山之前，庐山也在努力向世界靠近。申报遗产的过程实际是一次重返大自然的过程，也是不断与世界接轨的过程。1985年，庐山在全国十大名山评选中位置发生了某种微妙的变化，但历史的强大惯性仍然是倾向庐山的。1990年黄山在评上十大名山上又向前走了一步进了世界遗产，这件事对庐山触动很大。现实告诉我们，没有现代文明依托的历史优越感是幼稚的。仅仅从心理和文字上沉醉于历史，而不是以强大的物质形式再现地发展历史，庐山及庐山人在当今时代遭受冷落是不可避免的。如果说我们过去对庐山文化进程的历史和未来缺乏一种全景式的历史透视的话，那么再创庐山辉煌进入世界遗产已经成为我们这一代人责无旁贷的历史使命。

1995年春节刚过，庐山便踏上了向世界级名山进发的艰难路程。春节后的头一个会研究的便是向联合国申报世界遗产。接下来就是组织申报书写作班子，徐效钢等人自然被列为最佳人选。在这之前，他在一家官方的刊物上，写过一篇《庐山与黄山在世界文化和自然冲刺层面上的比较研究》，正好成了以后写作申报书的参照系数。2月11日申报书写作班子开始运转。9月18日，经国务院副总理邹家华和李岚清批准，国家建设部正式将庐山申报书中英文本送交联合国世界遗产委员会。申报书一送出，庐山已没有退却的余地。1995年11月14日，周慰平副省长在庐山主持召开了第一次庐山申报世界遗产领导小组会议，正式拉开了申报工作的帷幕。

紧接着是一冬冰雪，乍风乍雨，使得心急火燎的整治工作无法进行。1996 年春节刚过，省政府在庐山召开第二次领导小组工作会议，向国内外发布了庐山申报世界遗产的新闻。由于认识上的差异，不少地方依然是雷声大雨点小。1996 年 3 月 18 日国家专家考察组来山考察，给处于胶着状态的庐山一击猛拳。他们带来了联合国 5 月将来庐山考察的信息，也带来了峨眉山人整治的决心。局长张劻任有点坐不住了。虽然身在庐山，心却飞向了嵋眉山，他想亲自去那里看看人家是怎样组织攻坚和突破的。与此同时，各迎考景点都在互相配合，各专业组也在超常规倒计时运转。为了科学地推出庐山，接待好考察专家，他们牺牲了许多个人利益，全身心地扑向了庐山。看得出一个巨大的中心正通过电话、传真、手提、车载电台所组成的现代信息网紧锣密鼓地进行。难怪庐山党委书记姚洪瑞深有感慨："没想到，这一决策牵一发而动全身，引来日后一系列巨大而艰辛的滚动……"

"在白鹿洞书院，当桑塞尔博士画出第一朵美丽的小花，我们高兴得快要跳起来。因为在武陵源考察时，这朵花是最后一个才画，而我们这里却首先得到了她……"

6 日晚上，在一片雨雾中，小车载着联合国专家向白鹿洞书院疾驶而去——这是我国古代最负盛名的高等学府，被誉为"天下书院之首"，也是这一次庐山申报世界遗产中打出的第一张王牌。

10 点 30 分，小车停在白鹿洞书院门口，职工们举着伞，在雨中迎候联合国专家。桑塞尔博士一放下行李就从下榻的春风楼出来。他站在门口，观赏夜色中的古建筑。历史学家周銮书先生介绍道，这里山环水抱，风水很好，前面一个屏风，可挡住山外之瘴气。你今天住东边，过去是洞主居住的地方，一定能睡个好觉。桑塞尔博士说，昨晚在北京没睡好，喧闹得很，今晚大概可以做个好梦。第二天一觉睡到 7 点 30 分。

吃过早餐，也只是一些面包、牛奶、果酱之类，桑塞尔博士便开始了对白鹿洞书院的考察。他和三个身穿旗袍的小姐合影之后，便上了状元桥。孙家骅馆长向专家讲了古代有两个学生到泉边舀水，发现一边红一边黑，便报告了先生。结果呢，喝了红水的成了武状元，喝了黑水的成了文状元。周銮书先生说，中国叫状元，外国叫博士。考上了状元的可从桥上过，其他的要从边上走。你是博士当然可从桥上过去。桑塞尔听了非常高兴。接着他们考察了礼圣殿、朱子祠，又看了白鹿洞揭示即教规学规。据说日本冈山县井原市兴让馆 140 周年校庆时，主席台正中放的就是白鹿洞揭示。每个人上台讲话，要敬 7 个礼，其中第一个便是向揭示敬礼，足见白鹿洞揭示在日本大学中所拥有的至高无上的地位。

从这里出来，桑塞尔博士一行三人到了报功祠、西碑廊，然后观看古松。这里有一百多棵黄山泰山都没有的千年古松群，人们把这一带称作"龙吟凤尾"之地。松涛响起时似龙在低吟，竹影摇曳下如凤尾摆动。迈过枕流桥，面对这里的青山绿水，小桥古树，专家们被这里自然与文化的绝妙结合深深感染。这时天下着细雨，小姐们举着伞，桑塞尔博士兴致勃发欣然命笔："我希望我们的大学也有如此学习和深思的环境，谢谢你们给我的回顾。"然后又在自己题词签名的旁边，画出一朵美丽的小花，这是他所在的"国际自然保护联盟"的标志。他说这是最好的印章。据说在武陵源考察时这朵花是最后一个才画，而我们这里却首先得到了她。临走时，白鹿洞孙馆长将一把檀香木做的镇尺送给专家，镇尺上写了白鹿洞揭示。周先生说，这上面有白鹿洞书院的精气和灵魂，你把灵魂都给带走了。桑塞尔博士听了不由笑起来："那我就是一个不称职的坏孩子了。"

"刚进三叠泉云遮雾嶂，什么也看不见，说来奇怪，一阵微风吹过，三叠泉瀑布竟如神兵天降，桑塞尔博士迅速退回到如烟如雾的瀑布前，踏在一块天然的石头上，笑着说，我喜欢自然！"

7 日上午 10 点 40 分左右，桑塞尔博士一行三人，穿过 1500 多人组成的腰鼓队鲜花队木兰扇队，看到人头攒动的夹道欢迎的人群非常感动。他说，我到过世界许多遗产地，没见过这样热烈的场面。他们边走边回头向前来欢迎的人拍照。

过了玉川门，桑塞尔博士见洞水辟流倾泻，兴奋地要求记者为他拍照留影。到达三叠泉时云遮雾嶂什么也看不见。说来奇怪，一阵微风吹过，三叠泉瀑布竟如神兵天降。桑塞尔博士迅速退回到如烟如雾的瀑布前。画报记者吴东双请他立在栏杆前照张相，不料桑塞尔博士一脚踏上一块天然浑成的石头笑着说，我喜欢自然！一路上，桑塞尔博士充满活力，时不时停下饮上几口云雾茶，且边走边掏出相机。对着沿途可见的冰川遗址，珍稀植物，对着"不准乱砍滥伐"和"严禁烟火"等绿色标牌揿下快门。在目无障碍亭，桑塞尔博士见一片绿色植被，赶忙上前叮嘱电视记者详尽录像。他本人随身携带的相机和笔记本唯恐浸湿不厌其烦装进塑料袋中。即使细微处，亦见他的科学态度和严谨作风。德席尔瓦教授及其夫人对三叠泉这条麻石铺就的栈道深为叹服。夫妇俩尾随在后，时而在山林间散步，时而在竹楼内品茗。当德席尔教授了解到这条路是当地老百姓把三百多斤重的大石头一块一块从五老峰顶抬到这里，一再说，了不起，我真的很欣赏这些管理庐山的园工。

桑塞尔博士一行三人非常理解庐山人民的辛勤。在这条崎岖的山路上倾注了申报办多少心血。1995 年 9 月 12 日，庐山管理局副局长曹运枝从武陵源考察归来一直在思考这个问题。路线选得好坏将直接决定着申报的成败。如何做到既能回避一些被现代化切割了的东西，又能最大限度地展示最佳景观且富有原始天然之趣呢？ 11 月 1 日省有关专家在庐山崇山峻岭中跑了 8 天，决定从三叠泉打开一条长 3.6 公里的最新栈道。路面石块要从五老峰顶运来，时间刻不容缓。市申报办主任杨春赞带着一班人一次又一次来回奔走在这条栈道上。杨春赞这位有着 40 多年部队工作经验的市城建局副局长，身上至今仍保留着一股风风火火的军人作风，为了庐山申报成功，与市政府副秘书长李伟，还有申报办的冯龙生、吴亚松奔上跑下，磨破了多少双鞋底，就连司机小沈也跟着陪上了一个又一个的周末。可以说，这段日子他们所走过的山路加起来不亚于重返了一次童年的大自然。最令人感动的是，省检查团抵山视察的那一次。从阵营上看，几乎集中了精兵强将，十辆小车鱼贯而入长驱直下，到了这里非以步代车不行。省市山申报办几十号人马钻进了大山。那天天上洒着细雨，山林间笑声朗朗。突然生气勃勃的深山老林一下子变得沉寂起来，仿佛所有的声音都从地球上消失了。如果不是一两部手提还在艰难地串连着这个无形的世界，人们甚至会怀疑每个人是否都变成了天外来客突然失踪。直到一个小时以后，人们从白衣护士急忙奔跑的神色中，从满是泥泞的犹如峨眉山猴子逃生般的来人中，从对女副市长"焦点访谈"式的热切问候中，才知道这条路是他们近几十年来都未曾历经的一条带着几分惊险几分艰难的路。如果说路的开拓是对这次申报工作的一次强有力的补充，那么石门涧酒厂的搬迁则是必要的丧失了。正如水烧到99度，差一度都不叫开水，为什么不把最后一度烧开呢。但作为一个植根庐山40多个春秋的酒厂要一下子从母体身上剥离出来，当然是痛苦而吃力的。而当时离专家考察时间满打满算才二十来天，整个申报处于紧张的冲刺阶段。来不得半点迟疑，工人们以大局为重，市委书记熊承忠，市委副书记史之汉，市政府常务副市长徐明华亲临现场办公，并派市政府副秘书长李伟，涉外科科长王俯耕，秘书万海斌，配合市农垦局局长张伙鸸、副局长王汝卓，庐山垦殖场场长邹范龄、副场长张彦涛一道，从四面八方调来两百多辆汽车，几天工夫就把它迁到了庐山脚下。今天，当桑塞尔博士站在大天池鸟瞰美丽的庐山时，谁不感激我们酒厂工人对庐山申报工作所做出的巨大牺牲和杰出贡献呢。

自然是文明生长的地方。三天的话题非常有趣。这里的人对庐山非常崇敬。因为作为当地人都不爱这个地方，那世界上的人为什么要崇敬你？桑塞尔博士的话一语中的，意味深长……

7日下午4点，经过长途跋涉的桑塞尔博士一行三人顺利地登上了庐山第三高峰——五老峰顶。在这里，桑塞尔博士松了松绑腿喘了口气，又马不停蹄地向三宝树进发了。

晚上，在一阵阵似水柔情般的充满春江花月夜感觉的音乐声中，桑塞尔博士兴致又起，接着便和建设部曹南燕女士、中国科教文官员景峰先生去了舞厅，参加由庐山举行的一个极为神圣的欢迎仪式。当庐山管理局张劭任局长把一份具有象征意义的纪念品和荣誉证书送到桑塞尔博士和德席尔瓦及其夫人手中时，专家们发表了激情洋溢的讲话。桑塞尔博士说，接受这份纪念品，感到惊讶又高兴。在山下参加欢迎仪式时，孩子们活泼的身影，使得我至今还在想念他们。庐山人民是最有人情味的。我将把这份纪念品放到我工作的办公地点，让我的朋友与我一道分享这份愉快。德席尔瓦教授及其夫人特别转达对山下孩子的问候。这天晚会上，他的夫人主动迎上前去，一一吻了前来献花的孩子。在起伏激荡的音乐声中，桑塞尔博士用英语唱起了北美民谣《红河谷》，又手之舞之足之蹈之地指挥了乐团的演奏，整个场面异常活跃，一直持续到深夜。

8日庐山出现了很长时间以来少有的晴朗。桑塞尔博士兴致勃勃一路看去。在博物馆，他被庐山第四纪冰川的解说和标本深深吸引。他对冰川之理解比一般地质专家还要懂行，他可以一口气说出冰川冰谷冰窖冰坎等一系列科学说法。见到栩栩如生的五百罗汉图和一部僧人蘸血写就的《血经》，他赞叹不已，深为僧众们坚韧不拔的信仰和精神所感动，再次在签名题词旁，画出了又一朵美丽的小花。上午10时，桑塞尔博士一行三人来到植物园，天舞女花透着粉红，花狮子和红麒麟一齐在风中舞动，这些争奇斗艳的西洋杜鹃仿佛把他带回到了大洋彼岸的故乡。桑塞尔博士连连称赞，这里也是"国际自然保护联盟"中最好的基地之一。他在这里看植被看花卉看标本看资料，又亲自栽种了一棵象征友谊的中国国树——银杏树。面对此情此景，桑塞尔博士再次兴奋地提笔签名，画下了在庐山考察中的第三朵美丽的小花。德席尔瓦说，这里像画一样美。接上他饶有兴致地考察了庐山别墅建筑群。他说，别墅从外观和环境看是外国的东西，但在内在的精神上却是民族的，是修建者和保护者精神的一种折射。他还说别墅不能空在那里，他和自然一样要有一种人气来养护它。

下午3时，桑塞尔博士一行三人经教堂、花径，去了锦绣谷、仙人洞。到大天池后，德席尔瓦教授及其夫人朝拜了恭乾禅师塔，然后驱车下山。而桑塞尔博士依旧兴致盎然徒步考察。5点30分，桑塞尔博士还在大天池的钓鱼台上，悠然望庐山，不到一个小时，他就一溜烟下了山。站在夕阳下的石门涧区三妙亭前，桑塞尔博士饮茶观光说，今天好舒服，庐山太美了。晚上专家在九江宾馆观看了极富民族特色的修水茶道表演。

9日一大早，桑塞尔博士一行三人抵达净土宗的祖庭——东林寺。那里钟鼓齐鸣，香火缭绕，在传印大法师的主持下，几百名僧众顶礼膜拜，迎接专家的到来。随后僧众对列，高声唱起了带着热烈祝福与祥和气氛的《宝鼎香赞》，桑塞尔博士一行三人被这一浓烈的宗教气氛感染了，也跟着虔诚地合掌礼拜。转而，专家们乘游艇去了中国最大的淡水湖鄱阳湖口。在那里，他们似乎才真正悟到庐山为什么如此钟灵毓秀的奥秘。

"三天的话题非常有趣"，桑塞尔博士的话使得整个专家信息反馈会会场静默无声。

桑塞尔博士是站立着开始了他的讲话的。

——庐山的管理和保护设施已经是比较高水平的。这里很灵气，很干净。这里的人对庐山非常崇敬。因为你当地人都不爱这个地方，那世界上的人为什么要崇敬你？！

——关于庐山的科学价值。庐山有三个地方给我留下的印象很深，第一白鹿洞书院；第二庐山博物馆；第三庐山植物园。这三个地方的科学工作做得非常出色。

——庐山东大门上山的路非常好。这条路的设计者和建设者做了非常好的工作，让我们能顺利地进入林区参观考察。

——途中所设的中文和英文介绍标牌非常好，每一个景点的介绍也很好。

——还有新颁布的"管理条例"，把庐山管理法律化了。

——两个弱一点的地方。一是除了地质、冰川、植被，对野生动物的了解不多。我们没有得到更多的关于野生动物的信息。也就是说，鸟、狼、灵猫有多少，在哪里，它们的生态习性如何，这些都不清楚。最后想讲讲旅游给自然保护所带来的影响。这个问题在中国其他地方也同样存在。

至于庐山能否最终通过验收，能不能加入世界遗产，这要同其他专家研究以后才能做出最后结论。

德席尔瓦教授及夫人还就自然的生长点，庐山的审美和如何保护文化遗产讲了很多鞭辟入里的意见。

最后庐山管理局张勘任局长非常感激专家们的考察。他说，"申报不是我们的最终目的，我们的目的是要将庐山作为世界遗产世世代代保存下来。在离别的宴会上，桑塞尔博士送给我一把刀子，我要用它来精雕细刻大刀阔斧，去管好这座名山！"

汽车缓缓开动了，鲜花、笑脸、摄像机再次拥向了桑塞尔博士和德席尔瓦教授及夫人。在浅浅的夕阳中，桑塞尔博士最后动情地说了一声"我真的忘不了"，便走上车，向着中国的另一考察点峨眉山进发……

世纪大水

公元 1998 年，农历虎年，地球忽然间变得躁动不安起来——

一年前，厄尔尼诺现象几乎不约而同地在世界各地频频出现。受厄尔尼诺的影响，一场突如其来的风暴从美国的密西西比横扫加拿大的魁北克。所到之处，高速公路关闭，学校停课，房屋倒塌，人畜伤亡不计其数。在中国，一边是黄河万里断流，干涸的河道，像大地胸脯上一道道干裂的伤口；一边是洪水肆虐，遍地成灾。于是，一些气象专家纷纷把研究的目光对准了这一"世界性的难题"，他们得出结论：在厄尔尼诺之后，还将出现拉尼娜。进而又发现，每逢厄尔尼诺的次年，将有一次洪水，大洪水，百年洪水，这不是危言耸听！

最初的咆哮

一阵咆哮预示着灾难的来临。雷鸣，大片闪光的水，紧张的生命，浊流滚滚的长江和烟波浩渺的鄱阳湖，疯狂地急速旋转，把它自己的泡沫卷到一个不可知的命运中去。在这样喧嚷的雨浪中，长期生活在长江边上和鄱阳湖畔的九江人，下意识地感到，要发大水啦！在这之前，大自然已频频敲起了警钟。1996 年元月 8 日 18 时 10 分，彭泽县龙城镇马湖村近 1000 米江堤突然发生窝崩，3 分钟之内，21 栋房屋顷刻陷入波涛滚滚的长江之中。1998 年 2 月，九江县永安大堤出现大面积崩堤，好端端的堤岸裂开了一道巨大的缝，经过抛石固岩才得以控制。进入 4 月，准确地说，早在 3 月，九江市防汛指挥部就提前进入了防汛状态。他们根据九江临江靠湖的特点，自然更远地想到了洪灾到来的前奏。1998 年 4 月 30 日，一份《九江市 1998 年 5 月至 9 月降雨和大洪水趋势预报》便送到了市委、市政府领导手中。事情的发展很快验证了他们的预测。6 月 14 日，修水境内库区第一次超警戒线。6 月 16 日，东津出现洪峰。由于库区上游凌晨 2 时至 4 时降雨 100 多毫米，洪水很快达到"十年一遇"。随着强降雨持续不断，水位陡涨，山洪猛泄，致使山体滑坡，堰坝崩裂，农舍梯田埋没，桥梁公路设施毁断。6 月 17 日晚，九江市委市政府召开全市防汛紧急大会，要求各地迅速进入临战状态。不久，任性的山洪沿着 600 里修河，肆无忌惮地闯进了德安，德安县首当其冲成了九江市洪涝的最早受灾者。全市三面环山，地势由西北向东南倾斜且落差较大，县城上游积雨面积达 140 多平方公里。6 月 27 日凌晨 5 时，德安北门桥下游标尺水位水银柱般上蹿至 22.95 米（超警戒线 3.95 米），北门桥上游当时实际水位已达 29 米以上，此时，城郊已是大水茫茫。接着，位于德安近郊的乌石门村陷入汪洋，上千名群众被困水中，不少村民纷纷爬到树上房顶，情况十分火急！报险的电话一个接一个从四面八方向指挥中心打来。

同一时刻，湖口水位顶托严重！鄱阳湖上游的信江、抚河、饶河、修河、赣江五大支流在一星期内达到历史最高水位，以每秒 5 万立方米的流量涌入鄱阳湖，湖水陡涨，顶托长江；长江上游的洞庭湖水下泄，鄱阳湖水顶托，江与湖相互影响相互制约使得九江段出现历史最高水位。同一时刻，九江至湖口公路 6 月 26 日 5 时 30 分被迫中断，6 月 29 日湖口停渡；同一时刻，柘林水库要求尽快开闸泄洪，以缓解山洪暴发带来的压力；同一时刻，长江大堤吃紧，为防止风浪冲刷堤岸，从 7 月 28 日 8 时起，长江武汉小池口段实行封航……

面对逞凶的洪魔，九江市委、市政府以防汛指挥部指挥长名义下达了 4 号命令，很快，在不同地区同时摆开了三个战场：一是京九保卫战；二是长江大堤保卫战；三是城区保卫战。逐个落实防守措施，立下"生死牌"。许多新入党的共产党员就在长江大堤上，面对滚滚波涛，向党宣誓。一时间，"与长江大堤共存亡"成为九江人的一致呼声。

7 月 4 日，当九江人民进入抗洪抢险最艰难的时刻，国务院总理朱镕基、副总理温家宝亲临九江视察，给了九江人民巨大的精神力量和物质保障，并指示中央和省下拨 9 亿元资金帮助九江维修和建设防洪工程，根治长江水患，达到长治久安。

7月26日，江西省防汛总指挥部按照《中华人民共和国防洪法》，宣布进入"紧急防汛期"。一切有利于防汛的物资和条件，都要服从防汛的需要；一切与防汛不协调的活动一律停止，全市各单位各部门加班加点，超常运转。

江洲：汪洋中的一条船

历史将永远记住这一沉重的时刻：1998年8月4日晚上9时15分。

肆虐的洪魔终于对着在21米高水位上浸泡了39天的江洲大堤，张开了血盆大口。一夜之间，石破天惊，堤溃人淹！当南京部队舟桥旅、江西省九江市武警、公安和省军区战士带着冲锋舟闻讯赶来时，决堤口的波涛已经朝着洲内上万户人家猛扑过来。当地的群众这样告诉我们，那声音听来好像火车"轰隆隆"滚动的声音。洪涛过处，屋倒树翻，不到几个小时，滚滚波涛就冲遍了这座方圆40多平方公里的长江冲积洲。当晚，救援的武警打着手电，上村头抢救趴在屋顶树梢上的群众，高喊："有人没有？楼上有人吗？"江水推倒房屋的声音大大盖过了救援者和呼救者的声音。记者站在决堤口，看着长江之水急速奔去，决口中的8幢房子转瞬即逝。人们从堤坝上走过，还能隐隐感受到大地被江水掏空和撕裂后的震动。南京部队舟桥旅、省市武警、公安等单位组织了30余艘快艇及镇、村组织的船只共转移了1.6万人，转移安置在安全地带的群众达3.2万余人，还有3000余人留在圩内地势较高未进水的房屋中看守房屋。出事当日，记者随难民船离开江洲时，许多人争着爬上船舱的跳板，踮起脚，看着木叶飘飘的江洲老家，一个个抱头痛哭起来。

江洲溃堤的消息在中央新闻媒体发布后，海内外各界非常关注九江灾情，纷纷来函来电来人，向九江捐赠抢险物资和救灾款物。各种各样的救灾路数，五花八门的捐赠方式，使九江人真切地感到，只有在社会主义中国，才能真正做到"一方有难，八方支援"。如此短的时间，把几万人的江洲老百姓从湍急的江流中拯救上岸，显然是一个奇迹；然后又把他们安置好，让灾民有衣穿有饭吃有地方住，同样是一个奇迹！

大水入侵后的大军压境

江洲溃堤的消息惊动了国务院，惊动了党中央。与人民患难与共的人民军队接到命令后，日夜兼程，从浙江，从黄山，从福建，从四面八方赶赴九江灾区。与此同时，洪水仍在长江中下游僵持着，居高不下，不少圩堤开始没顶。刚刚战胜第二次洪峰的九江人，在几经困顿疲劳之后，又面临着长江第三次、第四次、第五次、第六次、第七次洪峰的连续冲击。号称"江湖钥匙"的湖口县第二次开始进水，所有未被淹没的窗户和平台，都成了这里人们的水码头。在湖口沦为水中孤岛后，一个"水中医院"，一个"水中邮电局"仍在异常艰难地运转。他们用尽全力，使得县城的病人能及时就医，在那里，药房与住院部、办公室与食堂之间来回都得依赖木筏子；由于邮电局的不停筑坝排水，也使得宁汉光缆中继线，在这里一刻也没有中断。德安县乌石门再度被淹。曾经受到朱镕基总理会见的村民，自动组成108将抢险突击队，以报答总理对村民的关怀。

在大水入侵的同时，成千上万的部队源源不断开进九江。军车上套上了暗绿色的伪装罩，停在市区的树荫下道路旁，使人情不自禁地想到这里将要爆发一场有形和无形的和平年代的大决战。继当年渡江战役之后，中国第一次在长江沿岸陈兵几十万抗洪抢险，这在新中国的历史上是前所未有的。

过去，我们一直认为我们所生活的时代是一个平凡的时代，一个为物欲所控制而缺乏精神、缺少激情、缺少英雄的时代。但在这次抗击特大洪灾的战斗中，一切的畏缩和怯懦都一扫而光。在危险中，在灾害面前，为人所独有的激情全部迸发出来。部队开到哪里，哪里就出现希望和转机。"危难关头显身手"，走遍赣北，到处都传颂着抗洪英雄动人的故事，从他们身上人们重又找回了烽烟弥漫的战争年代浴血奋战的英雄的影子。这些天来，部队战士马不停蹄兵不解甲，简直像一架永不停息的马达，在超常状态下运转。恰如一位将军所说，这次抗洪证明，九十年代的兵太可爱了，同样能打大仗打硬仗。

触目惊心的沉船之举

8月7日12时30分，人们还没有从江洲溃堤中喘过气来，一个更大的浪头以迅雷不及掩耳之势打了过来——九江长江大堤4号闸与5号闸之间决堤40米，深深震撼了400万九江人民的心。洪水滔滔，直逼城区，直接威胁着九江人的生存。城区告急，十万火急！洪水无遮无拦地涌进了这座古城的西区。官牌夹九瑞公路入口处进水了！开发区进水了！九江棉纺厂铁道口也进水了！许多汽车来不及撤，就被洪水封死在路上！当决堤的消息通过九江电视台，通过市交警车一次次告诸市民，并通知地处24米以下的市民迅速转移时，人们的心一阵阵收紧。一时间，九江长江堤4号闸到5号闸口之间决口，成了全中国乃至全世界关注的焦点。就在长江大堤决口那天下午4时，九江市防汛指挥部接到了一个来自中南海长达16分钟的电话。电话是国务院总理朱镕基亲自打来的。总理首先问洪水进城没有？进水有多深？口子有多大？抢救人员跟得上跟不上？要坐船去抢险。部队有多少？要死保。别的地方有没有险情？东区怎么样？现在有没有死人？有没有人失踪？拉警报没有？一定要死守这个大堤，无论如何要把这个口子填起来，不惜一切代价！如果人手不够的话，可直接打电话给国家防汛指挥部，叫他们调解放军。江主席已经给张万年副主席打了电话，抢险要解放军，就调解放军。城区有没有机场，必要时用空运，抢救人员要不要直升机，要不要空降救生衣或橡皮舟。我们马上研究，要什么就调什么，一定要保证人民生命的安危。淹没的损失将来还可以创造，人死了就不能复生，一定要保证人民生命的安全。最后朱总理叮嘱张华东，向在九江抢险的解放军最高指挥员问好，转达总理对他们的问候。放下电话，九江市防汛常务副总指挥张华东说，这是他一生中最刻骨铭心的一次长途电话，从讲话的字字句句，看出总理对人民生命安危的关心。在不到两个月的时间里，国务院总理朱镕基先后两次到九江视察，温家宝副总理四次来浔指挥防汛，这在抗洪史上恐怕是史无前例的。江总书记和朱总理的关怀反过来又转化为一种强大的精神动力，鼓舞和推动着400万九江人民去夺取抗洪斗争的最后胜利。大堤决口后，九江市实行了交通管制，通往决口的道路只允许运砂石的抢险车辆通过。下午5时，记者看到至少有30辆运送抢险部队的军车呼啸着向九江开去。全市兵分两路：一路实施城防预案，将在 24 小时内，动员所有力量在龙开河平地上，筑起一条宽 4 米、长 4 公里的防洪标准的第二道防线；另一路实施堵口方案。面对滔滔肆虐的江水，他们想出的第一个办法就是沉船。15 时 10 分，奉港 501 号、鄂襄阳 012 号两艘拖轮奉命由九江姚港锚地将一艘载有 1600 吨煤炭长 75 米的铁驳船迅速拖至溃口附近，有关领导登上奉港 501 号，召集施堵船舶船长、驾长议定施堵方案。会议综合堤情、流态、水深及驳船吃水等因素进行分析研究，认为大堤浸泡时间太长，经不起冲撞，一定要谨慎控制驳船的横移速度。如用大马力拖船钢绳牵引，虽然可以确保施堵人员的生命安全，但无法控制驳船的横移速度。于是，决定在溃口上方抛下首锚，控制驳船下淌速度，两拖船分绑船首和船尾，控制驳船向溃口横移的速度及船位，使其恰到好处地堵住溃口。16 时 10 分，一切就绪。此时决口处江水形成巨大的漩涡，水面落差近 4 米，洪流飞泻，惊心动魄。一块长约 4 米的水泥挡水墙此时已被釜底抽薪，自上而下直愣愣地坐在了江水中，随后轰然倒下，斜插进江中，决口迅速扩大至 60 米。这时，九江港监局局长陈纪如、局长助理刘小平、党办主任黄国芳、通航保障科科长张茂华毅然冒着生命危险，登上了奉港 501 轮和鄂襄阳 012 轮，起拖甲 21025 号驳船。

"抛锚，慢慢让驳船靠近决口。"驳船接近决口时，陈纪如果断命令拖轮抛锚，控制驳船缓缓地向溃口靠近。60 米、40 米、10 米……巨大的驳船离决口越来越近了，终于在 10 米外停搁，正好横堵在决口处，这时时钟指向 16 时 45 分。随着这艘船沉下去，水势立刻明显减缓。此后又有七条船沉在决口的外围，形成一个半圆形。水流得到控制，但从船底渗出来的江水仍像山洪暴发时一样川流不止……

就在决口的第二天，也就是 8 月 8 日晚 10 时 45 分，曾在国内封堵决口战斗中建立奇功的北京军区某集团军派出了 200 名特种兵，空降至九江县马回岭机场。他们将用获得全军科技一等奖的"钢木组合坝技术"在这里筑起新的大坝。经过勘测定下方案，指战员们立即投入了堵口战斗。他们在决口一边的堤坝上嵌入钢管，扎成一组组方形的钢架，并以坝上的钢架为依托，一片片地向对岸全方位地延展……

8 月 9 日下午 4 时 45 分，朱镕基总理从湖北乘专机赶来九江，立刻乘快艇驶向决口处。

在快艇的小会议室里，朱总理就决口处的长堤工程质量质询了有关人员。当有人谈到倒塌的墙里未发现有钢筋时，朱总理眉头紧锁，异常严肃地对在座者说："你们不是说固若金汤吗？谁知堤内是'豆腐渣'……人命关天，百年大计，千秋大业，竟搞出这样的'豆腐渣工程'、'王八蛋工程'。腐败到这种程度怎么得了？"朱总理继续说道，要实事求是，要对党和人民负责，历史是不能欺骗的。水灾过后，一定要整治，要高标准修筑长江大堤，要扎扎实实地搞，要质量第一。如果再出现问题，你们谁也跑不了。

随后，朱镕基总理来到决口现场，脚底下洪涛滚滚，他和大部分战士一样，站在沉在江中船舶的船舷上。他用话筒大声地对现场抢险的解放军官兵说：我受江总书记的委托，代表党中央、国务院，向广大指战员表示崇高的敬意。他最后说：是英雄，是狗熊，就看你们的了。他边说边抱拳向战士们表示感谢；转身之后，边走边擦着眼角的泪水。

官兵们的誓言，伴着滔滔洪波，场面极为感人。在决口处，战士们把决心写在鲜艳的横幅上："江西父老，你的红军后代回来了！""当年第一枪，回乡保九江！""像保卫延安一样保卫九江！"8月12日下午4时25分，离最后的合龙只有一步之遥了。江西省委副书记、江西省省长、九江长江大堤抢险指挥部总指挥黄智权一声令下："堵口合龙现在开始！"南京军区某集团军、北京军区某集团军、武警8711部队、武警江西总队的数千名官兵群情激昂，闻声而动，以蛟龙翻江猛虎下山之势，迅速投入了合龙战斗。决口堵住了，合龙胜利了。指战员们顾不上擦去身上的汗水和满脸的煤灰，忘却了五天五夜连续作战的艰辛疲劳，他们欢呼雀跃，欢庆胜利，声震长江。8月15日，新坝闭气工程移交仪式在决口处隆重举行。记者再也找不到当时咆哮不止汹涌翻滚的江流影子。那条立下赫赫战功的"功臣船"稳稳地停在合龙新坝的旁边。冲进堤内的两条船成为历史的化石歪在那里。3000多立方米砂石垒成的扇状大坝，上面坐着的正是降服洪魔的5000名官兵，正在接受解放军四总部首长的检阅。不少人站在"功臣船上"，站在嵌在土坝中的一堵三角状的塌墙旁合影留念。他们提议，应把这块被洪水冲垮的最后一堵塌墙，送进历史博物馆，让世世代代记住长江发狂的日子。

此情绵绵无绝期

1998 年 9 月 15 日,对浔阳人民来说是一个感天动地的时刻。从这一天起,驻守在这里的 3.6 万多名抗洪抢险部队官兵将于 7 天内陆续班师回营踏入归程。长江——这个大水之夏,留给九江人民"迷彩色"和"橘红色"印象实在太深太深。而一旦要从他们密不可分的生命链条上倏然离去,他们的心情一下变得无比复杂、沉重、依恋和极度的难舍难分起来。他们怎么也无法接受由于这一离愁别绪所带给他们的一切;怎么也无法忘却与子弟兵在一起朝夕相处,患难与共堵决口、战洪魔的日日夜夜。然而,他们必须面对也无法拒绝这一天终将向他们悄悄走来……

董副司令与吕司令的"肚皮官司"

自从中央电视台 9 月 10 日在新闻联播节目中首次披露"13 万在湖北抗洪抢险部队今起班师回营"的消息后,九江人隐约感到驻浔部队也将不日离浔,不少人纷纷到营区打听却无结果。从那时起,九江市委市政府就把筹划欢送子弟兵当作大事来抓。市委书记刘上洋说,子弟兵为我们九江出了大力,吃了大苦,不管怎么说,我们都要献上自己一份至诚至爱的真情。只有这样我们心里才好受一些。在筹备会上,省市领导明确提出"热烈、隆重、自然、简朴"的送兵原则。具体而言就是"四要":要热烈欢送;要表达心意;要走访致谢;要为他们请功庆贺,并请军分区司令员吕录庭和政委马永祥负责打听部队具体离开的时间,以便作好离浔前的各项准备工作。

与此同时,南京军区副司令员董万瑞也在暗暗运筹部队撤离事宜。按照前线指挥部的命令,要求部队离开当地不准扰民,明确提出"四不":不准举行欢送大会;不搞吃请;不参加请功会;不收纪念品。军令如山,董副司令不敢违抗。

于是，并肩战斗了50多天的地方与军队之间，一时出现了"四要"和"四不要"的"心理冲突"。

随着撤离时间一天天逼近，电视上频繁报道部队大撤离的消息，市委市政府却无法弄清他们离开的具体时日，这件事急坏了负责这方面工作的市委常委、宣传部长吴宣友和市政府副秘书长周清西，他们请军分区吕司令出面做做南京军区撤兵前的摸底工作，同样没有得到任何消息。

面对这一尴尬局面，他们急中生智，以保障地方对部队物质给养为由，向各军营分派了一名生活联络员，悄悄观察部队转移前的动态，一有消息及时报告。

而此时，由市文化局陶金林、田再军、易昌黄等人具体组织的上万人自发参加的一支欢送子弟兵的腰鼓队、秧歌队、铜管乐队以及浔阳区、白水湖、九江宾馆舞龙队和九师附小鼓号队等欢送队伍，也在紧锣密鼓地进行。这支队伍随着抗洪规模和声势的扩大，方案也不停被修改扩大。住在九棉三厂的锣鼓队周围的部队发现他们天天彩排，探问究竟，工人们狡黠地答道：准备国庆呗！而部队开始对军车进行全面检修，无意中泄露了要撤的"天机"。很快，他们加快在昌九高速路口、荷花垄入城路口、去火车西站路口搭置"凯旋门"和"得胜门"。门楣两旁写着"战洪魔军民并肩决战决胜；送亲人鱼水情深难舍难分"，等于给全市市民打了一个信号。

这场心理揣摩战足足打了10来天。终于，在一次不经意中，九江火车站军代处发现了部队发车编组计划，接着吕司令又巧妙弄来一张他们撤兵每日安排表，这下给地方提供了有力的参照系数。于是，九江人民上上下下一齐出动，在浔城掀起了一个拥军爱民和送兵爱兵的热潮。

这一天终于无法抗拒地到来了！浔城人民得知这一消息后发疯似的来到营区和帐篷慰问话别，照相留念。市民们由汛期的"看水"，到部队露宿帐篷后的"看兵"，又到现在撤离路口看"凯旋门"，再到撤退后的部队营区看他们打扫一净的"空场"，想起他们的音容笑貌，无不流露出对子弟兵深深的感激之情。两个月前，一觉醒来，发现千军万马兵临城下；而今，一夜之间，浔阳城区鞭炮、红布、锦旗全部脱销。市区内的阳光花行、光华花屋、玫瑰园花店购花者如云，供不应求。

15 日凌晨，当古老的浔阳城仍在酣睡之中，部队就开始整装启程。没想到，市民们比他们起得更早。在一个花坛的四周坐了 10 几个人，他们是来自水天茫茫的白水湖村村民，听说解放军凌晨一两点要走，他们自发地从家里赶来送行。因为不知道明天是哪个部队要走，他们就守候在军营旁边，一直等到天明。

凌晨 4 点，市民们从四面八方汇聚在子弟兵经过的街道路口。6 点 10 分，一辆辆满载着子弟兵的军车在市民们的簇拥下从啤酒厂经长虹北、浔阳大道缓缓驶向新桥头凯旋门，进入九江西站。一路上，龙灯飞舞，锣鼓喧天，鞭炮齐鸣，把各军车围得严严实实，水泄不通。鲜花、水果、矿泉水、饼干一齐扔向车内。一时，"迷彩色"成了九江的流行色，解放军成了许多青少年的崇拜偶像和当代明星，一个个争着送上小本本或小背心，请他们签名留念，实在来不及的干脆写在手心上。摄影"发烧友"钟鸣、刘军、黄帮浔、占毅、付东宁自己掏出 6000 多元钱，并将 80 多幅抗洪英雄的照片连夜放大，再现当时感人瞬间。然后请天才儿童用品公司的职员高举着，在送行的队伍中"流动展出"，使部队官兵深为感动。子弟兵一路敬礼，强忍泪水。全市上下倾城出动，万人空巷，十里相送，情满浔城。25 万人伫立在晨光中向战士们挥手致意，祝他们一路平安。平时只需要几分钟的路程，他们整整走了两个半小时。凡是能走路的都来送行了，会唱歌的都在唱歌，会欢呼的都在欢呼。一望无尽的欢迎队伍簇拥着蹦跳着，汹涌起一波又一波狂热浪潮。特别是当部队军车徐徐通过万头攒动的"凯旋门"时，如烟似雾的鞭炮遮住了天遮住了地，只见欢送的人影在阳光和雾里晃动。雷样的掌声，惊天动地的欢呼声使得战士们心潮逐浪，热泪涟涟。许多市民拉着战士的手久久不放，跟着军车哭着、跑着："解放军叔叔，辛苦您了！九江人民不会忘记你！"此时此刻人们从内心喷薄出来的一切情感和他们的送别方式，在街头在巷尾听到的一切感慨和赞美都是对子弟兵的崇拜和感谢，一切、一切，骤然汇合在一起，上可感天下可撼地！

"兵哥哥，真的舍不得你走！"

在用松柏精心编织的凯旋门下，有幅标语格外引人注目："兵哥哥，真的舍不得你走！"字虽然写得很拙，心却显得特纯。在这不远的地方，有位漂亮的小女孩拼命地挤在军车前，把细小的手伸向解放军叔叔，大声喊着："叔叔，握握我的手。"可是，军车上的解放军像挺立的松柏，排成两行行着军礼，眼望着从身边擦肩而过，小女孩急得哭了。她叫胡军，"八一"节出生，今年8岁，上三年级，家住长江九江城防4—5号闸口下。8月7日下午，长江决口，洪水追着人跑，小胡军一家撤上了3楼。后来，父亲告诉她，解放军已冲上了大堤，决口堵住了。听说驻扎在她家不远的解放军要走，小胡军每天放学后就跑到堤上的帐篷里打听，生怕叔叔们悄悄走了。小胡军心里有个秘密，送别这天要和100名解放军叔叔握手，以沾沾他们身上的灵气。那天，小胡军4点多就起床了，自己一溜烟跑到了"凯旋门"，占据了有利地形。军车一辆接一辆地开过去，解放军一排又一排闪过眼前，小胡军还只握了30多个叔叔的手，她急得眼泪都出来了。后来，小胡军干脆追着军车跑，挥动着小手，一直跟到了火车站。还有一位东风小学的女学生，临行前向解放军要了一张彩色小照作念想。她带着照片来到欢送的人群中，寻找兵哥哥，结果人海茫茫兵海茫茫，找不着兵哥哥，小姑娘站在月台上一动不动，眼泪一滴一滴滴在彩色小照上。更动人的故事发生在十里铺一家子弟学校。当兵哥哥登上军车将要离开厂区时，孩子们一齐跑上前去，紧紧搂住叔叔的脖子，不让叔叔走。南京军区副司令董万瑞见此情景万分感动，哄着孩子松开手，说，"好孩子，让叔叔走，让叔叔走，爷爷不走，好不好？"这时，孩子们似乎理解了董爷爷的话，才将小手慢慢松开。叔叔走了，带着一脸的泪，孩子们放声哭了。

"球迷二牛"的心愿

在欢送解放军的行列中，向来为别人胜利喝彩加油的九江"球迷二牛"显得特别活跃。得知部队撤离的消息后，他带着一件"民生球迷之家"的白色汗衫，来到军营请抗洪战士一一签名。第二天一大早，天特别闷热，为了表达球迷们对子弟兵的盛情，他整整齐齐穿着厚厚的球迷衫，佩戴着超级球迷罗西和小皮球签过字的红色绶带，领着九江市球迷赶到"凯旋门"下。他双手高高举起被战士签名了的汗衫，喊着："感谢解放军，解放军万岁！"嗓子喊哑了，手举酸了仍不肯回头，他要把子弟兵送进车内直到看着列车徐徐开动。子弟兵被他的精神深深感动了，抓起笔又在他的汗衫上写下："祝九江像老桂一样棒！"他兴高采烈回到家里，把解放军签过字的汗衫钉在客厅大墙上作为"中堂"永久留存，这时他才发现自己饿着肚子喊了一天。

其实，像这样以各种独特方式欢送子弟兵的何止二牛！在浔阳江头的九江瓷行，记者亲眼看到，张老板是怎样左推右搡地把两名抗洪子弟兵送出了店门。原来离浔前，两名战士来到这家瓷行，想买点江西特产薄胎瓷工艺品带回去，张老板一眼看出了战士的心事，便主动上前帮他挑选。当战士问起价钱时，张老板真的生气了："你太小看了九江人啦！你们解放军舍命保卫九江，我们给了你们多少报酬呀？"战士坚持要留下一点成本费，张老板说，"没有你们解放军，我这店早淹了，还谈何成本呢。"说完三下两下把两扎纪念瓷包装好，用力按在战士手中："带回去作个纪念，权当我明天为你们送行！"战士极不情愿，只好深深向张老板敬了一个军礼，消失在夜幕中……

"你们来得急，走得也急！"

这批离浔的部队和全国许多部队不同的是，他们来得最早走得最晚，为九江抗洪尽到了自己最大的力量。而在这之前，还有一支"来得急，走得也急"的部队，他们正是为保卫九江做出了特殊贡献的北京军区"堵口部队"。8月7日，长江大堤九江城防堤出现重大险情，他们接到中央军委命令，8月8日晚紧急被空运到九江参加决口抢险激战。连续五天五夜，他们顶烈日，涉激流，在水流量每秒达400立方米的滚滚波涛中，打下成排的钢管桩，固定装满石料的钢筋架笼，为最后堵口成功奠定了坚实基础。这支部队前前后后在九江只待了10天，又接到中央军委要他们去湖北抢险的命令。他们来不及吃完饭，更来不及向地方作任何临别表示，就把堵口时战士们精心用筷子、铁丝、小沙包、红土模拟"钢木土石结构"做成的一个长120公分、宽60公分的"九江大堤堵口微缩模型"送给了九江人民。市劳动局长罗强介绍，部队原本想用这个模型，向九江水利技术人员进行堵口技术讲座。遗憾的是，他们来得急走得也急。临别时代市长刘积福与该集团副部队长俞森海少将紧紧拥抱，千言万语化作热泪涌流。九江宾馆蔡学柯和九江歌舞团王庆华正是根据这一灵感，写出了感人至深的歌词《将军泪》。今天，我们面对堵住的决口，自然忘不了这支来不及通过"凯旋门"就匆匆而去的"大功团"部队的功劳。他们留给九江人民的这只堵口模型，不仅是九江人民进行堵口技术的好教材，也将成为"98中国抗洪大战"中的珍藏展品。

抗洪英雄翟冲的临别赠言

就在列车即将开动的一瞬，曾经救治过翟冲生命的一七一医院军医郭华、李小玲和兰洁在窗口突然发现了翟冲。她们跳起来，用手抚摸翟冲的脸蛋，笑着问他："还扛包吗？"据说翟冲在1次停止心跳10分钟，8次停止呼吸，昏迷时间长达72个小时醒来之后的第一句话就是："我要扛包！"在这次九江抗洪中，他是唯一一个荣立一等功的战士，并送军事院校学习深造。离开前，他十分激动："有生以来我没有经历过这种场面，是九江人民给了我第二次生命！"正在这时，一位80多岁高龄的曾经参加过两万五千里长征的老红军被搀扶着来为抗洪英雄翟冲送行。他是原九江地委老监委书记朱贤忠，1935年参加红二方面军，跟着贺龙进行两万五千里长征。他拉着翟冲的手说："我当过红军，当过八路军，也当过解放军，除了在遵义看见人民群众送迎红军和在北京看到解放军入城时有过这种欢迎场面外，多年来没有看到，今天我看到了。看到了你们把老红军老八路的作风和传统又带回来了，非常高兴。我一大早从家里走了几里路来，就是想看看你们。"翟冲说："谢谢老红军，谢谢老八路，我们永远不会忘记九江第二故乡。"记者趁此空隙，让翟冲临别前给九江人民留下最后的祝福，他高兴地握笔写道："祝愿九江人民明天更美好！人民解放军战士翟冲。"听说是翟冲，江洲洲头小学张小华踮起脚尖，把自己的红领巾紧紧系在翟冲的颈上，翟冲则把一束小花留给了小华。当列车徐徐开动时，又一位江洲妇女追着车跑了起来："解放军好走，我们洲头人得你的力，谢谢你呀，谢谢你！"回过头来，这位名叫余仙华的妇女已泪水涟涟泣不成声了。

男儿有泪不轻弹

就在离别的前一天下午，南京军区驻浙某部官兵专程来到长江九江城防堤40号闸口处。50多天来，是他们用血肉之躯筑起了这座不朽之堤。面对这堤这水这人这船，他们有着一种非常特殊的感情。在一抹灿烂的夕阳中，战士们面向大堤齐刷刷举起了右手，向大堤作最后深情的告别，这是人世间最威武也是最悲壮的一次告别。

就在离浔的前3天，南京部队还动员了5000多名官兵，帮助拆除了城防第二道防线，搬走沙袋，把龙开河梳理得干干净净。九江人之所以把"凯旋门"搭在这个富有抗洪象征意味的"第二道防线"上，正是为了让战士通过"凯旋门"时，想起在九江抗洪的日子。驻闽32362部队孟晓飞说，说真的，在帐篷里住久了，人便像棵树，不知不觉扎下了许许多多根须。今天要走了，更怀念九江这个地方。是"百年一遇"的大水，给了他这次"百年一遇"的感受。当军车缓缓通过"凯旋门"时，小孟回头望了望身边的父老乡亲，禁不住失声恸哭。他说，过"凯旋门"时，我什么也看不见，只觉得整个身子被九江人民托上了天空。

在车站的8号车厢处，飘来一阵如泣如诉的短笛声。这是住在长江溃口不远的九江造船厂工人刘和平，为了感谢解放军救了他的家，在部队离浔前夜赶制了一根短笛，吹了一曲深情的《送别》，为战士们作最后的壮行。"长亭更短亭，一程又一程"，此时《十送红军》的曲调此起彼伏，那么熟悉那么亲切，把人们带入了迎送红军的烽烟滚滚的战争年代。

8点50分，列车缓缓启动。这时，列车在动，欢送的人群也似乎跟着列车在动。不知谁起了个头，唱起了《咱当兵的人》《说句心里话》，满车站送行的人跟着一齐唱了起来。鲜花、幸运星、手绢、发卡、苹果、矿泉水再一次雨点般落在绿色的车厢内，战士们红着眼，哽咽着："再见，再——

见！"

　　直到列车驶出月台很久很久，人们依然不肯回头，战士的手仍在空中舞动。转回头，人们望着两排长长的铁轨，空落落的，突然东风小学的孩子们失声痛哭了！先是女孩后是男孩，接着一齐"呜呜"地向着解放军离去的方向哭了起来！好像他们这一走，给这个世界留下了一大片一大片空白，而这空白是世界上任何东西都难以填满的。老师弯下腰去，替孩子们擦泪："别哭，别哭，长大了，也当解放军，啊！"说着说着，老师自己也情不自禁地像孩子一样哭了起来，这时月台上一片哭声，真是天长地久有时尽，此情绵绵无绝期。

浔阳月夜

航拍下的甘棠湖南门湖宛如城区的一双眼睛。一轮明月痴痴地望着望着：

（出浔阳月夜）

镜头透过薄暮看江南南岸的九江。

满湖流光溢彩，人流、车流绕湖而动……

一道道闪闪的水波中，《春江花月夜》的旋律响起……

一位白裙拖曳的少女在忘情地拉着小提琴。

琴声悠扬动人，在湖两岸弥漫开来……

随着琴声此起彼伏画面闪过：

依依杨柳下的都市夜色……

露珠在荷叶上滚动……

十字街头，女警来来回回指挥都市车辆……

一位有点发福的中年男子在竞走锻炼，身后带出烟水亭、浔阳楼、锁江楼等古城背景……

湖两岸，踩跑步机的女人……

湖两岸，踏滑动板的小孩……

湖两岸，推婴儿车的年轻夫妇……

湖两岸，穿"叽叽咔咔"休闲运动鞋的儿童乐不可支……

湖两岸，提着水桶用大毛笔在地上气定神闲写字锻炼的老人……

湖两岸，遛狗的人、垂钓的人、扳臂的人……

（抓拍湖两岸各种闲适的生存状态，表现浔城人围水而居围水而生息的动人场景。）

夕阳中，被阳光染成金色的少女变成蓝衣少女。

《春江花月夜》的音乐依旧在湖心荡漾……

浔阳江广场，看浮雕的人不断，木兰扇翩翩起舞，各式各样的风筝在晚风中自由竞放……

浔阳楼上，老艺人在说书……

半月亭，唱青阳腔的人越聚越多，"夕阳红歌友会"的歌友们自由自在唱着跳着……

湖心，一对恋人在船上拥吻……

一只小船从镜前欢快地划过……

（从不同角度抓拍江边湖畔九江人对精神、文化、自由、爱的渴求。）

渐渐，蓝衣少女化成月光下拉琴的少女……

拉琴的旋律越来越快，由刚才"小弦切切如私语"转为"大弦嘈嘈如急雨"，整个夜曲顿入高潮。

随着少女拉琴的手指在弦上用力一拨，镜头迅速夸张变形，出现一组极具震撼力的裂变九江的镜头：

骤雨般弹琴的手上，跳动着齐刷刷一排现代电子计算键盘……

一辆婚车从小巷深处开了出来……

一位长发飘飘的现代女郎倚在老城的古墙上打手机……

一位盲人极端投入地拿着一支笔筒当话筒，在唱"九妹，九妹，漂亮的妹"……

一群外国人走在幽静的石板路上……

一个乡下人背着一袋书走进一座现代化办公大楼，用浓重的乡音推销"中国十大名著"……

几个乡下进城的打工仔，在一家现代酒吧疯狂地蹦迪……

倒影。倒影。倒影。五光十色的倒影。

汽车车灯在缓缓移动……

人流、车流汇成一道道灯的河流……

月光中的人、月光中的水、月光中的烟水亭楚楚动人……

一轮水的月亮急剧变小，变成湖上一对恋人的剪影。

画面隐去，《春江花月夜》的旋律仍在久久回荡……

这方水土

2004 年 8 月 16 日是"中国魅力城市展示"送片的最后期限。

凌晨 2 点多钟，打在片尾的一排画龙点睛的"魅力口号"仍在九江—南昌—北京三地电话中来回切磋。江西省著名播音大腕杨北江一次又一次地清了清嗓门，准备这段台词的最后录制，南昌大学英语翻译叶静也在临场待命。而"魅力口号"却像一个难产的婴儿在母腹中躁而不动，半天找不到出口。举办方一会儿提出以水带庐山推出结语；一会儿又主张借陶渊明古诗意境"家住长江边，悠然见庐山"引发现代城市理念。直到 3 点 36 分，在与 32 个提名城市反复比较下，魅力口号终于定了下来。于是，录音、合成、输母带，一切的一切都在熬过了四天四夜的匆忙间完成。刚刚迷糊一会，天就亮了。一大早，九江电视台总编室傅东急着赶 8 点 10 分飞北京的班机，匆匆来到剪辑室，接力赛跑似的把"两片"母带送往昌北机场。当带着 460 万人民心愿的申魅片飞向蓝天白云时，我站在候机大厅前默默祷告，但愿此去，能顺利通过，并在不久的时日，随着中央电视台强大的声波，再一次传向九江的千家万户……

时下，人们把这种诸如申奥、申博、申魅片统称申请片。这种用"浓缩中的浓缩，精华中的精华"来表现一个城市一个地域的变化，显然比平时拍一个大专题要高难得多。据说，此次活动的策划人是《感动中国》栏目的倡导者，在反反复复的周折下，我们都在笑他"折腾中国"了。通知发出，应者如云。全国 150 多个城市纷纷加盟，有的动用张艺谋申奥片班底，有的花数百万资金为之谋划。那阵营那架势，简直让身居小城的人不可思议。

我是 7 月 20 日接受"两片"任务的。那天，刚刚改完一个鄱阳湖的电影剧本，就接到市委常委、宣传部长程来安一个电话，要我出马担纲申魅片创作。听得出任务急且重，来不及作更多的思考就应诺下来。当天下午，电视台将我请到办公室，把刚从四川九寨沟央视召开的"2004年度中国魅力城市展示"会上带回的厚厚一摞申魅资料送到我手中，我觉着比山还重！一分钟和两分半钟的电视容量，放到平时，只要递一个话筒，让头们讲上几句就过去了，而现在却要纳须弥于芥子，螺蛳壳里做道场，承担起一个城市表情的叙述。

"魅力"自然是这个片子的主调调。那么九江的魅力在哪里？从接受创作那天起，我几乎问遍了所有在那些日子里与我有过接触的人。

夜深人静，喧嚣的市声渐渐隐去，我的大脑却浸泡在一片灵山秀水中。历史上，九江"人烟半在船，野水多于地"，"山头看候馆，水面问征途"。现实中庐山之水、修河之水、鄱湖之水、长江之水滔滔不绝奔涌而来，"水城九江"几个字，继写作《九江魂》金石文之后，又一次从我心中冉冉升起。面对全球性喊渴的水危机背景，九江"因水而灵，因水而秀，因水而滋润，因水而妩媚"。在台长办公室里，我坦率地讲了自己的最初想法，他们隐隐动心了。既然是全国性展示，那就不能只是站在九江说九江，而要跳出九江，站在"中国下的九江"的高度，远远来看才对。7月23日下午，市委宣传部程部长亲自到会，由张延芳副部长主持，在一家典雅的茶座开了一个小范围专家座谈会，会上除赞同"水城九江"的想法，更提出了"山水文化"的命题，并就魅力大使、城市瑰宝、城市管理者、城市推荐人等几个问题纷纷作了海阔天空的设想，为日后的"两片创作"和"申魅工作"奠定了良好的基础。

接下来的日子，电视台带着一班人上北京"火力"侦察去了。为了在短时间内找到"两片"感觉，我与资深摄影家孔翔云赶了两个大早，带着车，在浔阳江头、甘棠湖畔登高爬下，寻寻觅觅，就连黄昏后的散步也变成了创作漫步。夕阳西下，我牵着乐乐，围绕南门湖来回徜徉，真是"梦里寻它千百度，那人却在灯火阑珊处"。看着倒影、柳丝、车灯、悠悠散步和竞走的人从我身边一一划过，我蓦然找到了城市速写片的灵感，就拍"浔阳江头的柔软时光"吧。联想研讨会上，有人提到《春江花月夜》是描写九江的神来之笔。我给音协主席小戈挂了个电话，希望他能查证一下《春江花月夜》与九江的渊源关系。当他在电话中激动地谈起《春江花月夜》的来龙去脉时，我也跟着一起激动起来。在这之前，我更多地知道《春江花月夜》与《梁祝》都属经典名曲，但并不十分清楚它所描绘的正是九江月夜景色。我利用一个下午，在一家音像城把所有有关《春江花月夜》音乐的 CD、VCD 和 DVD 都找了出来，一遍一遍闭上眼听。老板见我光听不买有些犯愁，而我"如听仙乐耳暂明"，美在其中醉在其中。我决定以《春江花月夜》作为本片音乐旋律，以"浔阳月夜"作为魅力浔城的典型瞬间，把九江人环水而聚围水而居的生存环境，意识流样一波一折地表现出来。

不久，北京传回信息。央视说我们不是要在片中回答你有什么，而要表现中国城市未来的发展趋向，这个思路又上层楼。7 月 30 日，我们把江西电视台著名摄像兼导演的王玉锦请来九江，立即在一家五星级宾馆内闭关创作。先想采用点击的方式把九江巧妙展现。不经意间，董群讲了一件事，说到了星期天，九江人发疯似的带孩子、妻子、朋友到莲花洞爬庐山，成了一大景观，多时上万人。王导把这件事讲给我听，这个常态立刻在我脑中聚焦反馈，我觉得极富意味——因为它是蓄势的常态，绷着张力的常态，处于临界点的常态，也是体现时代裂变的常态，我们很快适时地不露痕迹地咬住这些常态。我们甚至琢磨过，类似这样申请片，不少地方都会采用宏大叙事的方式，而我们不妨从小入手，用一个天真无邪的孩子的目光看待一切，兴许更显鲜活生动。入夜董群回家休息了，我和王导却异常亢奋，我们在一家顶好饺子店喝啤酒聊创作，一直聊到深夜 4 点多钟才回。王导说，有句歌词"我家就在岸上住"，我灵机一动，片子就叫《我家在九江》吧。视点找到了，旋律也有了，我关起门来，一头扎进了"两片"剧本的创作中。

8 月 4 日至 8 月 12 日，九江气温蹿到白热化程度，而我们的拍摄活动也渐入高潮。导演王玉锦、摄影陈益夫、照明周华荣、制片张惠、剧务刘皓带着大摇臂、升降机、轨道车，浩浩荡荡开到南湖边上。在现代化的设备和别样的镜头角度面前，九江两湖景观和城市风貌一改常态凸现出来。按照剧情要求，需要一个 5 岁的小女孩和一名天生丽质的拉小提琴的少女作为

"两片"串线人物。冒着瓢泼大雨，我和黄国强副导演在一家一家的"小画廊"和"小艺术家"搜索剧中的小女孩。在众多试镜的孩子中，一名叫陈卓卿的小女孩，一双大大的天真的眼睛吸引了所有在场观看录像效果的剧组人员，有些风霜感的老孔顺理成章成了孩子的"爷爷"。而拉琴少女呢，找了至少一打都不理想。不料第二天，王导在去医院看病的路上，发现一个导诊小姐气质不错，便当场拍板。这位名叫谢思琦的导诊小姐做梦也没想到，导演的这一偶然发现竟使她一下成了城市速写片《浔阳月夜》的领衔主演。

航拍一结束，九江台想宴请剧组以示慰问，王导婉言谢绝，把车直接开进了剪辑室。几十盘素材带足以剪出一个几集的片子，可央视的要求偏偏只要一分钟和两分半钟。这就逼得我们不得不走"以一当十，以一当百，以一当万"的极简之路。我们一遍一遍地倒素材，几乎把导演带来的两皮箱素材翻了个底朝天。过去讲究"大而全"，这回主张"少而多"。过去剪片以分为计时单位，这回却要一帧一帧地计算信息量。整个流程至精至简至纯，完全是一个大片的制法。初样剪出后，为进一步提升九江城市品位，我们连用什么字号，打什么字幕，上中英文对照，求天籁音效，拟胶片效果等都做了细微的推敲。市委副书记张华东第一次赴京前，特地来到南昌剪辑室，审读了正在合成的《浔阳月夜》和《我家在九江》，走出门就说，没想到九江这么美！

"两片"从8月16日制成专送北京，到9月16日中央电视台《新闻频道》黄金时刻播出，正好一个月。送出当天，一下飞机，傅东被直接接到了中央电视台新闻节目中心编辑室，市委副书记张华东，市广电局副局长、九江电视台台长董群，副台长刘琴，九江驻京办事处薛飞，还有央视此次申魅活动的策划都等候在那里。片子一到，央视活动总策划朱波戴上耳机，一边看一边听，连看两遍，放下耳机说，不错，这么短时间，拍出来，难为你们。至此，他们才嘘了口气。9月16日晚，当古典动听的《春江花月夜》旋律夹着"中国水岸，梦里九江"的旁白在中央电视台再次响起，作为"一剧之本"的编剧，我当知足了。

浔城三剑客

　　庐山脚下，扬子江畔，有一座不过二十万人口的浔阳古城。

　　历史上，这里曾是一个出《琵琶行》《庐山谣》《石钟山记》《桃花源记》的地方。这里山水空濛，草木含情，不仅有葱茏百旋的庐山，烟雨茫茫的长江，而且有全国最大的淡水湖——鄱阳湖。这一切似乎都给电影文学提供了不可多得的典型环境和外景场地。

　　清晨，淡淡的晨光，把躺在匡山浔水间的古城轻轻摇醒，电影剧作家毕必成、王一民，几乎不约而同地从濂溪路的小巷深处走了出来。王一民挎着菜篮，在菜场的人流中拥来挤去。见到毕必成，他用力一拳："你这小子，出家不认家了！再不回来，小王怕要找你算账罗。"老毕诙谐地笑了笑："还是你老哥表现好，乡情切切，乡音袅袅，乡思绵绵，真不愧为模范丈夫啊！"

　　"走，到老胡家坐坐！"他俩边说边向胡春潮家走去。随着王一民一声喊，精明厚道的老胡从窗口探出头来："什么时候回来的呀！上楼聊聊吧。"毕必成挤了挤眼："不，向你报到来了。不然你又要开除我们的影籍咧！"这些年，他们几乎长年辗转于各电影制片厂之间，很难碰到一起，一旦回来了，便是进行"精神会餐"的好时机。听他们谈话是一种享受。他们既敏感又富于表情，诙谐起来叫你笑得肚皮都痛。

　　直到妻子找上门来，他们才一齐愣住了！摸摸菜篮，空空的。于是迅速散去。临走，毕必成还要丢下几句："你看，我们家'铁梅'来了，快，快'提篮小买'去！"妻子瞪他一眼，他一百二十个不在乎："怎么？总不能一棍子打死吧。"

　　一阵笑声过后，三个人很快又消失在茫茫人海之中——这就是我国影坛上的三个充满活力的电影剧作家，三个被浔城人民称为"三剑客"式的艺术魔鬼。一位名作家路过九江，问我们："小小九江，弹丸之地，何以能出三个知名作家，简直不可思议。"

"是的，如此辽阔的国土，如此众多的高手，一座小城，三个门外汉，居然用艺术的魔杖，频频敲开了神圣的电影大门。短短六年，两朵"百花"迎春开，一个"金鸡"叫天门，不能不说是一个引人瞩目的事实。由毕必成创作的《庐山恋》荣获一九八〇年第四届全国电影百花奖，先后选送突尼斯迦太基国际电影节，被誉为最佳观摩片。一九八一年《庐山恋》选送美国旧金山参加中国电影展获得好评，列为中国电影界一九八一年的十件大事之一。由王一民创作的《乡情》荣获一九八一年全国第五届电影百花奖，选派到西柏林参加三十二届柏林电影节正式比赛，被誉为中国的田园抒情诗。次年由他创作的姐妹篇——《乡音》，又获一九八三年第四届电影金鸡奖"最佳故事片奖"。在一九八四年国际电影研讨会和中日两国电影剧作家学术交流会上，《乡音》受到与会各国电影艺术家的高度赞赏。不到六年时间，"三剑客"在全国崭露头角，先后推出《庐山恋》《赛虎》《远方的星星》《岳家小将》《刘伯承的青年时代》《凋落的名将之花》《钢锉将军》《大江风帆》《密令截击》《乡情》《乡音》《乡思》《家庭琐事》《家庭圆舞曲》《青春难再》《破雾》《三少年》等二十六部电影剧本。

这在全国引起了不小的轰动！

最先是南方影响最大的《羊城晚报》刊出一则消息——《小地方出了好作品》，盛赞江西一个地区一级的城镇，出了两名"土状元"，在全国电影评选的第四届、第五届百花奖和第四届金鸡奖中名题金榜。紧接着，全国第一张《文学报》，把"电影之乡"的桂冠，送给了浔阳古城。《人民日报》头版也不惜篇幅发出了一则又一则关于"三剑客"涉身影坛的动人佳话。

……一时间，一架架摄影机，一齐对准了"三剑客"。人们羡慕他们走上了这样一条闪耀着迷人光环的艺术大道。但是，有谁知道，他们银幕之外的人生？！

第一个打破电影神秘感的人

庐山。登山公路上。

一辆大客车在云雾里穿行。车窗外，万里长江滚滚流过，浩瀚鄱阳湖尽收眼底，车上的旅客不时发出赞叹和笑声。北影厂组稿组组长梁燕，不看车窗外的景色，却把眼睛盯着陪同他上山的胡春潮，一个劲地催道："干吧！共大题材天下第一。"

胡春潮眯起一对小小的眼睛，笑笑，没有回答。他几度触电，几度断路，深知电影之难啊。山风驱赶着一团浓雾迎面扑来。顷刻间，客车仿佛一只坠入雾海的小舟，视野立即模糊起来，几米以外什么也看不见。

司机打开前灯，揿着喇叭，小心翼翼地驾驶着减速了的客车。

"嘀嘀"一声鸣叫，梁燕似从雾中醒来："怎么样？春潮，你干嘛老对着我笑呀。"

胡春潮望着随风漫卷的云雾，叹了口气："电影……认真的说，我已搞了十年！"

胡春潮第一次搞电影，完全是巧合。一九六〇年八月，他在黄岗山垦殖场工作时，突然接到一个通知，要他赶去庐山文艺休养所报到。根据当时"领导出思路，专家出技巧，基层出生活"的原则，省里成立了一个以反映江西共产主义劳动大学为题材的电影创作组。胡春潮正是作为"出生活"的角色，背着一个早年在部队留下来的军用帆布包，走进这个"三结合"创作集体的。

那时，他年轻，才二十几岁。电影对他来说，简直是一座神秘的宫殿。童年时只知道拉着伙伴的手，摸着夜路，到十几里外的地方看电影，却做梦也没有想到今天自己会弄起电影来。现在，他确确实实和上海天马电影制片厂的老编辑杨华、作协江西分会的干部周杰坐在一起，开始了诱人的电影创作。

他专注地听着杨华的发言。杨华是精通电影特性的。他每谈一场戏，都喜欢手舞足蹈地做上一通，使胡春潮如见其人，如闻其声。啊，这就是电影创作呀！真没想到，写电影这么复杂这么难，自己虽然过去在部队也写过新闻报道，那毕竟是另外一回事呀！像我这样的文化基础能写好电影剧本吗？他心里暗暗打鼓。

三个月一晃而过。电影剧本《我们山上的大学生》，仍像庐山的云雾一样飘忽不定。眼看人员众多，进展缓慢，创作组决定"裁军"了。胡春潮又回到了那个"满山的竹子青又青"的垦殖场去了。这一回，胡春潮触电没有成功，他认为自己根本不是写电影剧本的料子，暂时的兴奋很快烟消云散了。

又过了四年。著名作家黄宗英奉命到江西用最快的速度创作反映共大的电影剧本，省委把"三结合"创作组人马又召集起来，胡春潮又一次进入创作组。他那已经熄灭的电影之火，再度燃烧起来。黄宗英严肃认真的创作态度，使他油然而生敬意。她的写作方法完全是电影表演式的。每次动手写作某场戏，她都要关上房门，从头到尾表演一番，让镜头与镜头之间都顺畅了，再往剧本上写，而且要求每场戏都有新的创造，语言应是滚烫的。生活在这样一个创作集体中，胡春潮感到脑子里似乎多了许许多多的画面，多了一连串的人物形象和音乐音响……当剧本大纲讨论完毕，确定两人执笔一稿时，这个在性格上向来有点腼腆的胡春潮居然斗着胆子承担下来。他明知自己难以胜任，但出于对电影艺术的热爱，出于初出茅庐的求知欲望，还是痛快地接受了。艺术纪录片《万代红》终于在一九六五年夏天定稿。导演傅超武，主演孙道临、张伐、韩非。胡春潮把这一消息飞快地告诉共大，师生中引起了一阵不小的震动。

谁知不久，等待他们的并不是蒙太奇的再现，更没有令人眩目的彩色宽银幕。生活之钟发生了出人意料的摆动，现实的银幕上，拉出了一段长长的黑片。画外尽是一片乱哄哄的厮杀和吼叫声，胡春潮木然了！小将们把"毒草"统统送往"四旧"仓库，他是引人注目的重点对象。他连夜悄悄地将有关共大的素材与学习电影的笔记，用布包了一层又一层，小心地藏在床底下。第二天，他将整整四大箱和其他书及笔记送进了"四旧"仓库。他由一个书的富翁转眼变成了一贫如洗的乞丐。

春去秋来。梁燕又一次唤醒了胡春潮的电影之梦，胡春潮快要麻木的电影神经再一次被触动。

　　前方一阵阵雾气泼了过来，又缓缓散开。胡春潮从变幻多端的云雾中，仿佛看到共大题材所经历的几起几落，不正和眼前袅袅飘动的云雾一样，叫人思绪万千吗？他激动地向梁燕讲了自己所掌握的全部素材。

　　梁燕听了连声叫好："好题材，你紧紧抓住第一所这样的大学来写，本身就很有特色。"

　　回到北京，梁燕将这一题材向厂领导作了汇报，厂领导当场拍板——上！同年十一月，胡春潮被北影邀去参加一个电影创作学习班，这一题材正式列入了北影厂的重点组稿计划。

　　从北京返回江西的火车上，胡春潮满脑子转的都是电影。他觉得人生中为数不多的机会又一次出现了，无论如何，不能让剧本再度流产。他需要找到一个志同道合的合作者。长期以来，他养成了一个创作习惯，就是需要对方给他一定的刺激，才会引起创作冲动，这也是他以后几度与人合作的原因。跟他合作的人，没有不感到痛快的。这时，他又想起了第一次与他精诚合作的周杰。周杰是中央戏剧学院毕业的，多年来从事戏剧创作，懂戏。当时周杰正下放到南昌城郊的一个农村。胡春潮把这一情况直截了当地告诉周杰，问他愿不愿意合作。周杰笑笑说："老朋友了，还说这些？"于是两人找了一个又一个领导，费了九牛二虎之力，总算把周杰借了出来。

　　他们这次合作非常认真又非常默契。在他们看来，此次成败与否，将直接关系到他们俩未来的命运。那时，周杰和爱人、孩子的户口还在农村，命运随时随地都可以打发他们。蒙太奇，变化无穷的蒙太奇啊。生活中还有这么一个奇妙的世界；普多夫金的追求，爱森斯坦的成就，格布里诺维奇的探索，斯米尔诺娃的思考，简直让人激动不已。他俩一边深入到云山、南城、高安、庐山等分校体验生活，一边从中外优秀剧本中学习技巧。为了塑造好影片中的主人公，他们从资料室找来了中国影片《老兵新传》，苏联影片《夏伯阳》的剧本，一个零件一个零件地拆开研究。从人物性格的展现和人物关系的纠葛，到细节的铺垫以及整个剧本的章法，他们都反复钻研反复揣摩。写完初稿，怀着惴惴不安的心情去了北京。想不到，作为责任编辑的梁燕读完了剧本，见到春潮、周杰二话没说，只是每人给了一拳。看上去这个山东大汉很有几分激动了。梁燕闭口不谈剧本，只是说："明天我们钓鱼去。"他俩从梁燕的眼神中看出端倪了。从来不喝酒的胡春潮，专门买了一瓶酒。

四十三天多么漫长的时日呀！紫禁城一天天冷瑟起来，几片梧桐树叶，飘飘然打着旋儿，落到了脚边，而剧本仍似南飞的大雁杳无音讯。胡春潮和周杰舒展了许久的神经又渐渐绷紧了。倘若生活中再来一次失败，那将不堪设想。他们在没有得到正式判决前，显得异常地焦躁和不安。

几天后，当时北影厂二把手丁峤表态了，认为剧本写得不错，基础很好，再改一改就可以打印。改了一稿后，原北影厂一把手老导演谢铁骊亲自主持党委扩大会讨论剧本。胡春潮和周杰轮流朗读自己的剧本。他们读得有声有色，与会的人静悄悄地完全进入了剧情。丁峤说："我们这些人听多了，看多了，要使我们感动是很不容易的。今天我被感动了！"在逐段推敲修改后，剧本终于通过。曾经在东北抗日军政大学学习过的导演李文化积极要求接此剧本。分镜头剧本是在外景地永新县招待所一间简陋的房子内，一块黑板，几只泥人，一场场摆出来的。整个外景只用了一个多月。夏天开机，秋天结束，影片拍摄速度是惊人的。胡春潮和周杰在电影的圣殿内，终于"破门而入"。

这次艰难的跋涉，忘情的初恋，不仅使胡春潮、周杰从困境中走了出来，也像一块石头丢进水里，在浔阳古城激起了千层波澜……

两个门外汉的错中缘

胡春潮"触电"成功的消息，在浔阳古城不胫而走。它像一场润物无声的春雨，飘洒在每一个有志于电影事业的人的心里。一九七六年，正在九江市歌舞团从事话剧《红花草》创作的王一民得知消息，"咯噔"一下：是呀，为什么不可以将手中的这个剧本改成电影呢？恰巧这时，珠影厂外稿组王褆、肖惠琴来浔组稿，一眼相中了这个剧本，约请王一民去珠影改稿。也就在这不久，毕必成的话剧《新媳妇》，也被珠影厂老导演陈岗看中了。珠影厂考虑到两个题材，同一内容，决定合二而一，由两人共同创作。这两个从未进过电影学院的门外汉，就这样走进了电影圈子。

合作进行得比较顺利，导演随之又参与了初期创作，给剧本的成活带来了更有利的条件。但剧本刚刚定稿，发生了震惊中外的历史巨变。剧本由于带上了"文革"时代的特定印记，最后还是吹了！两个刚刚迈步的新兵，又一次陷入了莫名的苦闷之中。王一民为那个剧本所写出的检讨竟比剧本本身还要厚得多。为了保护电影剧作者，珠影厂一位副厂长还专程从广州来到江西，替作者承担剧本责任，有人仍然揪住不放。在万般无奈的情况下，王一民被迫搁笔三年。他的心情恰似一个正在百米冲刺的运动健将，快到临界点上，被突然开除了运动资格。

有幸的是，毕必成得益于九江话剧团领导的热情关怀和爱护，仍然可以坚持他的创作。他利用每天晚上剧团演完戏剧的空余时间，一头钻进了那间六七平方米的小三角间内。有人问他写什么？毕必成拍拍自己的脑门："写检查，洗脑呗！"他在三角间内一干就是凌晨三四点。太晚了，怕回家影响了妻子、孩子的休息，就随手扯下一块破旧窗帘布，盖在身上，美美地睡上一觉。他的睡眠状况非常之好，头一挨近枕头就鼾声大作，醒过来他又接上干。他从眼前一场场严肃的斗争中，发现有些人脑门上像装了风标一样，跟得快转得也快。他细细地解剖了这段生活，试图通过一个情场上的小"风派"来揭露那些政治上的投机分子。一九七九年初夏，珠影厂觉得这个剧本有情趣有特色，决定再度请他进厂。但是，过去"三突出"的创作影子，仍像梦魇似的时时束缚自己，剧本写得非常吃力。在责任编辑和文学部的耐心帮助下，剧本几易其稿，终于写成。

一次，毕必成到当时珠影厂厂长洪遒家中闲坐，谈到电影百花齐放时，洪遒告诉小毕：前不久，香港电影界朋友来看他，谈到国产影片风格样式过于单调，可不可以以国内风景区为背景搞一部风光故事片？说着，他把目光转向了毕必成："你就在庐山脚下工作，敢不敢试一试？"

也许是初生牛犊不怕虎，毕必成贸然答应了。

回招待所的路上，他走得很慢。这是一个很美的月夜，空气中弥漫着浓郁的花香，四周一片静谧，然而毕必成心中却很不平静。熟悉的庐山风光和许多动人的传说一刹那异常清晰地在脑海闪现，心间有什么在拱动，或明或暗，或强或弱，热辣辣的难以自制了。

一个月后，上海《电影新作》编辑部约他去沪修改剧本《路》。在上影，他看了大量的参考影片，如《莫斯科之恋》《广岛之恋》《生死恋》，这些影片都没有贯穿全片的矛盾冲突，而是以主人公感情线作贯穿，形成一道道情感的瀑布直泻而下。他想，这不正是《庐山恋》所需要的表现形式吗？

在一个夏夜的黄昏，他住进了上影文学部招待所。天空和大地呈现一片纯净的蓝绿色。第一次与过去景仰的电影明星碰了面，第一次听到了艺术在这座圣殿里所发出的共鸣和震颤。那时他才三十八岁，精力充沛，思维活跃，浑身有着使不尽的艺术热情。夏日炎炎，没有电扇，房内如火炉，他赤膊短裤，挥汗如雨，用两条毛巾垫着双肘，怕湿了稿纸，日夜伏案写作。墨水写完了，他下楼去找，见招待所有位同志正往嘴里服药，顺手要了个歪脖子药瓶，倒了点墨水又写了起来。仅用七天，拉完了初稿。恰巧，上影厂老导演黄祖谟到招待所看望正在那里写作《天云山传奇》的鲁彦周。这天，他正在鲁彦周房里坐，黄祖谟随口问他写了什么，他一时不知哪来的勇气，竟提出能否请他看看新写的剧本。黄祖谟笑道："这几天开会，没空，过两天吧。"毕必成一听，凉了半截，明显是推托之词啊。他怨恨自己：干吗这样不识相呢？

两天之后，他埋在一堆稿纸中发愣，忽然有人敲门。开门一看，毕必成惊呆了！黄导演气喘吁吁跑上楼来："我来看剧本！"毕必成心里一热，什么话也说不出来。

不久，从毕必成身上，传出三大新闻。

——电影剧本《路》在《银幕剧作》上发表，由珠影厂投入拍摄！

——《庐山恋》上影采用，投入拍摄！

——《赛虎》也已写成，由北影厂投入拍摄！

这三大新闻发生在影坛复苏的初期，而且是出自同一个年轻作者之手，可是一件了不得的大事！《中国青年报》很快以显著版面，刊登一则消息——《青年作家毕必成一年写成三个电影剧本，分别投入拍摄》。

毕必成的命运奇迹般地来了个一百八十度的大转弯。这个曾经受尽冷落和歧视的人，一夜之间成为影坛的新闻人物，这是他做梦也没有想到的。

当他去杭州领取《庐山恋》电影百花奖时，人们都被镁光灯和水银灯围得水泄不通，而他却一个人坐在西湖畔长久发愣。望着随风摆动的西湖水，他把自己几年来所走过的路像过电影似的重演了一遍——在他的同龄人中，恐怕很少有他这么坎坷的经历。青年时代，他曾是江西省重点中学南昌三中的高材生。从初中到高中，每年的作文比赛，他都名列前茅。然而，十八岁高中毕业时，因为父亲错划"右派"，政审不及格，他被剥夺了升大学的权利。出榜那一天，有人问他录取哪所大学，一位女同学连忙拽了拽那人的衣角，毕必成的心猛地刺了一下。他才十八岁，就被抛到了生活的最底层。从此，他为生存奋争，当过边远山乡、水乡的乡村教师，也当过机关干部；上过煤矿，进过工厂；当过以工分谋生的农民，也当过农村业余宣传队的编剧。直到今天，他在故乡彭泽还传出毕必成听汽车喇叭的故事。那是他人生中最窘迫的一段。他被一位求贤若渴的领导收留在宣传队从事业余编剧。偏偏这个地方是当地的典型，每天来此参观的大车、小车络绎不绝。毕必成身处逆境，不便抛头露面，只要听到汽车喇叭响，拔腿就往乡下跑。日子久了，他能从各种不同的喇叭声中，辨出来什么样的车和什么样的人物。这些曲折艰辛的经历，不仅锤炼了他乐观豁达的胸怀和顽强的毅力，给了他丰富多彩的人生感受，也使他能写出同辈人很难写出的那么多题材各异的作品。

就在这天晚上，毕必成又触发了新的灵感：是呀，当风帆扬起的时候，怎能忘记是无数水珠汇成的波涛，托起风帆破浪前进呢？第二天，他在接受记者采访时，就以《当风帆扬起的时候》为题，讲了自己获奖中的真实感受。不久，他的另一部"献给在逆境中帮助过和支持过的人"的电影剧本构思——《大江风帆》脱颖而出了！

毕必成的成功，是他在人生道路上奋力挣扎的结果。命运本身并没有给他多少恩赐。正是这种特殊条件下的迅速崛起，恰似晴空霹雳般地震撼着正在极"左"路线禁锢下苦苦思索的王一民……

姗姗来迟的银幕恋情

那一年，王一民正值不惑之年。四十岁对于一个普通人来说，理应是精力旺盛事业丰收的年龄；对于一个艺术家来说，应该是"波尔金诺的秋天"。

　　此时，王一民为那个剧本的事仍在人生的苦海里挣扎。光阴一天天从指缝中溜过，他每撕下一页日历，就像吞下一颗苦果那般难受。特别是同行的崛起，不能说不是一个挑战。夏夜的甘棠湖，真是一首抒情小诗。湖水轻轻舔吻着石岸，更激荡着他的心田。月光下柳堤上，王一民和毕必成披襟当风，谈到深夜。

　　不久，王一民像一只关在笼中的小鸟终于飞了出去。他利用到上海观摩电影和戏剧的机会，到了上影厂文学部大楼，拜访正在那里写作《庐山恋》的好友毕必成。毕必成向同行们介绍："他是我师傅！"周围的人听了，不由得射出惊奇的目光。待王一民走后，他们拍拍小毕的肩膀："你说的那位师傅，上过几个本子呀？"毕必成笑笑说："别门缝里看人，人家今天没有上，明天准会上的。""哦。"这些人不以为然地一笑。

　　在上海逗留期间，上影厂一位姓金的责任编辑，送给王一民几本稿纸，要他写出作品。王一民接过一本本洁白的印有"上海电影制片厂"字样的稿纸，心头像是挂起了一幅洁白的宽银幕，一阵阵激动。是呀，从一九六二年江西人民出版社结集出版他的诗集《鄱湖渔歌》，到后来上演的《向前看》和《赞大桥》两台戏，一晃十八年。直到今天，当省剧协秘书长在一次全省戏剧工作座谈会上介绍王一民时，竟半天说不出一个可供介绍的作品来，王一民"轰"的一下触动了，壮实的身躯蓦然晃了一下。这个自尊心极强的汉子，哪受得了这大庭广众下的难堪呀！不介绍倒没有什么，一介绍反倒把他从一个不显山不露水的位置，拉到了炫人眼目的追光之下，他不禁汗颜。回到宿舍，他仍被这件事困扰着。他清楚地记得，那天晚上，他就住在江西饭店 405 号靠门边的一张床上。同房的人纷纷睡熟了，他却没有一丝睡意。面对眼前一张张白花花的稿笺，他好像站在一片空旷荒漠的原野上，显得几分茫然几分惆怅。扳起指头算算，所剩的年华不太多了，一种恐慌感与紧迫感，搅得他几回回梦里爬起来，他要在自己的稿笺上播种耕耘了……

　　艺术真是一个磨人的事业。他接二连三地写，一连写了三四个，都被电影厂打回来了。那些电影厂的编辑像统一了口径似的告诉他："写你最熟悉的吧，开垦未曾开垦的处女地……"

什么是我最熟悉的呢？哪里是未曾开垦的处女地？

人生的大河中开始浮起回忆的岛屿。那儿时的碎影，青春的梦幻，人到中年的辛劳，连同还将继续面向希望的旅程，都在那一抹淡淡的回忆中交织、融和、凝集、飘升……

夜……迷迷糊糊……一线苍白的微光照在窗棂上。多少年过去了，童年的记忆竟是那样清晰；故乡的珍闻，依然藏在他的心间。他仿佛看见晨曦中缓缓蠕动的牛群，夕阳下童子牧归的剪影，他不能自制了。

湖水涣涣……天已黎明！乡亲们互相应答，带点儿哀怨，带点儿凄凉，那么友好那么静穆——他曾经在他们怀里撒过娇，而此刻他们又在身上再生，他再也按捺不住了：对，把父老兄弟搬上银幕！把旖旎的鄱湖搬上银幕！把湖滩上的少女搬上银幕！

王一民产生了一股从未有过的亢奋与激动。

他终于洞开了一扇窗户，要去发掘那个属于他自己的世界！

——在繁杂芜乱的大千世界里，他看中了芳草如茵的湖滩；

——在变幻如云的人情世态中，他为一位革命干部寻找战火中失散的孩子的事长久地激动着……

好像地下的甘泉终于找到了突破口，沉闷得太久的空气因为一声雷鸣而触发的倾盆大雨，干渴的笔忽然伸进了一处源头。

他摊开稿笺，用浓墨重彩泼洒起来，写下电影文学剧本的第一行字——"一望无际的湖水，春波荡漾。"

他忘记了疲劳，忘记了时间，一鼓作气地把初稿拉出来了。微曦已在窗上出现，他一点也没觉察到。他从来没有这样快地完成一件作品。过去，他的创作态度向来是很严肃的，他有点怀疑流传的关于大作家在灵感冲击下闪电般的创作速度，他以为即使是这种传说没有被夸张也不足为训。他认为创作是像妇人大产时淌血般的难受。一个作家对于纯洁、完美的缪斯不应该有亵渎之意，因此他过去写的作品不多。可是为什么这一次却抑制不住激情奇迹般地完成了这个作品？他不能很明确地说出这些道理来，只觉得有一种巨大的感情力量驱使着他非写出来不可。

怀着一个年轻的母亲对待自己头胎婴儿般的喜悦，王一民拿起墨迹未干的初稿，跑去叩开了一位同行的家门，想听听他对这个剧本的直观印象。"你多久可以看完？""一个半小时吧。""好，等会我再来。"说完，他向着晨星寥落的甘棠湖畔走去，任清风吹拂他的乱发。一个半小时后，他果真去了，朋友读了击掌叫绝，王一民脸上现出了稚童一般的笑靥。

剧本寄到了珠江电影制片厂。

向来冷静得过人的导演和责任编辑，都被剧中的人物和情节激动起来了……

终于，在那蓬头乱发的苦斗之后，王一民的大转机出现了。收发员交给他一封长而扁的挂号信要他签字，他激动得手在打抖。这封信的到达使他兴奋得透不过气来。王一民很快被请到了珠江电影制片厂文学部修改剧本。

南国芭蕉树的浓荫下，遮掩着一个不平静的窗口；花果的芳香在晚风里飘荡。王一民的笔端出现了一个神奇的世界：碧绿的湖水，青青的草地，宽宽的牛背，牧童的咿呀小曲，还有村后港边同伙伴们月夜捉虾的乐趣……

他过去耽误的时间太多了！他的人生同样不是一首抒情诗。王一民出生在鄱阳湖口石钟山下一个富有诗情画意的走马坂上。传说这里曾降下过一匹白马，向着马影方向奔跑，怎么追它，也追赶不上，突然马蹄儿一扬，留下一道马影。莫非这是生活的嘲弄和巧合？从一落地,命运之神就向他投下了长长的阴影。一九三八年夏，日寇铁蹄正践踏着祖国大地。处在战乱中的百姓，纷纷带着自己的妻室儿女四处逃难。因为孩子多，养不起，排行第八的一民，险些被扔进一只长方形的花篮内。在他幼小的心灵里，就似乎懂得了被遗弃的滋味。他出身地主家庭，在"以阶级斗争为纲"的年代，那是一个令人恐惧的名词。家庭问题使得他从云蒸霞蔚的天空抛到了潮湿和泥泞的地面。从这时起，他就凄凉地告别了天真的年代，再也无心在孩子的世界里追逐、戏耍和打闹了。"史无前例"的风暴中，王一民因为一本《鄱湖渔歌》受到审查；后来又带着全家老小下放到幕阜山下一个边远的山区劳动。年轻时的他，个头算是比较高的，面庞上一双眼睛时时流露出忧郁、思虑的神色——是聪慧的，但总像在寻找点什么。过去，他最大的兴趣就是写诗。即使是一阵风，一声雷，一行归雁，一眼清泉，他都要"啊啊"地吟上几句，诗成了他生活的第一需要。他可以放弃生活中的一切，却不能不写诗，不能没有诗。后来，诗的灵感渐渐被沉重的生活碾碎了。眼下，天时、地利、人和似乎都有了，他怎能不奋力一搏呢？仿佛是为了一种执着的纪念，为了写下过去难忘的岁月，为了表达对乳汁的眷恋，为了坦露对母性的同情，他笔走龙蛇，思潮起伏，决心为中国农村妇女唱一曲凝重的人生之歌。经过五易其稿，一个散发着泥土芳香饱含着浓郁《乡情》的电影剧本在摄制组主创人员手中，不约而同地打开了……

厂领导把剧本交给了两位熟悉乡村生活和具有较高艺术造诣的胡炳榴和王进导演来拍。摄影机，水银灯，发电车，影星，很快从千里之外的广州，到了风光旖旎的鄱阳湖畔。镜头用纪实和写意的手法，从前被看得神乎其神的东西，如今就像生活中刚刚发生过的一样，这就是电影呀！王一民天天跟着摄制组学习，他的电影思维几乎和摄制场地的水银灯一齐亮了！

第二年春天，王一民带着他的《乡情》走进了全国电影百花丛中。当他和导演高举起双手，向成千上万的观众挥手致意时，如同田桂进城认父一样，他的精神不免有几分拘谨和腼腆。他虽然起步晚了一些，但从一开始，就自觉和不自觉地走上了一条民族化的道路。这个姗姗来迟的银幕恋人，终于迎头赶上了！他做梦也没有想到，一部《乡情》，撩起了多少人的乡情！一首《摇篮曲》，唤起了多少人对童年的回忆！

一次晚点的《零点起飞》

就在毕必成创作《庐山恋》，王一民创作《乡情》的同时，胡春潮这个在浔阳古城第一个打破电影神秘感的人，岂甘落后和沉沦？他在反思共大题材得失的同时，开始了秘密而艰难的起飞。

这是一次特殊条件下的飞行。

真正论起当时的历史条件，胡春潮和王贤才的合作是不太适合的。胡春潮因为共大题材的创作经受着审查。在闭门思过的日子里，听说某厂有个临时工叫王贤才，写过一个电影剧本，八一厂看中了，一个导演、一个编辑到九江，想约请王贤才去厂改稿。有关部门告诉他们，王贤才是"劳改释放犯"，他们大吃一惊，当天下午就跑了。胡春潮想找王贤才聊聊，自已又不便露面，他就叫自己的爱人悄悄去找。

见面是一个暮色深重的夜晚，一个戴着深度近视眼镜的人，三步两步地进了胡春潮的家。

"你是王贤才？"胡春潮从里屋迎了出来。他十分坦率而又诚恳地说："王老师，我正在受审查。如果你认为有什么不便的话，请立即出去，世界上等于没有发生这件事……"

王贤才微微一笑，就近拉了把椅子坐下来。他推了推鼻梁上的宽边眼镜，说："我是'右派'加'现行反革命'，比你头上的帽子多得多。你不怕我，我还怕你？"就这样，一个所谓极"左"和一个所谓极"右"，在艺术的磁场上，奇妙地组合了。

不久，又发生了一件挺有意思的事。

一九八〇年五月，省文代会正在南昌举行。来自全省各地的艺术家，历经十年浩劫之后济济一堂，显得异常活跃。突然，人们读到一份大会简报，质问胡春潮为什么不能参加大会？是啊，他为什么不能来，各代表团对此议论纷纷。

有人堂而皇之地解释："他有错误，九江的代表没有选他。"

代表们愤怒了。文代会领导小组同志说话了，省委领导也亲自出面干预了。如果说有错误，那么，党的政策理应全国一致呀！为什么两个合作者，周杰在广州受到重用，胡春潮在江西却迟迟不得解脱？！

众怒难犯。晚了三天，胡春潮终于在文代会会场出现了。文艺界的朋友一齐围住了他，他激动得说不出话来。

胡春潮祖籍浙江永康，出生于西安古城。陕西大地曾给了他童年以无穷的欢乐。但是，进入革命队伍后，老家那十五亩土地却成了沉重的包袱。在人生的道路上，他小心翼翼如履薄冰。然而在"鸣放"中，因为提了一条意见，险些成为右派。一九五八年"上山下乡运动"中，他的申请还没有交出去，就被批准下放到江西垦殖场劳动。

胡春潮这种内向性格完全是由特定的历史环境和特定的人生经历铸成的。随着年岁增长，这种孤独性格仍在他身上明显存在着。一般公开场合，他见到生人，甚至还有几分腼腆。每次开会，他总是悄悄坐在一角，不太吭声。但是，时不时冒出一句话，却又很容易使人想起他的"马尾巴功能"的风趣和幽默。他的真诚和坦荡成了他们"浔城论剑"的纽带。每次，当"三剑客"中的一个从外地回来，总要先到老胡家吹上一顿。他们都乐于把自己的心里话说给老胡听，而胡春潮从不制造"多事之秋"，这就使人口服心服，也使得一大批正在跃跃欲试的九江青年作者，愿意向胡春潮掏肝掏肺。

他和王贤才合作《零点起飞》，也是偶然的巧合。一次，王贤才去胡春潮家，他顺手拿来一本刚到的《新华文摘》，上面刊有刘善本驾机起义飞向延安的文章。胡春潮递给王贤才看："我看这个素材可以改编连环画。"王贤才就近一看，岂止连环画呢，它应该是一部电影。经王贤才一点拨，胡春潮仿佛被一道闪电击了一下。自创作共大题材，已整整五年了，他才偶然找到了第二部电影的胚芽。他在客厅里踱来踱去，又在宽大的沙发上坐下来："对，搞电影！"从此，他和王贤才每天像恋人赴约一样，在一起研究剧本。见面就直接切入："有什么想法？"两人不说一句废话，各自陈述己见。谈到兴奋处，这位缺乏表演素质的蹩脚演员，竟忍不住站起来连说带演。王贤才有一个医生的合法身份，又有一套过硬的外文本领。提纲研讨完毕，由他先写出初篇，王贤才就在"R"字处方笺上，用英文写作剧本。剧本经胡春潮加工整理，寄往八一电影制片厂，立即得到文学部的肯定，他俩被邀去修改。《零点起飞》终于由严寄洲执导拍成了电影。由于大家都知道的原因，这部影片整整被禁闭了三年半，直到中央领导再次表态，才动大手术删去五分之一，由原来的《零点起飞》，易名为《破雾》。当胡春潮从银幕上看到那支离破碎几乎衔接不起来的剧情时，他禁不住长叹一声："干革命怎么这么难！"从二十来岁开始"触电"整整二十年，只搞成两部受批判的影片。岁月却在反复折腾中消逝了，胡春潮感到一阵阵揪心的难受。但是，人生——在屡经坎坷之后，能走到这一步，也算知足了。《零点起飞》毕竟起飞了。虽然这是一次艰难的起飞，一次晚点的起飞。

三个苦恼人的笑

"你很苦恼？"

"苦啊。"他把手插进蓬乱的头发，缓缓地说，"电影真是一个折腾人的艺术！"他说着，已经是第三遍、第四遍了，样子诚恳而十分沉重。

"恐怕这苦恼要伴随我一辈子！"

他仰起头来，眼皮很重，几分迷离，眉宇间的那个"川"字骤然间又出现了。

"艺术，真正的艺术，愈是走进深入，愈叫人孤独啊！"

在一般人看来，"三剑客"在全国享有如此盛名，该有几分春风得意了。而现在王一民给我的印象，偏偏是一副苦不堪言的样子。

像这样大的苦恼，他已有过好几次了。第一次是《乡情》出来之前，那是一个初学者徜徉电影门外的迷恋与辛苦，那是一个临产妇分娩前的紧张和不安。第二次是《乡情》爆响，使他兴奋又使他担心。他毕竟是刚刚踏进电影门槛的呀，往后的路仍然是茫然的。他在一页《生活手记》里这样表达过当时的心境："我在矛盾中挣扎，我在痛苦中奋进。我寻求心的解脱，只有梦里才返璞归真。"平时只要一闭上眼睛，那鄱阳湖边从晨雾中缓缓撑出的捕虾船上的渔女，那弯着背脊一步一步艰难移动的纤夫，那风日悠悠的河两岸人家，时时扑入他的胸怀。他经常来回于故土之间，寻觅着生活的诗情。他不选取重大事件，也不追求所谓离奇效果，笔端始终对准故乡的普通人寻常事。他特别喜欢诗人张船山的"写出此身真阅历，强于钉饤古人书"的诗句。他家客厅内悬挂的就是这首诗和一幅题为"故土"的油画。他总是像一个浪里沙中的淘金者，捕捉到了几个寓"小我"于"大我"之中，寓"现实"于"时代"之中的典型人物和典型事件，他就站在社会的、时代的、哲学的高度，对它进行"透视"和"放大"，挖出它震撼人心的思想和艺术内涵。这两次思索的结果，推出了袅袅《乡音》，绵绵《乡思》。第三次是当这乡土三部曲完成之后，他已形成那种淡雅、含蓄、质朴、自然的创作特色。在沿用散文性为主的创作中，写作《家庭琐事录》和《家庭圆舞曲》却要一反过去的单线结构，采用多侧面、多层次、多声部的结构，这对王一民不能说不是一个新的考验。

处在这段创作的苦闷期，王一民干脆停下笔，到乡下走走。离开城市的喧嚣，投身大自然的怀抱，他产生一种特有的愉快。走在乡间的小路上，穿过锄松的麦田，闻到又香又浓的味道。蟋蟀叫着，很大的乌鸦斜蹲在路上远远地望着他，他一走近，就笨重地飞走了，他不由得会心一笑。

这是他困惑得最长最苦的一次了。如果说，出国前，他还以为自己是一种风格一种追求的话；那么，他作为中国电影代表团到日本访问，拜著名电影大师新藤兼人为师之后，他才猛然想到，自己过去的思维结构是封闭的！他的苦恼很快由微观上升到宏观。面对多层次、多交叉的时代；面对社会电影、散文电影、诗电影、荒诞电影、传奇电影、历史巨片的出现，面对文学的内射作用、外射作用、断层、积淀、星系坐标、全方位、错位、微分、积分、核聚变……他产生了一种即将沉溺之感。再也不能躺在古典诗词的草地上怡然吟唱了，再也不能拘泥在一个农家小院演绎悲欢离合了。他从新藤兼人那里窥见了这位艺术家的内心隐秘。由复杂走向单纯，在艺术上求真，这是新藤兼人在艺术路上长途跋涉之后的返璞归真。王一民在完成"三乡""两家"之后，调试新的思维方式，由写作"三乡"那样纵观历史转而横览现实，注意探讨社会动态和社会心理变化，把潜心观察并摄取农家风情的单向视点转向多方位地观察充满改革风云的大千世界，并企图多角度、多层次地捕捉溶解着历史时代的当代生活。他在一封信中写道："我的苦恼很有意思，几乎成了一个习惯性的。不苦恼不出东西，不苦恼不快乐，真是一对古怪的辩证法。"

连年受灾而歉收的胡春潮正确估计了自己的条件，他不放弃电影创作，但以更多的时间转向了对业余作者的辅导。他望着一个个青年投身电影事业，感到非常高兴。他乐于和他们接触，也十分体恤他们的苦衷。

毕必成面临的苦恼是一般常人很难理解的。随着他在全国名气越来越大，寄给他的稿件，雪片似的飞来。他的每一部作品，每个举止都成了"渔樵闲话"。记者、编辑来如潮涌，各大电影厂纷纷向他约稿和签订合同。回家不到几天，制片厂的电报就追着他来。他为了信守与各制片厂的合同，几乎玩命似的干着。他写《庐山恋》，一天只睡五个小时。他写《刘伯承青年时代》，历时两年，大改六次，小改无数，上下两大集，洋洋八万字，写完手指全肿了。他住在长春市长白山宾馆十一楼整整四十天，除了吃饭，不出房间，为了争时间，且能锻炼身体，他每天三餐坐电梯下一楼吃饭，然后步行上楼。剧本写完时，他像泄了气似的瘫倒在沙发上。一九八五年，他从成都飞往沈阳，头天晚上通宵改完了《钢锉将军》，凌晨又赶往机场，一上飞机就呼呼睡着了。当乘务员推醒他时，飞机已到沈阳上空。他探头看看窗外："啊，世界上最长的小憩莫过于此了，我一觉睡了几千里！"他下飞机转车到达长影，第二天又转入了《凋落的名将之花》的创作。回到九江，人们问他剧本写成没有，他只是笑笑说："蒙混过关了！"两年的艰辛他没说，中央领导同志给他的赞扬信，他锁入抽屉，谁也没有给看。

有人给老毕取了个绰号，叫"笔笔成"。毕必成笑笑说："笔笔都成，那是哄人的。但作为志气却又是不可少的。"他常常用辛亥革命元勋黄兴勉励自己。黄兴一次到湖北黄州游览。据传大文豪苏东坡曾两游黄州，写下了千古不朽的《赤壁赋》，因而黄州虽不是赤壁大战的古战场，却得了个"文赤壁"的美称，古往今来不知吸引了多少文人雅士。年轻气盛的黄兴见人们对苏东坡如此景仰，以至地方也因人增色生辉，一时心潮澎湃，挥毫写下了一副对联：

"才子重文章凭他二赋八诗都争传苏东坡两游赤壁；
英雄造时势待我三年五载必艳说湖南客小住黄州。"

血气方刚的黄兴对苏东坡也许有点狂放不恭，但这种勇超前人，敢于向名人挑战的胆略，给毕必成以极大的激励。他时常用这个故事告诫青年作者，说，名人也当过业余作者，他们也被退过稿，也有寄什么退什么的困惑阶段。一个有志于文学的青年应该在退稿中不屈不挠！

每次出差前，毕必成都要细细问过妻子要捎点什么。回到家，他傻了！不是妻子的衣服买长了，就是给孩子捎回的是一只破了胆的皮球。就是在家逗留，他也不太安分。这几年，他年年都要到腊月廿八回家过年，妻子等得发急，孩子气得甩筷子，"这日子越过越糟了！"有一次，毕必成从庐山下来，已是薄暮时分。一到家，看到两个"小和尚"，把书包挂在门扣上，一左一右，坐在门槛上睡着了，他见了鼻子都酸了。他何尝不是一个富于情感的人呢？只要在家他总是忙进忙出，那架势不亚于一个典型的"家庭妇男"。有人笑他："嗬，大作家，真勤快！"毕必成的爱人笑笑说："还勤快嘞，一年到头在外跑，儿子都快认不得他了。"毕必成淡淡一笑："听到了吗？我们家的一把手要开除我的家籍咧！好，重在表现，将功补过。"说完，他扎起袖子，边洗碗边扫地，边与来者交谈。

当他的剧本像排炮似的发出，他接踵而来的苦恼就是盼望新的突破。毕必成的创作从为政治服务，到开始注重自己的独特感受；从宏观展示到内心世界的开掘；从以事件为中心到以人物为中心，每走一步都是一次征服一次占领。广州有个成都汤圆店，毕必成误餐了，常来这里小吃。他端起边吃边想，一碗四个，又便宜又有特色，电影不也是如此吗？题材并不在于大小，一上来就是《赤壁大战》，就是《火烧圆明园》，谁理你呢？事后，成都汤圆店听说是《庐山恋》作者来此吃过，马上亮出一块偌大的广告，招徕生意。

列车在南方的原野上轰隆隆行进，旅客一个个昏昏欲睡，唯有两个人谈得特别起兴。那位陌生人大骂《庐山恋》中的统战政策，毕必成一听，跟着骂了起来："这个作者吵蛋，满脑子尽是政治概念。"陌生人以为老毕和他想到一起了，骂得更加起劲："依我看，编剧、导演都吵蛋。"毕必成接过话题："不，不能怪导演，剧本、剧本，一剧之本，全是他妈编剧胡造的。"直到火车到站了，毕必成才站起来拉着他的手："师傅，谢谢你对我一路的帮助。"那位陌生人惊诧地看了看他。毕必成笑了笑："我就是那个该骂的编剧！""啊，你……你……"陌生人望着这位大名鼎鼎的编剧离去，惊得嘴巴张成了 O 字。

寻寻——觅觅——寻寻

"寻寻——觅觅——寻寻"，似乎成了每个艺术家的固有习惯。多少寂寞的夜晚，"三剑客"默默地坐在自己的工作吧前。在六十支光的台灯下，驰骋着自己的幻想：时间和空间，历史和现实，过去和将来，人性与人情，哲理与思辨。

长夜就这样悄悄地消逝了，生命也这样悄悄地消逝了。人生啊，已送走了五十个春秋。一半暗淡不明，一半光彩照人。光彩和暗淡都不能使他们屈从，反而把他们驱上了艺术事业的新旅程。

不知哪一位哲人说过："艺术家的童年是漫长的。""三剑客"都将年过半百了，但艺术童心犹存。毕必成常常风趣地说："人到五十五，还是出山虎！"王一民在一首诗中写道："我珍惜今天的成熟，却憎恶世俗的逢迎；我鄙弃住日的幼稚，却留恋儿时的天真。"他从人和山的结合，组成一个"仙"字，人和木的结合，组成一个"休"字，发现蒙太奇在语言文学上的具体运用。"处处留心皆学问"，他随身带着两个本子。一个用来写诗，一个用来记录生活中的散珠碎玉和一闪即逝的灵感火花。他把这种类似契诃夫手记的本子称为"随想随记"。他每写一部电影，都专门配上一本笔记本，所有点点滴滴的体验，统统记在上面。多年来，他一直养成了这种习惯，每天夜晚降临，王一民总爱靠在卧榻上，浸沉在回忆和幻想的世界中，将白天发生的那些美丽而纯洁的事情一件件推近并记录下来，这种习惯他已经改变不了也不想改变了。

在放松脑筋的时候，王一民喜欢干些家务琐事，以调节大脑。他在一页日记中说："今日立秋，夜晚有一股北风吹来，倍觉凉爽。人应该这样生活，在酷暑之后才知道凉风之可贵可亲，这才是人间烟火。倘若在庐山，或在空调的宾馆中哪能有此体验？"

当他的思索趋于成熟，他就离开家庭，到一个静谧地方潜下心来进入创作。在创作《家庭琐事录》时，他正在贵溪冶炼厂参加电影年会。开完会，他就蹲住不动了。他写道："参加电影会的同志都走了，组织会议的人也走了，我一个人留下来，寂寞吗？我硬是故意让自己寂寞下来，冷静地思考下一个作品。"

"我从他们那里借来几种近日的报纸，一份份地翻阅，读到深夜，这是每次进入创作期的情绪准备。果然，读累了，掩住报纸沉思，《家庭琐事录》中的人物开始在脑子里活动。"

"思索复思索，开了头就能思考下去，这是我的习惯。"

"我发现，原来设计的主题只是一个空的意念，从形象入手，形成了新的主题，那就是女人当家不是那么容易的。她感到社会习惯势力的阻挠，特别是主要生产力的男人，经济来源决定人们的地位，观念的对立是家庭的主要矛盾。这么一来，是不是重复《乡音》的主题呢？审思再三，实际是《乡音》的发展，可以有信心接下去。"

"第一个题目写下来了，得四千字，把人物都率领起来，纳在孩子满月的题目下，就叫'满月带来的信息'吧。"

　　第二天，他又写道："今天写了五千字，累计九千，这可增添了我的信心，但是接下去有难点，需要另辟蹊径。我决计多住几天，争取把架子搭完再走。"

　　第五天头上，他写作卡了壳，不再勉强了："写完第三章，计一万五千字，已成了一半，这个剧本基本上心中有数，后面部分需要思考一下才好下笔，免得大返工，因此我决定回去了。"

　　谁说生活缺乏诗意呢？一个真正的艺术家，只要一进入审美领域，宇宙中的一切都会发生奇异的变化：巨浪、狂风、暴雨和荒凉的原始森林不再是对人的威胁和压迫，而是粗犷有力、充满野性的壮观；松树、怪石不再使人想到打家具、盖房子，而是高洁坚贞的象征；细柳、小溪、明月不再只具有实用价值，而是幽深宁静的心境；裸体雕塑所引起的不再是性欲，而是对匀称、和谐和力量的赞美，那一串串经过巧妙组合在一起的音符，不再是对生理的刺激，而是使人心神飘荡，浮想联翩。每当"三剑客"进入创作状态，他们都仿佛置身于一个没有人迹的世界，欲望消除了，喧嚣平息了，一切都是那样的和谐安宁，神秘缥缈，忘乎天，忘乎地，忘乎人，忘乎己，宇宙与人类的本来面目清晰地呈现眼前，他们好像重又回到了纯真可爱的孩提时代，获得了第二生命：人如处子。

　　诚然，"三剑客"今天的苦恼较之过去迥然不同了。但是，他们都乐于苦恼。他们懂得，苦恼像雾，往前走，穿过雾去，又是一片绿茵茵的天地。银幕上的"三剑客"，最后叮叮当当打天下去了。而他们呢，压根儿也不敢承认自己就是"三剑客"。尽管他们现在都是中国电影家协会会员，毕必成和王一民还是中国电影家协会理事，江西省电影家协会副主席，也不能保证在未来的竞争中会有什么新的突破和拓展。他们深深知道，目前所处的时代，是一个大规模横向撞击的时代。如果说，上一代人的电影教育是从《夏伯阳》开始的话，那么当代电影家们一起步就站到了戈达尔、安东尼奥尼、科波拉的肩膀上，以其开阔的胸怀兼收并蓄，迅速向着遥远的地平线横向扫描。

　　他们各自重新审视自己，揿亮了台灯，铺开一页页稿笺……

卷五
须臾芥子

归不去的家园

余明然在家里的名字，不叫余明然，叫余略逊，他是我姑姑的儿子。小时候，一张苹果脸，红嘟嘟的。每次我走亲戚从他家门经过时，姑姑老远就喊他，叫哥哥叫哥哥，他用力叫了一声"哥哥"，旋即脸就红了，又赶紧跑开。不知有多少年没有见到他，在九江一家茶座再次见到他时，已是一脸沧桑人到中年了。他捧着一本厚厚的书稿来找我写序，而当时我正在做着人生中一件大事，营造自己赖以生存的物质家园，书稿搁在案头，让他足足等了好几个月。

直到一个乍阴乍晴乍寒乍热的日子，我终于可以静下心来，推上移门，坐在我家望庐邨书房的阳台上，把书中的文字细细看了一遍，我真的被震惊了。这种震惊首先是来自对现代网络信息的震惊，余明然的作品不是依靠纸质媒体，一篇一篇地投，发在哪家刊物哪家报纸上。他是以一个文学博主的身份，写博客日记，引发网友千万次的点击，点燃和激发了他的创作热情而一发不可收。从这点上说，余明然是一匹半路上杀出来的网络文学的黑马。

在他已经走过的一段不长不短的人生中，余明然显然是饱经风霜，历尽艰难，厄运曾无数次地折磨他也成就他，真可谓吹尽狂沙始得金。他经过商，办过企业，开过书店和公共电话站，在一个偏僻的小渔村办过第一家照相馆，做过烟的生意，还教过书。总之，一切能让他在社会上生根立足的事，他都做了。他的一系列经历应验了一句话：人活在这世上，真难，如同与一种不明的力量在拔河，冥冥中总有一种东西若明若暗地掌控和牵引着他。他认命，并把这种命运的感叹写成了文字。清代诗人龚自珍写道："不是无端悲怨深，直将阅历写成吟。可怜十万珍珠字，买尽天下儿女心。"

230

余明然真的是"直将阅历写成吟"了。这与其说是他的小说和散文,不如说是他一份痛快淋漓的心灵自传。他的文字本身并没有多少奇诡之处,叙述方式上也不懂得大开大阖,而是像小河的水潺潺地流,把心里的话聊天一样往外抖。口子一打开,就再也止不住,要说的话越来越多,越来越好,就像八百里鄱阳湖浩浩荡荡奔来眼底……这些文字从不同层面不同角度,带着故乡的血肉和呼吸扑向我们,带着城里人的焦虑和匆忙的脚步上路。说的都是他小时候在家乡所经历过的许多有意思的事,而抒发的却是对已经或正在失去的故乡的天长地久的感叹。

今天,故乡的概念正在发生着急剧而深刻的变化,真正地理意义上的故乡,正日甚一日地从许多人生活中淡去。随着一轮接一轮的打工潮,乡村农民大批涌入城市,乡下人到县城安家,县城人到中小城市安家,中小城市人到大城市安家,大城市人到世界各地安家,故乡——正经历和发生着一场亘古未有的迁徙和变动。我的一位作家朋友老家在湖口,长期生活在九江,儿子却在深圳结了婚。每年冬天,他得像候鸟一样,飞到深圳;天暖了,又从深圳飞回九江。他说,老家,已经没有多少熟人了,新的故乡就只有选在九江和深圳之间。处在信息时代,即使是在外待了几十年的老字号,也不想再倒回到那个地方去了,他们已经习惯和离不开自己经营了一辈子的那个"生活半径"。现在,不仅人在迁徙,连故乡的石头、古树、石碾、石磨乃至老房子的木雕窗,也都纷纷迁到城里去了。人生的路渐行渐远,家园已遥不可及,原来自自然然的村庄只是体现人在大地上随意而居的一种自然状态,而这种状态现在已经很难找到了。许多年前,站在家乡的村口,遥望远山,总以为异乡远在天边。许多年后,立于异乡的街头,回看原点回首来路,才感觉故乡也远在天边,归不去的家园正成为越来越多的人一生一世的灵魂的归宿。

余明然的《心路弯弯》记下的是家乡的人和事,人生的来和去,而撩起的却是城里人从来没有如此渴望过的乡村情结。在这喧闹而不安的世界里,人们越来越觉得,乡村作为人类的第一故乡,向来是安顿灵魂抚摸创伤的最好地方。有或没有乡村经历的人,都习惯于把我们的心灵安置在乡村,而让自己的身体在城市劳作。其实城市作为人类的第二故乡,从建造之初一切都是为了人的身体而设置的。城市的交通、通讯、住宅、医疗以及所有设施，全都是为了我们的身体。我们的心灵还在乡下，走到城市的只是我们的身体。读了余明然的《心路弯弯》，俨然是一次绝好的精神返乡，另一种乡村叙事。从这个意义上说，余明然很懂得也很善于捕捉当代人的心灵轨迹和影子。

沈从文说："我需要清静，到一个绝对孤独的环境里去消化生命的具体与抽象。最好去处是哪座深的山的河边的石头上坐坐，这石头是被阳光和雨露漂白磨光了的，雨季来时上面长了些绿绒似的苔藓。河水从石缝间漱流，水中石子游鱼都分分明明。我需要这种地方，一个月或几天……"余明然的《心路弯弯》再一次把我领回到沈从文所描述的这种感觉和状态中。

鹤王刘

他是撑着小筏子悄悄从鄱阳湖上岸观鹤的。凭着多年来对白鹤的观察，他蹑手蹑脚从远处推近拍照，踮起脚尖轻轻地轻轻地追踪白鹤之行踪。要是遇上成群的白鹤迎面飞来，他便本能地发出一种"keruru——keruru"的叫声，白鹤只要听到这种声音便会从远远的湖滩雪片般飞起，一齐落到他的船边上，围着他的船团团打转。顿时，一阵阵带着天籁音的"keruru——keruru"的叫声仿佛从天而降，在人间奏起了最庄严最热烈的迎宾曲。

这个深谙鹤语的正是江西省野生动植物界著名的白鹤专家刘运珍，人称"鹤王刘"。

鹤王刘与鹤结缘是近十几年的事。1988年以前鹤王刘还是省林业厅人事处的一个主办科员，靠着柜子里的几本档案运筹帷幄，调动"千军万马"。后来省林业厅领导派鹤王刘去吴城候鸟保护区任职，正是冲着他平时"一是一，二是二，说一不二"的脾性而来的。

鹤王刘记得他是1988年4月18日到达候鸟保护区。一触着这片土地，他就有着一股不可遏制的激情。他第一次见到鹤是这年的冬天。那次一连刮了七天的风，每天七级，鄱阳湖滴水成冰，船不能开。他就在大湖池一个水泥船上住下来，好冷。到了半夜风停了，听到了鸟鸣，是鹤的叫声，离天亮还有两个小时。他一个人沿着湖走，快到50米的地方，发现了白皑皑一片。太阳升起，逆光下的白鹤宛如停机坪上的飞机停了一排又一排。待水蒸气散去，白鹤飞进太阳，整个鹤影红得让人心醉，他忍不住叫了起来，用80厘米的普通镜头接连拍了一个胶卷，记下了这个激动人心的瞬间。就在这一刻，鹤王刘发现自己今生今世再也离不开白鹤了。因为就在这不久前印度召开的国际鹤类会上，伊朗宣布全世界只有320只白鹤。苏联动用直升机在全国搜索才发现20只。70年代初中国组织一个白鹤考察组飞越万里疆场没能找到一只白鹤。而1985年国际鹤类基金会会长乔治·阿基博先生来鄱阳湖考察，证实在这里越冬的白鹤已达1480只，这个新闻在当时不啻是一颗原子弹震撼了全中国也震撼了全世界。

鹤王刘想为什么在这幅员辽阔的土地上，如此众多的河流草滩，而白鹤却偏偏选择要在鄱阳湖吴城落户呢？他翻阅了数千种国内外资料，发现地球北纬30℃是一个很神秘的地带。很多沙漠和江河入口都在这个纬度，中国最早发现的恐龙化石也在这里。这里生态环境极佳，一年四季冷暖分明，加上鱼虾螺蚌非常丰富，正是白鹤觅食的最佳场所。更重要的是这里民风淳朴，爱鸟成风。在吴城人看来，白鹤沾有仙气和灵气，属吉祥幸福之物。一个人生下来要是遇上鹤，那就要交上好运了。要是出门做生意看见仙鹤向你飞来，你必定要发大财。这时再没有钱的人也要放上几挂炮仗接接喜气。要是哪家老了人，龙棺罩上还得放上一只纸扎的仙鹤表示主人永生常在。一些婚后不育的夫妇来吴城观鹤不久，便生下一个胖小子，被鹤乡人传为佳话。在吴城，有一句古训叫"牛尽忠，鱼尽孝，雁尽节，狗尽义"，这种儒家文化影响了一代又一代的鹤乡人。更令人震撼的是，当地一个潘姓农民死了，由他饲养的家鹤竟哀恸不已，不见主人不吃东西，活活饿死了，结果乡民们硬是把鹤与主人合葬一起，这件事深深感动了鹤王刘，上哪儿去找这么好的鹤的生存环境呢？

鹤王刘信心更大了。他清醒地认识到，吴城的白鹤占全世界98%以上。正如国际鹤类基金会会长吉姆·海瑞斯给联合国的信中所说，世界鸟类保护，如果没有中国鄱阳湖参加，将会大大逊色。就白鹤这一点来说，谁征服了吴城谁就征服了世界。眼下人生已经过半，剩下的光阴全搭上也值。于是他安营扎寨，静下心来，对白鹤生存状态进行大规模的科学考察。考察中他进一步发现白鹤和人一样极通人性，同样拥有"三口之家"。鹤群中有"哨鹤"。发怒时猛抬前胸，怒视对方。高兴时振翅跳跃，翩翩起舞。夜宿时迎风呆立，缩颈，喙、脸插于背部羽内，单脚独立。南飞北迁前要"盘云闹湖"。他绘了一张又一张的《白鹤迁徙图》，凡遇脚戴金属环或彩塑环的鸟，他都列入重点研究对象。对白鹤的越冬习性、觅食行为、哺幼状态、移湖现象、飞行动作、夜宿群团、繁殖方式以及白鹤惧怕日食现象等许多生态规律，鹤王刘都有个极明白的调查。他对这些资料一一进行拍照、分类，配有详尽的录音、音响、幻灯和影视效果资料。同时用三个月工夫建起了白鹤标本展示馆。

这一来就是 8 年。8 年来鹤王刘没有假日没有星期天，几乎天天奔走在鄱阳湖的草滩上。家里全然顾不上了，就连一点工资也叫鹤王刘除一抹二，买了胶卷磁带。妻子生了病，他也无法照料，他从内心感到自己欠妻子的太多，而妻子也很理解他："老刘，我真的不想再牵扯你。不管发生什么情况，你还是一心一意研究你的鹤！"说得鹤王刘心都是痛的。他的人生经历正好应验了黄梅戏中一句台词："孤云野鹤叹飘零！"1996 年 4 月 18 日，又是一个吉祥的日子。当鹤王刘恋恋不舍带着 18 捆呕心沥血积累起来的白鹤资料离开吴城时，老百姓的鞭炮从保护区院内一直放到河沿下。说来奇怪，临走那天，天下起大雨，船开出不久即又转晴。待他把这一撮撮的资料放进南昌住地，天又下起大雨。鹤王刘说，我与鹤三生有缘。雨下得这么大，可鹤的资料一点都没有打湿。在他潜意识深处，鹤始终是他人生中逢凶化吉的守护神。

离开吴城后，他一年也没间断去那儿看鸟，而且每次去都能见到。即使没有，他也能学着鹤的叫声一招即来。他像候鸟一样，鸟来他来，鸟去他归。有些资料连长期生活在吴城的人都没拍到，而他却保存了一套又一套。最近他正在潜心撰写《中国白鹤》一书，为 2002 年 8 月在北京召开的世界鸟类大会做准备。他希望在这次会上能与全世界的鸟类专家齐聚一堂，共商大计。

前不久，前国际鹤类基金会会长乔治·阿基博先生和他的新任会长吉姆·海瑞斯再次来到鄱阳湖畔。在与官员交流中，一再问到白鹤专家刘运珍先生。这些年国际鹤类基金会不少人都熟悉他的名字。一般重要专家来湖考察和丹麦亲王观鸟他都在场。他与吉姆·海瑞斯先生见过五次面，每次都就白鹤问题展开广泛有益的交谈。这回吉姆先生发现这里白鹤移湖终不明什么原因，极希望与鹤王刘作一交流。当他们打听到鹤王刘在南昌，马上通知他到赣江宾馆，亲自宴请这位与鹤结下半生情缘的专家。在这里，他与俄罗斯、美国、英国、法国等国的 20 多名白鹤专家，就最近吴城白鹤移湖原因进行探讨，并提出行之有效的招引措施。宴会上，乔治·阿基博和吉姆·海瑞斯一再向鹤王刘举杯敬酒，他不是代表他个人，而是代表国际鹤类基金会。向来不喝酒不跳舞不打麻将的鹤王刘居然破天荒豪爽地仰脖喝了一杯又一杯。那天，他像见到了久违的知己，有着说不完的话题。最后他醉了，醉在一片翩翩起舞的白鹤群中，醉在天鸟人和谐共生的鄱阳湖畔……

雕刻时光

　　早晨起来，陈尚秋做的第一件事就是喝水，补充消耗了整整一夜的水分，好让这台运转了几十年的"机器"重又滋润和转动起来。然后坐下来读几句英语单词，看几页如清时《秋水轩尺牍》那样一类的古文，便开始打开宣纸，画他这些年来一直坚持在画的《画说九江风情》这本书。几年下来，不知不觉他画满了一个空间，一个用记忆力和想象力填充的几十年前九江市普通市民所过的日常生活空间。他从一滴水进去，从一片水中走出，熬成滴水便成珠。回过头他发现那个由黑白线条编织的极需忍耐力的空间，原来竟藏着他童年时所经历过的那些事儿。

　　陈尚秋从小就生活在一个书香门第，祖父是清朝廪生，享受朝廷津贴，却又是著名中医。叔叔陈迟是前《解放日报》的副总编。母亲家族是有名的大商，是九江最早用电灯的人家。小时候，母亲要他在笔杆上，顶着一个明钱，坐正，笔对着鼻子，明钱却不能落。父亲在后面，冷不防抽他的笔，手没抓紧，弄了一巴掌的墨，这些儿时的家教让他终身受益。

　　童年时代点点滴滴流逝过去，在一般人也许漫不经心，而陈尚秋却把它留住放大，并成为今日画中的点睛之笔。"现在还记得这些民风民俗，还知道当初九江风貌的人越来越少了，我有这样的使命感，趁着精力还行，赶快画下来。"他发现这些平淡的故事里有着他最持久的记忆。

　　陈尚秋使用的是丰子恺式的漫画笔触，画的却是地地道道的老九江生活，所有的画作全部以白描的方式展现，不着色，甚至也没有人物的具体面貌，可是那寥寥数笔就有一股打动人心的力量，让离我们越来越远的生活顷刻间变得鲜活和触手可及起来。他唤醒了我们的记忆：那些已经被我们慢慢地忘记了的美好事物和动人的情意，让我们找回了失去的过去和远去的家园。这些画作组合起来，为我们重构了一种新的美学境界和新的精神生活。他画西园，不去画它的全部，只画上千张瓦片叠合在一起，展示了一种大气的辉煌。他画《九江西门口大街》，画的只是九江大中路的一角，却在画的下面注上一排字："儿时父母亲带我们去洋街看洋船，归时母亲则顺便去大绸布店扯几尺'小雨淋'回来滚鞋口"；他画《卖江水》，又同时记下："送水老人一担水倒入缸内，取炉边炭头在水缸边墙上划'正'字，五担五划形成正字，月底主人点正字多少结账，钱付清二人当面抹去所有正字，下个月从头开始再划正字，故墙上柱上总是斑斑驳驳的颇有印象派画意。"他的画简洁、清新，朴朴素素中透着几分灵性；他的文字都是些退了"火"的文字。质朴，上口，自然，没有半点雕琢的痕迹。在所有的喧嚣过去之后，他留下的是一派清纯世界。他的绘画色彩就是黑和白，这种黑和白是极为丰富的，又是含蓄保留的，真可谓黑得极致，白得也极致；黑得超现实，白得也超现实。他的笔墨是由人创造而实现的，他是主观的，有生命的，有气息的，有情趣的，有品有格的，因而笔墨中有哲思，有禅意，因而它是文化的、精神的。

陈尚秋平日生活低调，但是低调的生活并不等于不可以创造辉煌。辉煌不等于体量巨大，而是通向无限可能性。无限性是形而上，是看不到，它完全来自于作品，来自于它和艺术家的生活和工作空间有关。在今天，看一个艺术家的艺术，不应当只看他的作品，还应看他的工作室。在陈尚秋的画室内，老街西园的大片黑瓦成了他的座上宾；一双小脚女人的鞋挂在墙上，如艺术品般隽永。他是个低调的、工匠式的创作者，而着眼的是一个说不出来的"意"，那个只能在看之中甚至在触摸中才能体味到的"意"。这种"意"虽很轻，但又非常漫长，穿越了整整一个世纪。

陈尚秋的画似乎非常平淡，没有传奇，也不见波澜，但平淡无奇中却蕴藏着缕缕乡情和无限生机。他在简单中追求一种不简单，在平凡中追求一种不平凡。简单是他对生活的一种态度和诠释。简单才能无敌。他的心态平静，肉身平静，所呈现出来的画幅也十分平静。他对生活很随和，从不苛究，但有一条"子午线"却是他多年来雷打不动的，那就是每一天中的"午时"和"子时"，他必须沉入深深的睡梦中，多少年来他都是这样守着这条"生命的子午线"。

唐布袋和尚有句偈语:"手把青秧插满田,低头便见水中天。心地清静方为道,退步原来是向前。"陈尚秋成天活在倒流的时光里,画家的年龄随着时光一天天长大,而他的心理年龄却呈倒流状态。有时出门,陈尚秋穿着花格上衣和牛仔裤,头发梳得彬彬有礼,颇有几分青春活力,可上车下车呢往往遇到麻烦,司机时不时会喊住他,要他买票。碰到这种时候,陈尚秋常常不紧不慢,回头一笑,我们不是可以免票的么?谁都不会相信这位不买票的老人竟是八十高龄,而实际看上去却像个五十出头的人。陈尚秋不老,正如他在他经常使用的一本旧旧的《新华字典》后页写道:"让自己忙起来!白日莫闲过,青春不再来"。时光创造历史,历史成就画家,陈尚秋拥有的将是一个硕果累累的永远丰厚的秋。

卷六
大家小道

到汪曾祺家

我到汪老家前前后后有三次。

最后一次是 1996 年 8 月 3 日，我在北京虎坊桥福州馆街新居见到汪老时，问起汪老的身体状况，汪老还是那么爽朗自信：心脏、血压都正常，没有什么器质性毛病，估计再写几年问题不大。那一次，我到张家口市和内蒙古的锡林浩特参加一个全国报纸副刊笔会，途经北京去看汪老，同时想请他为我们《周末世界》新辟的栏目题词。我不知道他迁了新居，仍到蒲黄榆旧居找他，敲门，无人应答，我心一紧。下到 12 楼向门卫打听，方知汪老一个月前已搬至新居。当我在电话中把我要他题写的栏目一一告诉他时，汪老当即作了记录。门卫让我将他的许多信件和 290 元稿费单一并转他。刚刚踏进门槛，汪老已在门口候我。他边说边将我迎进客厅，地板上已摆满了我在电话中所要的全部题字，并问我行不行，不行再重写。趁着他雅兴，我接连请他写了好几张。汪老说，报纸的题词应雅俗共赏一些。最后我要他给"凹与凸"栏目也题个字，汪老说，这个字不太好写，我就给你画一个吧。写完字，汪老幽默地说，办完了公事，现在给你来一幅。他像往常一样进了书房，想了想，就写青原惟信禅师那段语录吧，那是至言，说的是参禅，却同样适合于文学。内容是："老僧三十年前未参禅时见山是山，见水是水；及至后来亲见知识，有个入处，见山不是山，见水不是水；而今得个体歇处，依然见山是山，见水是水。"汪老给我一把小刀，让我裁纸，告诉我写多大多长你量体裁衣，挂哪，我说书房，那就横写吧。写完后汪老把散发着墨香的条幅悬在壁上看看，草书如行云流水飘逸之极。在盖号章时，我头一次发现汪老的手有些抖，乃至把号章按到垫底的羊皮毡上去了。这一回，我发现汪老头发明显白了许多，但人很精神。

　　我们谈了很久。当我问到他的小说《受戒》被改编成电影时，汪老说，这篇小说有一场官司，是北京电影学院一个学生将它改成了毕业用的影视作品。而当时北影厂与汪老已签订了《岁寒三友》《受戒》等三篇小说改成一部电影的合同，结果电影学院的学生未经北影和作家本人同意不仅改出来了，而且送到国际上一家大学生电影节上得了奖。北影要汪老出面来打这场官司，汪老婉言拒绝：一个学生弄篇毕业作品好不容易，既然拍了也就算了。汪老接上说，当时北影征求我这部戏将由谁导演，汪老笑笑，有一个导演可以，那就是荷兰的伊文思，他拍的电影如《风》都没有戏，没有情节，拍风拍雨拍雪拍雷电，那么厉害，可惜死了。汪老说，生活中的东西比戏剧中的东西真得多，什么东西，一有编的痕迹，真的也假了。一句真话有时比整个世界分量都重。汪老十分欣赏美国有个作家写的《沈从文传》，比国内的版本还详细，连沈从文的隐私，在西南认识一个女子都写进去了。还有《纽约时报》一个记者的工作态度也不错，他为了拍我这张肖像整整在我家呆了一天，胶卷换了十几卷，他要我做我的事，不要管他，结果拍出来作了美国《生活周刊》的封面，那杂志本来登的都是明星，却破例用了一回我的特写。在汪老客厅挂着他自己画的黄牡丹，加上一团团黑云。汪老在画旁写了一行小字："提前三日过。六十八岁。"汪老说，六十八岁生日时，几个孩子都要出差，我就提前三日过了，画了这幅画算是生日纪念。每回去汪老那里，我都想从他那里多得到一点什么，尤其注意留心他书架上摆着什么。我发现关于沈从文的书，几乎每出一套他都放上了书架。其中我看到一本"我的世界"丛书《逝水》，是他新出的一本书。翻了翻，都是汪老70岁以后写的关于他的家族和他本人的事，文字好，内容也好，汪老见我拿出又放下，放下又拿出，很理解：这个已绝版，只一本，你先拿去吧，我女儿那里还有一本。接着我们谈到作品和语言退火的问题，汪老说，写到这个份上应该退火了，你看所有大家，最后都是越写越平实，这叫简单美学。汪老说，依我看，作品还是纯粹一点好，两个极端下很难产生精品。比如鲁迅的《两地书》，哪有《沈从文家书》地道呢。

　　当我问起汪老孕育作品的习惯时，汪老说："一个作品主要要想好，思考的时间长，有的要在心中捣鼓好几年。我是想到了一个结尾，就可以动手了。比如最近给《大家》杂志写了一个东西，写几个儿时的好友的友谊和死亡，我是想到'人活一世，草木一秋'才觉得可以写了。"当我向汪老讨教小说结构时，汪老说："我的结构是'随便'，林斤澜不同意我的话，我说，加上'苦心经营'四个字，叫'苦心经营下的随便'，他就认同了。"汪老说，一个作品其实是如苏轼所言"大略如行云流水，初无定质，但常行于所当行，常止于所不可不止，文理自然，姿态横生"说的正是结构。我对古典文学向来外行，汪老说得快，我没听清楚，我又追问一句还是没听清，汪老就在纸上写给我看。所以每次从汪老家离开，我都觉得自己变得聪明了许多。

鲁迅文学院是我写作生涯中一个重要加油站。正是在那里，我头一回认识了汪老。可以说，对汪老的崇拜先是从对沈从文的崇拜开始的。难怪有些青年作家说，沈从文之后，汪曾祺恐怕是中国士大夫文人的最后一名作家了。1991年9月11日，鲁迅文学院第七期作家研修班开学，中国作协来了一大批赫赫有名的人物。我清楚地记得汪老作为鲁院的导师，是中途从课堂过道中走进会场。给我第一印象他是一个农夫，一个晒得黑里透红有些驼背的农夫。坐下后，他平平静静，不拍掌，也不插话，只是用手撑着脸。临到他讲话了，不紧不慢"与鲁院是老关系了，导师，带研究生，教写作，其实都是哄人的事。与其说我教你们，不如说是你们对我这颗奇形怪状的老树下了一场透雨！""佛家有句话，叫开悟，就是开天眼。一个人要是开了天眼，就能洞察到你过去许多看不到的东西，我希望你们这次来京学习能开一开天眼，更多地悟出一些平时在家悟不到的东西。"他的话不多，却句句纯粹、实在。从鲁院离开，我和山西的卓然、云南的拉玛广漠，一同去拜访汪老。拉玛广漠穿了一身黑色披风一样的少数民族服装，汪老一眼认出，你这是察尔瓦吧。你们那里还有没有母系制度，好像还是老虎崇拜吧。汪老又问我，你是江西的，江西过去历史上出过很多名人，当代反倒不行。他还问起长江鄱阳湖还有没有鳜鱼。他说，鳜鱼的腮帮子好吃，那可是两块活肉，鳜鱼可是吃鱼吃动物长大的叫鱼吃鱼，所以"五毒俱全，无恶不作"。

渐渐，我们把话题转到索字上。汪老善解人意，你们想要我写字吧，我们一齐笑了起来。他转身进了书房，取来本子，要我们写上每个人的单位和名字。一开始给山西的卓然写，字很重，很黑，内容是："顿觉眼前生意满，须知世上苦人多。"接着为我题，为了让他气韵流贯，我在厅堂静候。一会儿，汪老托出我的一张字："万物静观皆自得，四时佳兴与人同。"汪老说，曾点的超功利的率性自然的思想是美的极致。然后临到云南的拉玛广漠，换了一种字体，有点像隶书又有点像篆体："刚日读经，柔日读史。有酒学仙，无酒学佛。"汪老笑笑："你这人的火气可能大一点。"拉玛广漠点点头：汪老，你说得对。写完之后，汪老又依次盖章。先盖拉玛广漠的，你那个民族比较怪，号章也怪一点。接着他对卓然说，你这人和我一样黑，忧患意识可以，字也重，号章也厚实些。他又对我说，你呢，江南来的，秀气些，这号章也清秀一些。他还进一步解释，这号章很好，是田黄，米黄米红涸开的，是一个和尚送我的，我将来还得给这个和尚写篇文章呢。

1992 年 12 月 3 日，也就是我从鲁院学习回来一年后，我操起了《周末世界》，想到北京向汪老当面求教。那天，汪老刚刚参加台湾一位作家的作品研讨会回家躺下休息不久。当施师母向他报告江西来客时，汪老马上穿上衣服来到客厅。我把《周末世界》阐述送到汪老手中，汪老看到"净土"栏目的一行注释连连称道，好，在这喧闹的世界里，人们太需要一块"净土"了。汪老说，字马上可以替你写，文章可要等最近一套文集编完后抽空写，千把字。说完汪老进房去了，一下子写了三四张，横的、竖的、隶书、行书都有。问我要不要题款，我说要。汪老马上进房补了"汪曾祺题"。写完，汪老对我说："想法不错！净土顾名思义应是一块宁静甜美的世界。过去三十年代有位作家提出文章要雅得多么俗，我想现在你们应倒过来吧，叫俗得多么雅！"

临别，我向汪老要一名片，汪老说上次中国作协给每位理事印了一盒名片，我送给一位美国朋友，他们笑我，在国外凡是有香味的名片都是同性恋者才用的。从此他不再递这名片，就在纸上给我写了一张。

从汪老家离开，总觉时间很短，又怕耽误和占用他的时间太长。他一步一步蹒跚着将我送到电梯口，交代我下楼后到哪里哪里搭车，哪里哪里转车。就在我退出汪老家门的一瞬，见他门上一块红布平平淡淡写着"四季平安"几个字，心里油然而生敬意，今生今世恐怕很难再遇上这样仁厚而博爱的师长了……

听王朔侃大山

回来之后，我就彻底地后悔了！后悔当时为什么那样急着要去庐山？

那天，我接到徐锋一个电话，说《人民文学》在庐山科学院疗养所召开一个笔会。其中特别提到了北京的侃爷王朔来了，去那里聊聊不无好处时，我几乎没有一分钟的犹豫。

在庐山，我见到了《人民文学》笔会的学员，在那里寻死觅活地缠着《人民文学》的副主编崔道怡和王勇军、周祥、赵则训、吴芝兰、刘翠林等老师，要他们帮助给稿件提意见、签名、照相、留念等等。那虔诚的劲儿，完全不亚于一个善男信女对释迦牟尼的膜拜和神秘。

的确，他们的讲课赢得了一阵阵的掌声。崔副主编以半生的经历讲了《编辑看稿的几点感受》；作家汪洋以《在文学的大门里徘徊》为题，讲了自己如何走出困惑的文学和走出文学的困惑；《生命的螺旋》是田中禾的重场戏，他从人性的角度论述了文学究竟是什么，给与会者以极大的启示，最后鲁迅文学院副教授毛宪文讲了《谈谈散文》。

这一个个精彩节目，仍然不足以满足与会者的全部需要。他们都在等待，等待王朔这个当代"顽主"出场。

我们当然没有例外。我因第二天要赶下山来发稿，等不及，极想与王朔见上一面。王勇军先生理解我的要求，轻声对我说，只要有酒、有漂亮的女人作陪，王朔跑不了的！尽管如此，我们还是不够放心，就在一位山友的引导下，直闯王朔住地。一去，那里坐了不少人，一个个呆若木鸡似的，不知是被王朔吓住了，还是王朔会侃是神传。反正，我们坐了十分钟，就觉得没什么好侃的了。

出门时，徐锋说，现在重要的是去弄酒。茫茫云雾，夜深人静，到哪儿弄酒呢？说来奇怪，一丝微弱的光有时竟是黑暗通向光明的路牌。我们推开了科学院虚掩的厨房后门，居然有酒！有花生米！还有酱干丝！

子夜时分，《人民文学》编辑真的把王朔从梦中喊来了。他穿着一件松松垮垮的睡衣，又像是运动衫似的。见酒，王朔咧嘴笑了！他像佛门子弟打盘坐式的坐在那里，用一口流利的"得了"之类北京话，大侃他哥儿们之间的事情；侃北京文坛的逸闻轶事；侃京华城里的饮食文化；侃他平生第一次在女人面前的"潮乎劲儿"等等，一直侃到了凌晨三点钟，没听到他侃一句文学。唯一听到的是他新近将抛出来的一篇力作，邪门了，叫《一点儿也不正经》，倒是一下道出了"玩文学"的秘密。早在全国第四次青创会时，王朔就曾极力鼓吹将来的文学会是一次"流氓大转业"，这骇人的理论当时震动了多少人？！王朔就这样从纯文学和俗文学的壑口里杀了出来，一口气写了那么多小说那么多电影。

夜深了，眼皮开始打架，王朔吊吊拉拉地回卧榻休息了。等王朔走后，《人民文学》的编辑又对我轻轻咬了一个耳朵："王朔这小子呀，正经的话一句也侃不上！"他就是这样用玩世不恭的态度走上文学这一神圣无比的殿堂。我一下子豁然贯通：人为什么一定要活得那么累？为什么不可以像王朔那样潇洒一些、自在一些呢？那夜侃的虽然没有一句正儿八经提到文学的事，然而我想，它们之间的联系却是显而易见的。

电影人王一民

点开新浪网，弹出不同身份的王一民有 N 个，而作为"电影人王一民"却只一个。以"电影人王一民"作为自己的博客，与王一民的身份和地位恰如其分当之无愧。

上个世纪八十年代，王一民正是凭着《乡情》《乡音》《乡思》三部曲敲开了中国电影圣殿的大门。王一民电影的出现，为我们还原了一个神往已久的乡土世界，把我们的审美习惯从八股的语境拉回到固有的精神秩序，拉回到仅仅属于我们中国人特有的对人生的超时空的凝视中。他的作品表面上看没有什么大起大落的神话和传奇，一切都平平常常，仿佛不是在写作品，而是在自然地谈吐，静静地讲述着属于过去却又与我们相关的那个淡淡的梦。在他那里，文学创作的神秘消失了，艺术原来是一个天然的没有雕饰的世界。对于那些疏忽于传统文化而又对创作困惑不解的青年来说，王一民"三乡"电影的出现，使我们看到了通往精神王国的另一条途径，看到电影原来还可以这样写。

王一民老师是我们文学创作队伍中"很唯一很独特"的一个。他的块头和气场都很大，走出来很有几分的酷。有时，他下意识地把麻白的头发往后一拂，仍然不失为一个大艺术家的做派和气度。他到哪里，哪里便会迅速上升成为他的话语中心。他是性情中人，性之所来，妙语连珠，幽默之极。平时，一般人似乎很难进入他的法眼，而一旦进入，他会势如破竹打破尴尬打破沉闷，放下长者架势，像知己般跟你掏肝掏肺。有时读到一篇美文，一首好诗，一段微博，乃至遗闻轶事，王一民会拽着你兴奋地读起来，这时你绝对想象不出他是一个大家名流，而更像一个充满惊喜和好奇的不老顽童。

跟王一民聊天，是一种精神上的享受。我常常在他先前那间"窄而小"的书斋阳台，侃侃而谈。夜阑人静，王一民会把房门轻轻推上，对我讲出一个新酝酿的剧本构思，于是"一声雷"在脑际炸响，跟着他的叙述，跟着他的人物，跟着人物的命运，进入他所营造的艺术氛围中。甚至离开他家之后很长一段路上，你还觉着荡气回肠挥之不去。后来，搬到"浔阳江头"，房子大多了，我们隔不了多久，也会邀上三两个好友，去那里与他聊天说地。

八十年代初，王一民接到省市委组织部一个任务，要他将徐效刚的事迹搬上屏幕，王一民脱口而出，提出要与我合作。不久后我们带着行囊上了庐山，先是在庐山大厦"安营扎寨"，后又由陈政先生把我们俩转移到一个更幽静的环境中——庐山邮电局招待所写作。我把我所知道的有关徐效刚的命运细节，盘点似的找出来，用一个心电图式的线条勾画出，王一民悄悄从我背后探出头，你能发现这么多好的细节，这就对了。写作就是要从大处着眼，小处着手，见微知著，纳须臾于芥子。于是他坐下来，对我讲起罗丹一段关乎创作的话。罗丹说："你们要记住这句话……当你们勾描的时候，千万不要只着眼于轮廓，而要注意形体的起伏。是起伏在支配轮廓，而不是轮廓支配起伏。"在我们以往的创作中，很多人都喜欢注入某种意念，然后按这个意念去填，而这一次，王一民搬出罗丹的话，使我茅塞顿开。很快我就写出了《匡庐一好汉》剧本初稿，王一民老师又一字一句进行修改，还专门写了一首《庐山有个好汉坡》的主题歌，结果《匡庐一好汉》果真获得了中组部一等奖。从此，我们之间多了一道密语：最近又到哪"起伏"去啦！

那时，我在湖口县文化馆供职，不忙，王一民经常去湖口，和我聊一些剧本上的事。只要他来了，我会立马放下手中的事，陪他下乡和转悠，我知道当年的他是在满世界寻找他电影中那群"熟悉的陌生人"。为了避开媒体的采访，王一民住在石钟山下一个黑漆漆的党校房间，晚上我便去那里与他做伴。枕着长江与鄱阳湖的滚滚波涛，他对我说，胡炳榴导演要他继续沿着《乡情》的路子走，王一民对我讲起一个老裁缝一生为别人做了许许多多的衣裳，却没有能够为刚刚死去的妻子做一件新衣，感到万分的愧疚，从此老裁缝把裁缝店关了，再也拿不起这个针线活的故事。到了珠影，导演认为这个故事的潜质和内核很好，但展开的空间太小，遂决定把这个故事放到一个渡口，这样使得一个好的故事能在一条河上荡漾开来。而王一民下放的地方，正好是武宁山村的一个渡口，叫石渡乡。加上他的一些个人体验，结果不久后创作出的电影文学剧本《乡渡》改为《乡音》，就在这个风雨渡口呱呱诞生。王一民从珠影回到九江，把这个消息告诉我，我祝贺他，王老师，别人挖了许多坑，你却打了一口井！王一民哈哈笑开来，对啰，这口井我得继续挖下去。后来王一民再次向前掘进，又先后写出了《乡思》《家庭琐事录》《家庭圆舞曲》等剧本。那时，王一民的创作如日中天，非常跑火。在一个相距不到一百公里的湖口和都昌县城之间，一边是江西电影厂在拍他的《乡思》，一边是峨眉电影厂在为他的《家庭琐事录》寻找外景地。还有四方八面的电影厂追着他要剧本。王一民说那是他一生中最风光也最自信的时刻。回首几十年的文学创作，王一民说，文章本天成，妙手偶得之。艺术生来就是一个自我体验和感觉的东西，极端的政治和极端的物质，都很难产生真正像样的作品。王一民还说，不过，对一个作家来说，任何东西都不是多余的。人生中的许多不幸和逆境，虽然当时会让你痛苦，到头来都会化作创作养分，赐予你一种独一无二的精神和气质。我相信，大彻大悟后的王一民，此言是真。

三十年弹指一挥间，王一民笔下的乡土世界渐行渐远。一个艺术家内心的强大，足以撑起一片新的迷人的天空。王一民不会始终生活在一个茧里。面对不同的人生阶段，重要的是都不要留下空白。王一民以后还当过市文化局副局长，做过制片，写过几个电影剧本，拍了几十集电视剧本。在闲下来的日子里，王一民另起一行，操起散文随笔，写点退火的文字。有时也去钓钓鱼，打打麻将。十几年下来，那些情真意切大巧若拙的美文，一下占满了他新的人生空间。王一民身上的诗性时不时迸发出来，一如他在自家厅堂内题写的："槛外长江千层浪，心中有静一湖蓝"。他身居"浔阳江头"，出门一笑大江横。晨昏时刻，他喜欢沿着浔阳江漫步，思绪却如长江流水，延伸到很远很远的地方。他像一只候鸟，春天回到生于斯养于斯的故乡，入冬后，便飞去深圳儿子那里。在"两点一线"之间，王一民作着来回的运动。平时有甚饭局，我们都喜欢叫上他。王一民点菜，一定要点土猪肉炖汤，还有青椒炒猪油渣也来一个。吃到高兴时，朗朗的笑声，满屋子都听得到。近年来，不少青年出书请他写序，王一民一一应允。他的序不仅是对青年创作的提携，更是"高人指点"。读他的序，你会感到一个睿智的长者对新一代的真诚与爱护。2012年初，百花洲文艺出版社给他出了一套厚厚的《王一民文集》。在许多人失去故乡的今天，《王一民文集》让我们美美享受了一次集体的精神返乡。

我与王一民老师相识相处几十年，感觉他无论是做人还是做事都挺自在的。他写作从不赶浪头，抓大题材，即使在大红大紫的年月也决不以写多取胜。他的一颗心能"泊"在一个艺术追求的港湾里，等待风满帆张才开航。在退休后的日子里，更能"泊"得住，没有生活的奢求，只有向艺海问津的本能，闲静中一旦碰到"眼睛一亮""怦然心动"的东西，便决然不会放过，经过发酵变成一篇博文。他的博客好友如云，已经有上万人与之交流。

三十年前，王一民在西安领取电影《乡音》金鸡奖时，有人问他是哪里人，王一民自豪地说，我是马影人！三十年后，他参加自己故乡马影的一次聚会，随手写来《西江月·马影》："昔日传闻神骏，历来有影无形，今朝方见马奔腾，更喜诗文昌盛。三十余年从影，编导制片发行，影坛聚会报家门，我自笑言：'马影'。"村里新建一个祖堂，要王一民题字，王一民不假思索，洋洋洒洒写下"乡情绵远"四个大字。这个从"马影"走出的电影人，如今仍是一个神采奕奕、才情不减当年的自在客！

隐藏的大家

　　每个画家的绘画方式因其气质不同而呈现不同的面貌。在漫漫油画路上走了四十多年的徐东林先生对我说，他在画一幅画之前，如果找不到一个比较好的"核"，找不到兴奋点的话，是不会动手的。

　　相对于过去而言，东林的绘画环境大大改观。在一片浓郁茂密的竹林和近似苏州博物馆的现代建筑物中，我在东林工作室坐下来。清瘦颀长的东林，看上去颇有几分疲惫几分沧桑，薄薄的镜片下闪着几十年修行的智慧，对过眼云烟的名利淡泊和随和谦恭的态度，使得我对他产生一种发自内心的敬意。东林说，如果上帝允许我做第二次选择的话，我想我再也不会有这种勇气和胆量选择绘画这个职业。他至今仍弄不清楚当初是什么原因促使他走上了这条叫人伤透脑筋的路。

　　在我印象中，东林是一位实至名归的大家，一位隐藏着真正实力和内在力量的油画大家，而他总是说狗屁狗屁，让我这位十足的外行，对他不知该做怎样的评价。

　　东林出生在一个开"徐氏绸布店"的家庭，曾经辉煌十足的家道中伤，给幼小的东林罩上了一层厚厚的阴影。仿佛从那一刻起，他知道自己的路只能由自己来走。十八岁那年，他带着一只自制的小油画箱，裹挟在一支浩浩荡荡的叫"五七"大军的队伍里，稀里糊涂地上了路。临行前，母亲把他的被单染成灰黑色，指望这样能耐脏些，却无法想象他一个人在农村将怎样生活。

　　东林从小喜欢涂鸦，在那一切都混乱不堪的秩序里，画画是他唯一可以做并唯一能让他心理得到少许安定的事。在那大呼隆创作的年代,每个人都只能是集体的一分子。那时画一张画要下去体验生活，要画大量的速写，大量的构图，小草图、大草图、色彩稿，然后放大再画，再审稿，审了再定稿，他就在这样的背景下，踏上了鄱阳湖一个叫棠荫的岛上人家，在做完无数个人物素描小品之后，他头一次用1.4米的尺寸，画出了充满青春活力的《金舟》，不仅上了当时的《美术》杂志，而且获第六届全国美展优秀作品奖，作品被中国美术馆收藏，他终于找到和推开了"炼狱之门"的入口。

《金舟》脱颖而出，很快在他人生中画出一道影影绰绰的天际线，他看到在剥离所谓宣传味之后，一件艺术作品所呈现的那种难以言说的魅力。他知道可以继续往下走，却不知道后面会有多少悬崖和深渊，他不停地在内心追问"我是谁""谁是我"这样一个哲学上的终极命题。

20世纪80年代，对任何人来说，都是一个意义深远的时空转折。画坛千人一面的状态开始受到质疑，"八五新潮"很急切地轮番实验着各种新的美术模式。底层人对西方古典的了解并不透彻，甚至怀着某种程度的抵制情绪，一时很难适应。茫然之中，东林怀着并不明确的目标，进入中央美院学习。在这久仰的圣殿里，他见到中国美术界许多赫赫有名的前辈和头面人物，看到了一股新的美术浪潮正蓬蓬勃勃撞进人们生活之中。多种语系多重标准多重价值，最大限度地动摇了人类的传统美感。当时的精神世界正需要新的美学判断和价值，如同荷塘在等待另一场骤雨，已有的旧体系是那样的虚伪和无效，那样的不可能，而新的可能性已不断发生。

凭着他特有的艺术敏感，东林捕捉到这是一场美术革命风暴来临的前奏。学习的结果是现代绘画以它存在及发展的必然性，逐渐取代了模拟式的写实主义在他心中的地位，并试图向这个大的方向挺进。

从美院回来，东林进入了一种近乎疯狂的探索状态。各种样式、各种情绪、各种挑战，汇集在打碎、重构、颠覆和反叛的氛围中。他不知道哪来那么大的精力，一下画了那么多。尽管画幅都不大，写实的、原始的、表现的、象征的及平面线性的，拳打脚踢，他都试了一遍。经过这个阶段，东林对现代绘画的过滤，有了一些更清醒的认识，知道自己真正需要的是什么。

东林在他生命的盛年，有多家专业单位想到过调他，可是他决意留在匡山浔水这座小城，做他自己喜欢做的那份事情。东林开始试着孤注一掷披荆斩棘往前淌，他要在中国油画中，注入一种心灵的力量，一种精神的力量，一种形而上的力量，达到与内心的渴望及各种特质具有沟通的可能……东林来到龙门石窟，十多万个大大小小的佛像，让他一下震惊了，世界上有什么比这更超越时间和空间呢，他觉得找到了一点什么，一口气画出了《伊水》系列。鬼斧神工的自然让这个来自鄱阳湖畔的"金舟"不得不剧烈地摇晃，这种重量感和宗教色彩一下迷住了东林。

《伊水》之后，东林像长江跃出夔门，一下变得豁然开阔起来。他继续沿着这个路子向前寻找，找到了西递村一个有着明显南方特征和徽派建筑的村庄，这里梦幻般的呈现，完全是他童年的天籁所在，他在这时又加入了水墨要素，画出了一长串的《夜梦》系列，把正在消逝和即将消逝的生命个体，再一次地放大到人们面前。

在千年古村流坑，东林发现灰蒙蒙的色彩中，有一束红特别扎眼，那就是乡村的门神。这束红闪电般撕裂东林沉寂已久的心灵夜空。他决定把《门神》当作人的精神守护之神，连同他所理解的禅，一起放到他的油画中，又画出《门神》系列。在这些夜的场景中，埋伏在夜色中的不安和巨大的孤独被那些手持戈盾的门神悄然平息了，东方的古典意境与西方的抽象互相侵入消长，使得神秘恢宏的历史感与绘画语言的智性在这里邂逅。他的《门神》是现实的，也是浪漫的，更是天人神会的。东林画中的《门神》白天守护家园，到了晚上四处游荡，还会从大门上走下来，像活在童话世界，放到节日夜里的街上红光满天。东林对《门神》系列中的《平安夜》有点着魔了，他把许许多多对生命的感受都放进《夜夜平安》中。

乘着《金舟》，沿着《伊水》，穿过《夜梦》，抵达《夜夜平安》，东林这几个系列的接踵成功，秉承了八大山人等文人画的章法趣味，融合了德库宁的运动节奏与力度，使骨子里的传统文化有了更加广阔的施展可能。这些作品中，色彩笔触的体块感和卷轴画式的构图奇妙地作用在一起，使画面既具饱满厚重的油画肌体，又分明显出传统中国画的意趣。那一段东林几乎把所有的力气都用上了。在那间只有十几平方米黑乎乎的小画室内，东林赤膊上阵，潜心于画，日间挥写夜间思。有时妻子出差，一大袋一大袋馄饨和水饺放在冰箱，陪着他度过一个个简单沉寂的日子。东林画画喜欢下意识地在自己的鞋帮擦掉不必要的颜料，久而久之整个鞋帮变成褐红色，同行们一看就知道他在画带红调子的画。

时光在画幅间不停流淌，不知不觉到了 2004 年。东林对油画进行连续多年的探究之后，又在反思这样是否就是自己以后的路。不久，他到油画的发源地欧洲云游，看了 11 家美术博物馆后，东林发现西方的古典油画作为巅峰的存在已很难逾越。如果一味照着西方的路子走，等于人家在价值观上已经把你吃死了，不照那种传统走，又该怎样走出自己的风格？东林辗转反思，认为把东方式的审美放在西方的形式概念中，有文章可做。他开始把叙述性降低到最低限度，尽最大努力加大精神的不确定性，这样东林的艺术在很大程度上已经有了清晰的持续发展空间，随着心境和心态修养的不断提升，逐渐建立起一个未来可以让他依赖的精神性家园和他那片具有独特心灵风景的油画世界。

慢慢，一个意象渐渐浮现出来。油画引入中国百年，经过吸纳、接受、把握之后，是时候提出意象油画概念了。过去中国油画所有的价值观和判断标准，均来自西方的文化内涵，而东方文化本质与西方审美具有根本性的不同，无论从审美、爱好、行为方式还是价值走向，都有各自不同的角度。因此，在西方的判断标准之下，吸纳东方审美观点和传统思维方式，乃是建立东方油画体系的根本。东林要在西方油画的本质与东方审美及表述方式中架起可通的桥梁，为这种舶来的文化载体灌注新鲜血液。更为重要的是在意象的概念下找到认同感，并获得某种程度的自由，从而在意象性的大框架中，找出并形成个性化的特质及符号。他看到"意象"这个东西几乎无处不在无时不在。无论是在牛顿的"物理世界"，还是超牛顿的"物理世界"，任何一个东西，甚至一个具象的东西，只要放大无限放大就是意象的。一个小小的话筒放大一百倍以后完全是抽象；一根细若游丝的头发放大十万倍就成了一根柱子。所以任何东西在一种超常规的状态下都会是意象的，而且它的确是一种非常高级非常美的艺术，是一种很形而上的东西，一旦跟中国当代社会发生联系又会怎样，他不得而知。

东林画画有时要出外采些景，他既不写生，也不拍照，回来就是画感受，他不像其他画家要拍很多很多的照片带回来参考，他顶多只是勾点很简单的线条，而且这跟原来的景物根本就不一样，他所关注的是事物背后的事物。他说："我画画总是从找到人们所不知道和看不见的东西时着手。"他画油画也是先有一个"形"，就是一张感受性的素描小品，然后在这个"形"上加"形"，慢慢地原有的"形"被破坏、被调和、被充实、被平衡，然后又被破坏、被重构；红、黄、蓝、绿在这里消除了，又在那里出现，不断吞噬、消解、融合，如此反复循环多次，缓缓趋向自己所要表达的那个视觉空间，东林的每一幅油画几乎都是这样慢慢长出来的。他从一个点下去，等到画成时，已经不再是先前的那个点了，那个点也许就只成了这幅画的符号。东林还将在以后不同的系列里，加入更多的中国元素，比如皮影、木雕、砖雕，彻底打通东方与西方、传统与现代、古典与当下这三面墙，以此开发更多新的空间，找出新的可能性来。单看东林某幅画，也许就是一个普普通通的山丘。如果将他所有的山丘连到一起看，就能看到这山的整体和气势。这山丘就有了生命和气脉，他就是这一条山脉，而不是另一条山脉。一个人要融进千万人流只是瞬间的事，而要从千千万万中站成一个独具个性的人物，却是一场漫长的历练。东林正以他的艺术品质和作品规模，构成一片生死相持可道而非常道的心灵风景，彰显出一个隐藏着的油画大家风范。至此，我们才开始明白东林画画所要的"核"和"兴奋点"是什么；发现四十多年来东林所走过的油画之路，既是中国油画融入西方之路的过程，也是他个人心灵之路和油画探索的历程。东林由写实过渡到写意，力图融合东西方文化的要素，强调本体语言的个性化处理，以求画面进入既具有东方审美感情的内涵，又具有油画本体语言张力的视觉效果。诚然，天下之至繁至难常常藏于至简至易之中，持久的生命力不在繁而在简，不在忧而在乐。正如青原惟信大师所说："老僧三十年前未参禅时，见山是山，见水是水；及至后来亲见知识，有个入处，见山不是山，见水不是水；而今得个体歇处，依然见山是山，见水是水。"

一切事物的发展似乎越往高处走，便越往深处去，起点和终点，最高和最低往往会合在了一起。东林和惟信禅师虽处不同时代，竟不谋而合走到同一道上。东林俨然是一个黏液质型的人，性格内向，默如雷霆，不事张扬，像夜猫般在寂寥中潜行。生活中东林的确是有话慢慢讲的人，语速缓慢而真诚，较的是自家心灵的劲，也自然会惊动更多的人。这种性格本身也从另一个方面更加强化了他感情的积藏和力量的蕴蓄。即使有一些大的成绩，他也只淡淡一笑。他深知一件真正的艺术精品往往要倾其一生中所有精力所有才智所创造的。他说在这条路上宛如山行，走得很苦。他不知道自己离最后的成功究竟还有多远，这个距离哪怕只有一步也是难的，而这一步需要用九十九步的努力才能完成。日本伟大小说家芥川龙之介说，九十九步的一半即一步，这是一个超数字，当代人不明白这个道理，因此诋毁天才；后世人不明白这个道理，因此在天才面前焚香。东林几乎把所有的智慧，所有的东西，他的命整个搭在里面了。可是身体偏不配合他的行动，绘画需要视觉却患着眼疾。他说，一个人冥冥之中，好像有一种无形的东西在隐隐控制着你。他不知道这叫什么，大概就叫命吧。

陪马原上庐山

到我这把年纪，陪人的事已没多大兴趣，陪作家这个特殊群落就更没兴趣。偏偏就在这个时候，好像是 3 月 5 日晚，我接到百花洲文艺出版社社长交办的一个任务，要我明天和丁伯刚陪马原上一趟庐山。并说马原老师正在改签回西双版纳的机票，如改成了，就在庐山玩两天，改不成也就算了。我一直在等改签的结果，直到深夜电话没有打过来，我知道可能不会来。

第二天七点，丁伯刚来电，说马原老师马上从南昌出发，我想真是缘分啊！本不打算陪这位"殿堂级大家"，却一下出现了两次机会。一次是 2016 年最后一天晚上，上海《收获》杂志社在石钟山颁发一块钱奖金的"老虎文学奖"，奖的都是中国一流作家。第一次见到马原后，用丁的话来说，马原老师一脸天籁。是的，见到他你就很亲切，凭着作家这个职业的直觉，一看马原就是一个见山还是山见水还是水的大智者了，眼镜推上额头，说话声如洪钟。那天湖口之夜，他说：跟我同时起来的那拨人，有的当了全国作协主席，有的还拿了诺贝尔文学奖，而我现在身处西双版纳的密林中，要见他们，得去北京，未免太奢侈了。他说他拿到首届只有一块钱奖金的"老虎文学奖"至今仍很激动，因为我一生没有拿到过政府所给予我的任何奖励。我已是花甲之年，活过一辈子了，正在活第二辈子。他说上次在云南见到一位高官，问他忙不？高官说：忙得不行，一天几个会议逢会必讲，一讲就是两个小时。马原当着官员的面跟他算了一笔账：就算你每天两个会吧，一个会两个小时，十天呢就二十个会四十个小时，一年呢也就几百个小时泡在会里，而我一天到晚沉浸在读书和写作之中，我比你幸福多少呀！听马原老师这一点拨，来自全国各地的一流作家和学者，一个个幸福满满乐不可支。

　　上个世纪八十年代，是中国文学繁荣勃兴的年代，那个时候一部中篇小说爆响，就可能影响到一个作家的一生，一部电影则可轰动整个中国，所以文坛上下百舸争流，你追我赶蔚为大观。1991 年我到鲁迅文学院学习，结识大作家刘震云，他当时就在离鲁院不远的《农民日报》副刊供职。我们听说后立即前往拜访。刘震云不紧不慢，轻声细语，说到紧要处常常幽他一默。他随手翻开放在桌上的一个笔记本，对着我们说：我写小说就写在这个小本本上，一天写一点。比如"淘厕所"这一节，我至少就要掏一个星期，反复琢磨，要写深写透"淘厕所"这件事在这篇小说中的关联和推动故事发展的作用。写完"淘厕所"呢，又开始写"豆腐馊了"，又要馊一个礼拜，这样一来一回的抠，一章一章的写，等到一个小本本写完了，我的这个中篇也就差不多了，然后抄一遍就可以往外发。震云还说："小说其实没啥难的，就是把你的人生和命运慢慢地说，小声地说呗。我的《新兵连》和《一地鸡毛》就是这样写出来的。"他还说：写小时你要想到大，要放到大历史背景上去写，不然你就永远只是一个小。反过来，写大呢，你一定要小，他说一篇小说最终能记得住的还是细节。细节最检验一个人的文学功底和生活功底。有时一个细节往往胜过一打纲领。不知不觉中，刘震云写小说的天机尽泄，我们也就见好就收。那时我见他很容易，他穿一条普普通通的军裤，可能还是部队时留下来的，磨白了，腰上挂着一大串办公室的钥匙。一次震云和小刚同台领奖，冯小刚碰了一下震云的腰，示意要他把那串钥匙拿下来，那个土！震云笑笑，咱们不就是从河南那片土上长出来的么，但他还是取掉了。2000 年 7 月，一次九江书店举行苏童文集签书仪式，大作家苏童来了，当时我作为《周末世界》主编与他见了一次面，晚上我们在九江宾馆聊了一夜。苏童不太相同，他还保留了学生时代某种生活方式，爱好体育运动，写小说的同时，关注每场球赛。回答记者的提问时丝丝入扣，滴水不漏，每件事都是想清楚了再说。苏童喜欢抽烟，访谈中几乎一支接一支地抽，他说，当作家可以过两个人生：一个是现实中的人生，一个是意念中的人生。所以每个作家都是一个世界，每个世界的风景都是不一样的。

　　这回陪马原，心里仍没有太大的底。据马原自己说，很多人怕他，说他脾气大，见他得小心火烛。第二天十点左右马原老师从南昌过来，眼镜依然高高架在额头上，穿一身名牌外套，从背后看都是很潮的线条和色块，在我看来也就一般般衣服，而他说好几千呢。上得山来，我们住在省出版集团在庐山一个叫"瑞典行道会"的别墅内。

　　马原老师衣服带少了，老板娘赶紧找来一件毛线衣给他穿上。我们三人站在门口聊天，我都有点抖，而马原老师精气神十足。吃过午饭，都劝马老师回房休息一下，马原老师说你们休息吧，我到外面转转。这时，我们才知道马原老师人生中曾经历过一场那样牵魂夺魄的磨难。上个世纪九十年代末，他还在同济大学任教时，突然发现肺部有一个巨大阴影，请来中国这方面的顶级专家会诊，动用了上海最好的价值达九千多万的仪器和设备。检查下来，大家无语。马原对他们说：过去我写的小说都是谈死亡问题，对死亡我是有准备的，不怕。不过你们也得给我一点时间，我还有些事要办。专家医生说：你可能得有些心理准备，十有八九……话未说完马原立刻听明白了。很快医生为他做了第一次肺穿刺，接下来，还有一个更大更周详的治疗方案。马原站在巨大的仪器旁，是把命运交给这部机器，还是交给自己？每逢人生关键时刻，马原的两根精神支柱：一是有神论，一是唯心论。他决定跟着自己的内心走，抛弃正在进行的穿刺、化疗和放疗，实行人生大逃离。他卖掉上海的别墅，把家一口气搬到了西双版纳的大森林里，他决定对自己实施"换水"大战略。就在家的附近找到了一汪好水，经检测百分之百合格。每天他就喝这些从山间涌出的清泉，喝了一阵，状态居然奇迹般好了起来。他说：一到这里，我发现好像上辈子就在这里待过。就在这一刻，他对自己命运做出了最后抉择。马原说：命运是什么？命运就是剑走偏锋，对待身上长的这个"小家伙"，我得好好侍候她，和她"和平共处"；但身上的疱疹则要"头痛医头，脚痛医脚"，通过泡温泉配以适当的治疗加以解决。他所处的西双版纳上上下下都是山坡陡路，是一个典型的"缺医少药"的山区，他说他需要的正是这种"缺医少药"的环境。十多年下来，他发现那个"小家伙"好像已经不在了，他也不再去管他，"反正每天精神都很好，还能恢复正常写作，这就是我所要的。"马原说，如果当时听任大方案治疗，也许我早已不在这个世界。我向来主张人要努力保住自己生命中的这股"元气"。他对妻子说，即使我一时昏迷过去，你也不要随便在我身上动刀，让我身上的"元气"泄掉。下午，我们去了锦绣谷，边走边谈，见到山上挂满的幸运锁，马原说："西方人靠形而上支撑人生，中国人却靠形而下。为什么许多大哲学家大思想家都诞生在西方，是病把我逼成了一个哲学家。我在西双版纳也是闻鸡起舞，六点多就起来清扫庭院，我很少与当地人交往，大概是在八十年代躲避媒体追踪长期形成的习惯所致。"他说："在中国，我最喜欢庄子和老子，一个逍遥游；一个无为而治，是大智慧啊！庄子的书里有大格局大气象，我们这个族群过惯了集体生活，喜欢扎堆办事抱团取暖，而作家往往喜欢'独处'。"第二天我们去了含鄱口，天虽晴好，但雾霾很重，让马原难见江湖。站在高高的含鄱口，他打开手机找出他在西双版纳的童话世界，一个真正的"马原城堡"。我看一遍，又给丁伯刚回放一遍，大家都为马原老师在西双版纳所营造的这片崭新天地和"第二故乡"叹为观止。

马原在庐山，最崇拜古建筑和参天古树。他说在西藏，有一棵2600年的古树，西藏人把它封为"树神"，每天到树下朝拜者络绎不绝。马原说：你想想，一棵树见证了两千多年的历史，经历了多少风雨雷电，一棵树就是我们这个民族的一部心灵史呀。他指着植物园里的大树，说你把这些树枝和落下的叶子洗干净熬成汤，过滤一下，泡水喝，保险能量很大，你想象这个树能活上千年几百年，而人活到一百岁还算高寿，这个能量有多大呀。他一般不配合照相，但到古树边却情难自禁留下一张。他说一棵古树千年不语，以静制动，以不变应万变。由古树谈到古人。他说在中国古代文人里，我很佩服杜牧这个人，他的诗门槛不高，但老幼相传。李白"床前明月光，疑是地上霜。举头望明月，低头思故乡"几乎简得不能再简，白得不能再白。杜牧也是这样，他和李白一样都是名句高手，留下那么多绝句，让我们甘拜下风！

来到植物园门口，马原仰望又一棵大树，他说有时人是需要仰视的。在印度，那么多重体量和大体量的寺庙和建筑，当你仰望这些苍穹时，你会发现美是什么？美就是让重量失去重量，这是美学的最高境界。所以面对欧洲许多尖尖的哥特式建筑，他总是保持一种仰望姿态。因为就在仰视的那一刻，你会发现人顿时飘升了，那就叫美的升华。他说他奶奶常说两句话：啥用？差不离就行！大概就是知足常乐。中国人主要靠直觉思维，马原父亲死时他有感应，当时正在外地出差，他突然发现想家啦，回到家父亲果真不行，抓住他，叫了一声"马原"就走了，走得很平静。

从植物园出来，马原一再讲要多看几幢古建筑之类，我们从东谷找到西谷，又从西谷跑到东谷，其实他最想找的慢慢明白了，他此次来山主要想找寻诺贝尔文学奖得主赛珍珠的别墅，她写的《大地》和我们国内的一个作品惊人相似。马原对《大地》评价极高，是现实主义的巅峰之作，语言美不胜收，而国内的那一篇只是模仿而已，比这差多了。来到赛珍珠住地，门却锁着，承包的老板嫌挣不到钱，已放弃了这片"老别墅的故事"。马原说：在中国，一个历史名人的传播会因为一个承包商的置换而中断，这在国外是不可能的。他看过卡夫卡、福克纳等故居墓地都保存完好，而这里换了一个承包商就关门了，简直不可思议。他用手机拍下赛珍珠那口"清泉"，拍了外面的建筑，还和赛珍珠的别墅合了影。他是在向这位第一个写中国故事的异乡作家深深致敬。面对紧锁的大门，满地的落叶，马原心里不由一阵凄惶。

从庐山回来，我和丁伯刚一谈到马原就说，他是大智者呀。上个世纪八十年代初，当中国文坛仍处万马齐喑之中，马原横空出世，作为中国小说界的先锋人物独树一帜，完全是由他的超前思维所决定的。对于创作而言，旗帜和先锋有时就是坟墓。他说：当许多人思维止步的时候，你再往前走一步，你就成功了。这句话一下道出了马原的真相和全部秘密。

在赵青老师身边

丁伯刚

1987 年某一天，我到修水文化馆找朋友冷克明聊天，赵青老师正好找过冷克明从文化馆出来，与我在大门前的台阶上相遇。赵老师给人的第一印象，是异常精干而精明的那种，衣着整齐得体，头发梳得更整齐更得体，简直有些西装革履、油头粉面的味道。边与我讲话，我看他手上还捏着一柄小小木梳，时不时在整齐得不能再整齐的头发上梳那么几下。

我不习惯同陌生人打交道，何况是如此精明的陌生人，更让我感觉几分畏惧。在冷克明介绍下，我与赵老师不知聊过几句什么，便分开了。修水教书的那些年，我一心只关在房里读自己喜欢的书，却从不看报，杂志也只看文史哲理论性的那一类。我甚至弄不清我们九江也有一张报纸，因此对这家报纸的副刊编辑赵青便全无概念。大约几个月之后吧，赵老师又一次来到修水，并且是专程来学校找我的，同行的还有我师专时的同学万松生及江西画报社记者周传荣，三个人好像都有些神情亢奋，话语颠颠倒倒。从这些对话里我了解到，赵老师和周传荣是一对老搭档，一个写文字，一个拍照片，两人志趣相投，常邀在一起专门钻那种穷乡僻壤搞采风，合做出许多独特作品，有次因行迹过于鬼祟可疑，险些让武宁和修水交界处深山里的农民用锄头和扁担围了起来。这次万松生参加九江文联在炼油厂举办的一个文学笔会，并且在会上发言，效果不错，三个人的兴奋正是来源于此。周传荣的意思，似乎是准备给万松生搞一个人物访谈，刊登到《江西画报》上去。周传荣后来让我们称作"周疯子"，平日相机不离手，走到哪里拍到哪里。当然也给我们拍了许多照片。他拍照片的过程基本就是个发疯的过程，仰着拍、蹲着拍、趴在地上拍、扭过身子拍、从裤裆里倒转身子拍，甚至以翻跟斗的姿势两腿朝上给你拍，从房里一直拍到河滩。我实在不习惯这种表演式，又不好拒绝，只能像木偶一样尴尬着随他摆布。在后来的日子里，周疯子还这样给我们拍了无数照片，却从来没有洗出来一张给我看过，因此我怀疑他的相机里面根本没放胶卷，每次都是空对空假拍，逗我们开心。

此后赵青老师每次到修水出差，都会打电话让我过去找他聊天。这中间我读到他发表在外面杂志上的一些长篇散文，可能就是写他和周疯子在各地的一些采风所历吧，神奇、劲厉、怪异、深邃，又诗意盎然，不由喜欢之至。两人谈起话来也就随意得多。有次他住在县委招待所，夜里让小偷从窗户把衣服钩出去，将里面的钱和证件偷光了。他只得找我要了十块钱，买了张回程的车票。那年我在外面发表了一篇小说，赵老师正好在他编的《花径》副刊搞一个叫"浔阳义学录"的栏目，他让我也写了一篇参与。此后他还约我写一个读书方面的专栏，接连刊登过好几篇文章。某篇文章里的一句话可能有些不恰当，送审时让领导删了。赵老师却觉得那句话有质感，不能删，否则文章会大受影响。他先不作声，在付印前又偷偷恢复过来。1992年赵老师着手创刊《周末世界》，向社会各界招聘记者编辑，再三邀请我加入。而我的兴趣全在小说创作上，当时同九江文联签了一年期限的创作合同，兴头正足呢。协助赵老师搞了一个试刊号后，很快又回了修水去写小说。赵老师不放弃，每期报纸的责任编辑一栏仍打着我的名字，同时打电报打电话，催我尽快来九江，有次出差，还专门找到我做工作。听说我谈恋爱女方家不怎么乐意，他又买了礼物，去看我女朋友的父母，替我讲了许多好话。

实际上回到修水，我也根本没能写成什么小说。因病，在医院住了一个多月，出院后写作的心思随之全然涣散。过了春节，我只得一心一意，跑到赵老师这里上班了。略一接触不免大为惊讶，赵青老师非但没我印象中的什么精明练达、油头粉面，恰恰相反，这人与世俗生活中流行的那套简直太格格不入了，许多方面连我这样十足的书呆子也觉不可思议。那个时候，全国各地报纸改版扩版风劲吹，特别是这种叫某某"周末"的报纸专刊，更是多得不计其数。我们这个《周末世界》，正是为顺应潮流匆促凑起的一个草台班子，十来个毛人，都是经赵青老师"病梅馆"式的怪异目光挑出来的，既非俊男美女，又非歪瓜裂枣，反正数来数去，就数不出一个正常点、让人看着顺眼点合规矩点的。现在有一个流行词语，叫打鸡血。如果我们说当时的赵老师可能被谁打了鸡血，那是最恰当不过了，成天处于颠颠倒倒的激情状态，开口闭口都是若干年前流行的那种新鲜时髦话语，什么现代后现代，什么原始生命力什么生命意识，什么精神家园机械文明，什么节奏与速度、大俗和大雅、蜕变与转型，还有叙事语言、造型语言等等。说到后来，赵老师往往会归结到这么一句话："占领九江制高点！"他的意思似乎是说，我们这个周末版报纸就是九江的制高点吧，或者他想把报纸办成九江的制高点？文化上的精神上的，当然更是新闻焦点上的。有时说到忘情处，一不留心赵老师嘴头上竟然会拖出又长又亮的一线口水，颤巍巍半天收不回去，弄得我们暗暗讪笑不已。听得多了，我们这些身边的人也不由大受感染，上班下班会下意识做个俯身下视的姿势，朝脚底什么深处小心探望，好像自己真站在虚无缥缈的云端，担心起舞弄清影，高处不胜寒。每次报社开员工大会，只要有赵老师的发言，比如评报、业务汇报等，特别是出谋划策提意见，那会场上可就热闹了，一股一股按压不住的骚动像气流，凭空"吱吱"朝外冒。听众们满怀期待，满怀热望，一心要等好戏开场，精彩一刻到来。别人不会说不敢说的，就赵老师敢说，别人说不出的就他能说出，同时夹杂无数新名词新观点新鲜见闻，见解独到，新意迭出，话语结实铿锵，就同寂静的池塘里不停地给扔进大块石头，激起一层又一层波浪。大家无疑都听得非常开心，欢声笑语满堂。这边越开心，赵老师就越加讲得痛快。领导自然有些尴尬了，后来似乎就渐渐减少让他发言的机会。

在《周末世界》这张报纸上，赵青老师无疑倾注了全部精力全部爱意，用流行的话说，他是把这报当自己全部事业在做的。有时我清楚感到，这张报纸在赵青老师心中，绝不只是一张简简单单什么报纸，准确点说这是他的信仰，他人生的乌托邦。一大把年纪，天真烂漫一片，唯其如此，才会形成一种属于自己的办报理念，以为报纸作为一种大众读物，面对读者，就一定会有自己的独特功能，甚至有一种自以为是的使命感，文化的社会的知识教化各方面的。以为自己比读者站得高，拥有某个制高点，至少对一个地方如此。至少至少，用赵老师的话来说，这是一个平台，可以尽情展现个人的才华，实现个人人生意义。当然所有这些，我并不十分了解，只是一种隐约猜测而已。没事的时候，赵老师也会讲起自己早年的一些经历，他说他这一生，是有过大起大落的。现在搞什么报纸搞什么文学，纯粹是被逼无奈，此前他一直在政府部门上班。十几岁师范毕业，直接给下放到武宁县箬溪公社棠厦大队做农民，在水库工地挑土方。后来凭着一手漂亮文章被领导赏识，先调县委，再调地委，成为领导秘书，九江地区屈指可数的笔杆子之一。人生高峰刚刚展现，不知出于什么原因突然跌落，再次下放到湖口的石钟山上搞摄影，一待五年。又是一番艰辛努力，慢慢重新爬起来，调进报社与文字打交道。可在单位，他仍不能得到承认，多次想报个科级副科级，都不能如愿。现在他谁都不求，趁着办这个《周末世界》，总算解决了正科待遇。"自己搭台自唱戏，自己买马自己骑"，他这么自我调侃着，有无奈，竟也有着几分掩饰不住的得意。

波折多，起伏大，心气自然不同一般，赵老师大概把以前的所有人生不平与郁积，都集中到这次办报上了吧，他工作起来特别狂热，身上所蕴含的天赋才能也整个调动起来。观念新，眼界高，感觉好，下笔快，才气充沛，水淋淋的文字，每一句好像都是刚从他老家都昌芗溪的大树枝头摘下，由他操着满口都昌土话的舅母用竹篮装好坐班车送过来的。尤其是对社会热点的整体把握与深入思考，的确同我们这种书呆子完全不同，任我们怎么学也学不会的。这些都让我们敬佩羡慕不已。当然我们可不会过于廉价地表达内心的敬慕之情，要表扬也得先损他嘲弄他几句。要知道我们每个人的自我感觉，那都是相当的好。我们说他写文章这不就像打开一只水龙头，或干脆就是拉尿么，随手那么一拧，"嘎嘎咕咕"直响，水呀尿呀溅得四处都是。于是每当提到他写文章，我们便说是拉尿，甚至按乡下说法，把他叫成拉匠或尿匠。有时我们看着他，故意惊叫起来，问他眼神怎么不对了，是不是又想拉尿？于是大家装腔作势，手忙脚乱给他张罗厕所。我们的种种夸张其实也不算夸张，赵老师写文章不假思索，是真到了想拉就拉的程度，整个人也格外显得尿意浓烈。赵老师的许多文章就是这么当着我们的面，在办公室随手划拉出来的。我们"叽叽喳喳"聊天，他坐在角落沙发上念念有词写字，写到得意处会忍不住念给我们听。我们多半听不懂什么，或者没心思没兴趣听，只用半恭维半逗趣的口气对着他指指点点，就像化工厂几位炉前工在讨论某一包待出炉的尿素成色。

有时赵老师因为忙，或故意耍一下权威什么，会布置我们写。我们便显得特别为难甚至恼火，说我们又没多少尿，哪拉得出来？只能拖。反正他整个就是一尿人，随时能出面救急。拖到后来交不了账，我们便蹭到赵老师面前，装作谦虚的样子向他讨教这文章该如何写。几句好话哄过，赵老师来了精神，舌头打过几个顿，很快进入思路。我们大喜，摸出笔默默速记，场面很快变成他口授，我们记录。"慢点慢点，讲那么快干吗！"我们不停嚷叫着责备他，笔舞龙蛇，也赶不上他的语速。等他讲累了，一篇文章的轮廓也大致出来了，我们的任务基本完成了。"好了，可以了，不用再说了。"我们已有些不耐烦，轻松地这么示意他。有许多次赵老师拉我一起出去采访，或合作帮什么单位写那种人物稿。一般是找个宾馆住下来，我拉初稿，他改定。我同样因为有依靠，都是随便瞎扯一气，然后由主角上场。我一次次感受到他那种点石成金的手段，那一身非凡尿功。一篇什么都不是的东西，由他七划八划，七捏八揉，很快见出形状眉目，又很快见出精气神，然后身子一挺，活泼泼跳到你面前。当然也有时候，因写文章或其他什么事给逼急了，我们会不顾一切同他吵起来。赵老师明显恼火得不得了，面孔都气歪了，鼻子和嘴巴及眉毛耳朵相互拖拉牵扯扭曲，口水又一次长长亮亮拖出来。他也意识到身体某一部分突然多出了东西，就似狐狸拖出了尾巴一样，手一伸赶忙去追，把口水悄悄捞在手中，搓一搓。我们想笑已笑不出，也不由极是忐忑，想这下彻底翻脸了，大家无法相处了。暗下懊悔，但并不认错，心想要翻脸就翻脸，大不了明天打背包走人。可第二天一见，他竟什么事也没，继续又说又笑。吵得再凶闹得再凶，但吵过闹过就算，从不记仇，这是几十年相处中赵青老师给我的最深刻印象。还有，赵老师从不在背后害人，甚至不讲任何人半句坏话，他如果要讲，也只是真实而客观的评价。特别有那么几次，平日同他有些矛盾甚至敌意的人倒霉了失意了，他听后不但见不出一丝幸灾乐祸，反而满脸都是荒凉悲戚。那种不由自主流露出的物伤其类之情，让一旁的我震颤不已。经历过大波折大起伏的人，内心某个地方一定有某种大忧伤大同情在，这点同样是我们这种平凡人生难以体察到的。还有一次是九几年吧，九江文艺界前辈毕必成老师去世，消息传来，当时赵老师正带着我们几个人在共青采访。喝了些酒，赵老师边念叨着毕老师名字，边趴在桌上放声大哭不已，并且哭了又哭，完全无法遏止，鼻涕口水流的，那是更不用说了。后来我们搀扶他回宾馆，他仍一路走一路哭，像个十足的娘们，弄得众人一片黯然。

赵老师年纪恰好比我大一轮，比其他同事更是大太多，但他的精力却比谁都旺盛。饮食清淡，生活极有规律，睡眠好，有时我们在办公室吵吵嚷嚷，他坐旁边脑袋一歪，人便睡过去了，他说他睡觉就同拉电灯开关，"啪"一声立即能把意识拉熄，把自己拉到梦境里去。这让大家觉得非常不平，于是等下次他再闭目养神时，便故意吵他推他，不让他闭眼。但打过鸡血的人么，不睡觉一点影响也没有。"今天夜里争取搞个通宵。"这是他最喜欢挂在口头的一句话。每周出报，我们基本都得加班，搞通宵也是常见的，何况他还会三天两头找些活动找些热闹来搞。我们怕死了这点，一夜没睡，几天也无法补上来。赵老师相反，加班或搞活动，对他来说无疑是过什么狂欢节，两眼大睁，像一只猫头鹰双目炯炯出现在我们面前。"神经吧！"哪有为加班而加班，为搞活动而搞活动，为搞通宵而搞通宵的？活得不耐烦了呀，受虐狂呀！我们无法理解，却敢怒而不敢言，只能恶狠狠腹诽。"变态！"我们继续嘀嘀咕咕腹诽不已。尽管表面上嘻嘻哈哈，但大家的腹诽之声已是半真半假。我说这个《周末世界》某种程度上类似于一个纸页上的小小乌托邦，其意正在这里。大家辛辛苦苦聚在一起办报，似乎并不为着职业为着生活，而只是图个阿Q式精神快乐，为着占领什么臆想中的虚无缥缈制高点。有一次闲坐，赵老师认认真真显出一派迷茫的神情，似自语又似问我们："大家在一起做事，为什么每个人都要拿一份工资呢？"我一听不由暗暗惭愧，自己也弄不清为什么一定要拿工资。不过不拿工资，那又该拿点什么？其实从一开始，周末编辑部的同仁们处境已经足够尴尬的了。大家完全不懂世俗社会操作的那一套，即便能懂，也无法做出诸多让自己看不上的低级行为。结果只能苦自己。在报社那边，完全把我们看作赵青老师的私人聘用人员，与报社的体制无关，也永远进入不了体制。就是出外采访，也手持着赵老师自己手写的那种临时证件，处处向人宣告，我们是一伙冒牌货。因此而受到的歧视和白眼，是再正常不过的了。加上经营不好，待遇极低，工资时时发不出，有一段甚至拖了半年之久，对外稿费那更是拖得没法说。

我是唯一得到赵老师特殊照顾的人，每月工资能及时领取，并且没有一分钱广告任务，只负责在家编编稿，守下办公室。但大的环境人心思散，我也感受到异乎寻常的压力。总觉眼前这个周刊不是久留之地，并且对搞报纸，自思我真的全无兴趣，性格各方面也不适合。当时最想去的地方是文联，慢慢向专业创作的路上转。文联的领导也同意，创作室正好有编制。但调动工作对我这样的人来说实在太难了，一番努力没效果，这时有同学和朋友牵线，介绍我进师专。师专的校系两级领导基本都是我同班或高一届的同学朋友，对我有一定了解，他们开会研究后，非常爽快同意接收。就这时问题出来了，说受某位朋友一封信的牵连，上面有关领导作了批示，我不能进师专。接下来在很长一段时间里，赵老师带着我，怀抱我在外面发表过的所谓作品，四处找人帮忙，甚至找到了那位做出批示的领导。一番交流，得到了领导的支持，他第二天就给师专打电话，让对方派人到有关方面再作点了解，如无特别情况，他同意我调入。师专再次开会研究，再次同意接收。但这时候，即便那位领导自己，也无法消除他此前那个批示的影响了，进师专的事只能不了了之。我开始做回修水的打算，像以前那样埋头写我的小说去。赵老师却不放，他对我的看重、欣赏与誉扬那是打心

269

眼里出来的。也不知根据什么，赵老师一直称我为"白痴天才"，似乎是说在生活上我一无所知，是个白痴，但在另外的方面，与周围人不一样的某些地方，比如读书思考什么，又能有自己的独到处吧。赵老师打起精神带着我，重新一遍遍找人。记得有一天夜里我们去一位领导的家，上台阶时，自行车后面夹的那叠杂志掉落下来，噼里啪啦撒了一地。我们浑水摸鱼那样在暗黑中乱摸一气，脑袋与脑袋撞在一起生痛。眼前狼狈的样子逗得两人弯腰跌足，面对着面笑得喘不过气来。尽管四周暗黑看不见，我仍能想象赵老师的口水一定会趁着眼前大好时机流得痛快淋漓，肆无忌惮，丝丝缕缕长长亮亮朝外迸溅，如开在夜空中的怪异大花。1998 年，我的调动在九江文艺界老师一致呼吁下，才得到最后解决。赵老师高兴至极，抽出专门时间亲自帮我办好了一应手续。

　　赵青老师是 2003 年，五十四岁时被"一刀切"线的，我们这个周刊以《周末世界》的名义在他手上存活了十一年，再过半年刊名便改掉了。每提及这段生活，不知为什么我脑际总会不停地浮起一些模模糊糊若有若无的名词，都是些书名，《乌托邦》《太阳城》《愚人船》，甚至《美丽新世界》《一九八四》之类。是一个小说题材，有时间一定会写写，像我习惯所做的那样，表面写实，整体象征。当然只是一时的思绪，随着便忘了。赵老师从单位上退得干脆，我总以为他有非常具体而急迫的个人打算，那就是写作。赵老师多次给我谈过他的许多构思，那种电影电视故事，我觉得特别好。幼时所历，水边乡村，荒泽中的火光，火光那边浩大无际涯的湖水，水上影影绰绰起伏来去的船，经赵老师的静静描述，给人一派变幻迷离、金碧辉煌之感。我觉得这才是他真正的作品，是他一生蓄积茹含的结晶。以前太忙，太乱，没时间没心境写，现在就可以从从容容，用人生所剩下的最好一段时光来对付，可赵老师根本不写那些。赵老师的笔头功夫在九江及江西影响大，退下来后找的人多，他出的价格也高。每进一笔账，我们便眼红得不行，嗷嗷叫着要他请客，目的就是想尽可能更多地消耗他，以平民愤。我建议他干脆成立一个文字公司，我来帮他管账，做经纪人。赵老师过了几年的高价日子，后来不知是出价实在太高，还是庙小容不下他这尊大菩萨，赵老师便停笔不写了，赚钱的和不赚钱的，都不写。我不免奇怪之至，想一个写稿人怎么会这样？文学写作对一个人来说，应该终生贯注，不可能有停得下的时候。我甚至暗下嘀咕，赵老师写作一生，也许并不是一种自主性行为吧？问过，赵老师支吾，不作回答。后来同我解释，说他实际上并不是那种纯粹的文学人，他是半途从另一个地界转过来的。赵老师这谈的尽管只是写稿，但我听来，似乎也包含着他对自己整个一生的清理和掂量。

退休后，赵老师同我的交往反而更多，也更轻松随意，基本上每天相约着一起沿湖散步，用九江的话说是走湖。家里人甚至打趣，说你们怎么回事，这么形影不离的，一日不见如隔三秋呀。赵老师住得远，从家里出来，顺长虹大道徒步几华里，到火车站前的湖畔给我电话，我便从家里出发，两人正好在新公园门前那块大石头前相遇。走湖一周，再回到新公园，我陪他在长虹大道走一会，然后分手，让他一人回去。几十年的老朋友，话题那可是多得没边。走一路说一路，没有半秒钟空歇。基本上都是他说我听，谈报纸，谈文学，谈人事，也谈家庭生活。在我眼里，赵老师算得上半个土豪，家境好收入高，许多年前就住进郊区别墅，生活美满。逢着什么朋友来了请客，全是他买单，以前上班时如此，现在同样如此，谁叫他曾经是头呢，不吃白不吃。何况习惯一旦形成，改起来真的很难。有时我良心发现，好歹也想出次钱，谁知他坚决不让。他重复强调自己经济条件比我好，负担比我轻。这就没办法了，我只得忍痛割舍，把这表现大方的机会再次豪爽地让给他。这点牺牲精神不管怎样我还是该具备吧。赵老师喜欢讲他的练车经历，讲房子，讲他的正高职称。报社的正高指标少，得来不易。讲得多了，有时我会伤感起来，感觉不适应。想以前上班的时候，我们如果讲起什么职称，赵老师会显得非常不屑，说那算个什么毛东西！现在怎么全变了，津津乐道成这样？还有几次赵老师隐约流露，希望我能够给他写一篇文章。我有些茫然，不知他讲的什么。想好好的为何要写文章，写什么，有什么可写的？没得到响应，于是有次赵老师相约，说我们两人以后谁先死了，后死的人一定帮前者写一篇文章做纪念。赵老师不是玩笑，他是极为认真的。越认真我便越惶恐。

　　一般来说，我们讲话声音都大，但如果身前身后人太多，我便有些不好意思。这种云里雾里的话语，与周围实际人生相隔得实在太远，也就显出几分荒唐与滑稽。我极力把声音压低。赵老师却不顾这些，人多人少都一样。有次在南门口的厕所里，他仍在大讲王安忆，我在一旁尴尬不已，只装作没听见，装作不是同他一伙的，随他独自一人在那里自说自话。还有不少时候，我正在讲点什么，赵老师却无法倾听，毫不犹豫地打断我，去讲他自己的。我只好忍住，去听他讲。后来我再想讲点什么，又让他打断。这么次数多了，就有些不快，甚而至于非常恼火。想你比我大，年尊辈长多讲几句，那也应该。但无论如何总不能没完没了，完全剥夺了我说话的权力。这也太不尊重人了，太伤人自尊了。这么日积月累，心里的不平简直把整个人压垮。直到有那么一天当我的话头又一次给毫不客气打断，我几乎临近崩溃了，浑身气得直哆嗦。我想我今天就是拼了这条老命，也要把自己的话讲完。今天绝不能屈服。于是我不但不停止，反而放高音量，不管不顾顺着自己的话头朝下说。赵老师也不管不顾，用更高的声音说。两人都有些气急败坏，不惜以命相搏，想最终压倒对方。这场面如果让旁边的人看去，一定惊为旷世奇观：一对沿湖散步，本应倾心交谈的老头，结果却是各讲各的，两人的声音越来越大，相互比赛着你追我赶，不亦乐乎。

后 记

说起来，从一个十足的门外汉涉足文坛，不知不觉几十年，光阴就这样被我白白丢失耗尽。回过头来看看自己所思所写，没有一篇是中意的，但也没有一篇不与自己人生相关。

美国大兵在火柴盒上写了一句话，叫"有了快感你就喊"，一时成为至理名言轰动世界，而就我个人文学经历而言，则是"有了痛感你就喊"。人生的每一步其实都不是多余的，虽然行进之中遭遇这样那样的痛苦，但几十年过去，那些愉快和不愉快，经过岁月的沉淀都酿成了美酒。

回望以往蓦然发现，我的整个一生经历了一场非常痛苦的蜕变过程。先前在机关的那一套几乎都不能用了，而要从那个一成不变的概念里剥离出来，过渡到千变万化的艺术感觉中，却是一件非常困难的事。好在上个世纪九十年代初，正值人生壮年，我走进了一幢墙上长满了"爬山虎"，室内挂满了"诺贝尔"的北京鲁迅文学院，在那里我像透析般进行了一次大的悄悄换血，头一次明确了新生活究竟是什么。所谓新生活其实就是有意思的生活。诸位，凡是自己说不出"为什么这样做"的事，都是没有意思的生活。反过来说，凡是自己说得出"为什么这样做"的事，都可以说是有意思的生活。生活的"为什么"就是生活的全部意义。而文学的目的，就在于记录和放大这些有意义的生活。一个好的作家必须具备独立性和原创推进力，一个好的作品必然使我们豁然贯通获得再生之感，并从有意义处看出无意义，从无意义处看出有意义。哲学家看到一个思维的裂缝，往往千方百计把它抚平；而一个作家一个真正的创作者却要尽力发现和扩大这一裂缝，从中挖掘出有关失败生存和人性深处的全部意义。有人问，散文

273

是什么？我说，散文就是一只人见人爱的小公狗，在草地上狂奔，每走几步都要停下来抬腿撒野，那留下的气息和味道就是散文。我的散文就是我人生的"一路撒欢"。对于艺术创作而言，多一个学生，就少一个创造者。一个建筑学家说，"我用双脚走到博物馆的这条线，远比挂在墙上的线条更重要也更美丽"。他鼓励用创造性、色彩和个人经验作为解毒剂来对抗衡定的标准。如果你尽可能多的让不规则的细节出现在建筑的外观和内部，我们的屋宇就会重新获得勃勃生机。

这些年，我一直在作家和记者的两栖之间，在虚构与非虚构的时空内来回运动。有时用记者的敏锐去捕捉生活的脉动，有时又退回生活本身加入作家的视点。表面看，作家和记者似乎有些刀枪不入水火不容，作家常常在排山倒海往前走的人群中持续后退，退成一个旁观者；而记者恰恰相反，在人们排山倒海往后退时，记者却要奋不顾身冲到第一线。我的写作很多时候都是从这两极中挖掘美发现美，写的都是我自己生命经验里的那些感动和触动。我之所以喜欢在事物的两极间跳跃，还因为文学的本身从来就是孤峰的森林，里面没有巨人的肩膀，只有或大或小永远并存的孤峰，哪怕只是一首诗，一则寓言，一篇散文，作者佚名，只要真好，且与众不同，就可不朽，从而成为永远的孤峰。

谢谢深谙我脾性和价值的百花洲文艺出版社社长姚雪雪和编辑刘云及王一民、丁伯刚等诸朋挚友，成就和推动了我这本散文的出版；也谢谢生活本身给我提供如此丰富众多不可复制又不可再现的历史性瞬间；同时还要感谢几十年的记者生涯。没有这些，我将一事无成，枉来此生。